U0674062

音乐狂人

陈少宝乐坛故事

陈少宝 著

SPM
南方出版传媒
广东人民出版社
· 广州 ·

图书在版编目（CIP）数据

音乐狂人 / 陈少宝著 . — 广州：广东人民出版社，
2019.5

ISBN 978-7-218-13350-8

Ⅰ．①音… Ⅱ．①陈… Ⅲ．①随笔－作品集－中国－
当代 Ⅳ．① I267.1

中国版本图书馆 CIP 数据核字（2018）第 299241 号

YINYUE KUANGREN

音乐狂人

陈少宝 著

版权所有　翻印必究

出 版 人：肖风华

责任编辑：严耀峰
责任技编：周　杰　易志华
装帧设计：米星 STUDIO
　　　　　231742409@qq.com

出版发行：广东人民出版社
地　　址：广州市大沙头四马路 10 号（邮政编码：510102）
电　　话：(020) 83798714（总编室）
传　　真：(020) 83780199
网　　址：http://www.gdpph.com
印　　刷：北京博海升彩色印刷有限公司
开　　本：787mm×1092mm　1/16
印　　张：16.5　字　　数：250 千字
版　　次：2019 年 5 月第 1 版　2019 年 5 月第 1 次印刷
定　　价：68.00 元

如发现印装质量问题，影响阅读，请与出版社（020－83795749）联系调换。
售书热线：(020) 83795240

自序

　　当我在整理这本自传的时候，感到其乐无穷，很多快乐的画面出现在脑海之中，也非常感恩上天挑选我做一个"音乐人"，一直以侍奉音乐的心去工作，从没有怀疑、抱怨，令我工作起来干劲十足，甚至在别人眼中我有点"狂"。

　　我希望读者们以轻松、喜悦的心细阅每一章每一节，包括我这个"音乐狂人"回归至爱的故事。

　　最后我盼望这个自传能够丰富音乐圈，也有机会成为进入乐坛的参考书籍。感谢每一位出现过的朋友、歌手、音乐人，没有你们，哪会有音乐狂人。

2019 年 1 月 16 日

The Stories Of
Chen shaobao

目录

目 录
Contents

目 录
Contents

● 商业电台 DJ 合照

离开电台，侍候歌神
红地毯踏进音乐狂人之路

1985 年 8 月，我正式离开电台，从事一份我梦寐以求的工作——担任唱片公司高管。

做这个决定之前，我的恩师、一手提拔我的"香港广播界巨人"俞琤，当年离开了香港商业电台，自此，我在商业电台的工作情况就不那么理想。在失意和迷茫中，有一天，我收到"香港唱片界的巨人"、当时宝丽金唱片公司亚太区主席郑东汉先生（也就是歌星郑中基的父亲）的电话。他问我："有没有兴趣来宝丽金旗下的一家新唱片公司上班？"我没多想就回复他："太有兴趣了！可是我很多东西都不会啊！"他说："没问题，我会教你的。"

　　就这样，我成为宝丽金和新艺城电影公司合资的全新唱片公司——新艺宝的总经理。

　　在那个年代，香港本地的电影和音乐制作非常吃香，比如在电影界，周润发、石天、狄龙是人人崇拜的超级巨星；而在歌坛，谭咏麟、关正杰、邓丽君等歌手更是风靡全香港。在这样的背景下，由著名电影公司新艺城和"香港一哥"唱片公司宝丽金合资的新艺宝，居然就由我管理了——我更没想到的是，新艺宝开业，母公司宝丽金还送了一份最好的开门红大礼给我：他们早已经制作好许冠杰的回归宝丽金系大碟——《最紧要好玩》！这张专辑里面的歌曲在很早之前就已经录好，而配合主打歌的电影《打工皇帝》上映日期也已经安排好，首映午夜场的口碑非常好……呵呵，近10万张的许冠杰新专辑订单——在我踏入新艺宝大门的第一天，像铺了红地毯一样欢迎我迈入总经理的房间。

● 首度与许冠杰合作，新艺宝全体员工

毫无疑问，自这一天起，就开始了我非常好玩的音乐事业及疯狂人生。

既然说到我的音乐事业是从与许冠杰合作开始，那么我就要说点我们当时的生活背景。

许冠杰之所以能在香港一直走红，和他出道时合作的宝丽金唱片公司有很大关系。乐队风格（Band style）的粤语流行曲（Cantopop），加上他的歌曲中那些独特的"市井""抵死"（粤语中的意思是"幽默与写实得无法形容"）讽刺元素组成的歌词，总会让歌迷一听许冠杰的歌曲，就能会心微笑。这也使许冠杰成为香港乐坛的一代歌神。

在 1982 年，阿 Sam（许冠杰的英文名字）做了一个大胆的决定：离开宝丽金，跳槽到一家新成立但野心十足的唱片公司——康艺成音。许冠杰跳槽到这家新公司的原因据说是因为新公司支持他在音乐上做新改革，连跳槽后的第一张专辑都命名为《新的开始》，意思是要缔造许冠杰新音乐的里程碑。这张专辑一改以前阿 Sam 唱的所谓通俗流行歌曲的风格，在音乐上摆脱了乐队风格，行内人形容他"由猫王变成 Barry Manilow"（猫王即埃尔维斯·普雷斯利 Elvis Presley，在二十世纪五六十年代以反传统演出及摇滚歌手见称，也是许冠杰的第一号偶像。Barry Manilow 是二十世纪七十年代抒情歌王，也弹得一手好钢琴）。

《新的开始》并不顺利，造化弄人——也就是你有你新的开始，歌迷却不买账持观望状态。更不幸的是这首专辑主打歌还闹出歌曲抄袭事件：《新的开始》词曲署名显示是由许冠杰包办作曲、作词，但这首歌曲的旋律却和 1982 年 F.R.David 的名作 Words 极为雷同，最终被告上法庭（后来传闻两家公司作出庭外和解）。这些似乎都给许冠杰要再出发的音乐事业蒙上了一层阴影。

不过话说回来，虽然许冠杰在康艺成音发展阶段于他的音乐事业并无大的突破，但非乐队风格的作品却在这段时期被慢慢孕育出来。由于这个阶段许冠杰开始和香港制作人周启生合作，基于这个搭配，许冠杰的情歌比他在宝丽金时期更为浪漫和成熟。

离开宝丽金后，歌运一直一般般的许冠杰，在 1986 年因为《打工皇帝》而与电影公司新艺城签约。旋即，许冠杰的唱片合约就来到新艺城与宝丽金的合资唱片公司新艺宝了。而新艺宝公司的成立也仿佛是为许冠杰量身定做一样，在他音乐事业停滞不前的时候，让他再次有机会和以前在宝丽金熟识的音乐团队合作。当然，这次合作还多了我的参与。我与许冠杰之前就认识，以前我做DJ时曾经采访过他几次。总之，大家都铆足了干劲，一起为许冠杰的音乐事业再创高峰。

《最紧要好玩》这首歌一面世反响非常热烈。《最紧要好玩》回到了许冠杰比较亲民的乐队风格"band style"（阿Sam刚踏入歌坛的时候是从莲花乐队开始的）。再加上当时巨星做宣传没有现在这么泛滥，所以一经宣传，就有了"阿Sam一出，谁与争锋？"的席卷势头。

许冠杰写的歌词一直以来都是以针砭时弊著称，但后来他与黎彼得这位御用填词人分道扬镳之后，这类文字随着社会的变迁而变得不太受欢迎，所以《最紧要好玩》索性选用当时最厉害的填词人林振强，保留了许冠杰一贯的鬼马，也符合"好玩"的主题。其实在当时，许冠杰对再写这种比较通俗的歌词，是较没信心的，但有趣的是在《最紧要好玩》大红之后，同一张唱片中的另外一首歌曲《日本娃娃》也在香港家喻户晓，而这首歌的歌词正是来自许冠杰的手笔，由此证明他宝刀未老。

《最紧要好玩》专辑除了主题曲是为电影《打工皇帝》量身定做之外，当时许冠杰主演的电影喜欢编插曲，而往往最受欢迎的情歌就是插曲，《心里日记》就是最经典的例子。我曾经和许冠杰聊过关于这首歌曲，他还告诉我他写这首歌的时候会回忆起电影《007》中那些浪漫的片段及音乐。

《最紧要好玩》专辑除了成功将许冠杰推上歌神的位置之外，也反映出许冠杰开始接受二十世纪八十年代粤语流行曲Cantopop新一代的音乐浪潮。他自己撰写的词曲创作明显减少了。以前我们说起许冠杰就会想起写词的黎彼得，到《最紧要好玩》这段时期，说起许冠杰我们就会想起周启生的音乐。由于1986年粤语流行曲Cantopop大行其道，迪斯科音乐disco music也非常流行，所以那些dance remix等等都是将歌曲带到舞池而成为产品。当时我也是灵机一动，用周启生写的《爱情保险》做了一个跳舞的混音版本，唱片推出的时候订单量非常可观！但可惜的是，我因为一时疏忽，将一张照片底面弄错了，结果第一批近万张封套全部要销毁——但大家没想到这一张 12 寸单曲碟，最后的销量达到金唱片的数字！难怪有人说，那个时候，印唱片就好像印钞票一样。

许冠杰凭着《最紧要好玩》这张专辑成功地在歌坛再创高峰，当时阿 Sam 的工作行程表被排得密密麻麻，风头之劲一时无两。然而贵为天王巨星的他绝对没想到，自己将面临一次人生重大的挑战和事业的最低潮。

《打工皇帝》在暑假档期上映，庆功宴结束不久，贺岁电影《最佳拍档之千里救差婆》就已经开工，同时他还接了一个重头作品《卫斯理》，这是他首次和当时最红的导演徐克合作，真是万众期待。由于档期紧迫，我第一时间争取和许冠杰先灌录好《最佳拍档之千里救差婆》的主题曲，同时也兵分两路去找适合许冠杰的歌来完成新春贺岁大碟，目的是为了抢占所有黄金档期。当时电影还没上映，主题曲《心思思》已经唱得家喻户晓。还记得当我找到《心思思》

这首歌之后，就亲自打电话给阿 Sam，告诉他："我专门找了个大师级人物写这首歌给你。"他很疑惑地问我是哪个大师级啊，我说是很有名的 Terry Britten。他依旧不知道对方是何方神圣，我告诉他，他的歌最近让美国天后 Tina Turner 起死回生啊！他问谁是 Tina Turner，谁是 Terry Britten？我只好"抛书包"了："在刚刚的格莱美音乐大奖中，获得最佳歌曲 *What's Love Got to Do With It* 的演唱者就是 Tina Turner，歌的作者就是 Terry Britten。"

说到这里，我得再说一个细节——当年新艺宝的第一张专辑《最紧要好玩》是宝丽金的同事很早就制作好，送给阿 Sam 跳槽到我公司的大礼。所以，《最佳拍档之千里救差婆》的电影主题曲《心思思》，才是真真正正属于我和许冠杰第一次合作的歌曲。这部电影还未上映，这首歌已经唱得街知巷闻，我心情别提多兴奋了！但很快就乐极生悲：许冠杰在西藏拍《卫斯理》的时候出事了，传闻说他患了高山症，秘密返港后入院，又秘密出院回家疗养……那时候的狗仔队还没有现在这么厉害，所以连我都要靠传闻才知道的。我庆幸自己手上的巨星并无大碍并已经回家休息，但同时也遗憾，许冠杰要休息一段时间才能继续工作了。不过当时我耍了个小聪明，将《心思思》这首歌以单曲形式先推出。

时间过得很快，眼看专辑就要脱期延后出版了，忽然有一天，许冠杰来电问我选好歌没有，我说："万事俱备，只欠你来开工。"他说："那就好，不要紧，我会来唱的。"有了Sam这句话我终于放下了心头大石。在录音室我见到了许冠杰，他明显消瘦了，但精神状态还不错。

就这样很神奇的，专辑《热力之冠》赶上了在1987年春节档期推出，我们还专门拍了一辑很阳光很健康的照片作为唱片封面，还用了某品牌的菠萝罐来做唱片的封套设计。当时我专门咨询了律师，确定采用品牌罐头照片不会出现版权问题后，我们就将这张专辑如期推出市场。但没想到两天之后我就收到了律师信：就是该品牌罐头那边寄来的，说我们侵权——我当时简直气炸了！

我这人一向都不迷信，不过现在回过头来看许冠杰这张《热力之冠》专辑，真的有点"邪门"：我们用某品牌的罐头做唱片封面，征询过律师，结果还是出问题了，被人告还要赔钱。但最严重的还是许冠杰在西藏期间，传闻患了高山症，回来之后一直都没露面，结果是谣言满天飞，甚至还有人说他死了，闹得大家都很不开心。结果这张专辑卖得不好，于是我自作主张地单独找许冠杰出来商量，问他是否可以辛苦一点，出来做做宣传。我心想，就算救不了这张唱片，也应该救一救他自己的人气嘛。面带倦容的许冠杰听我说完，竟然一口答应说没问题，如果在TVB电视台劲歌金曲颁奖典礼获奖，他就一定会出现。

这下我放心了，心想还是有机会扭转局面的。到了颁奖礼当天下午彩排的时候，虽然许冠杰的动作是慢了点儿，但是基本上都没问题。我还自以为是地约了一大帮记者为他拍照，力证许冠杰是像他哥哥许冠文所说的"只是被煤炭炉闷坏而已"。

晚上颁奖礼直播，当大会宣布《心思思》是获奖歌曲时，哇，真是全场轰动，全部嘉宾、歌迷都站起来，连在舞台上跟着偶像一起跳舞的舞蹈艺人朋友都跳得特别起劲。可是大家很快发现，相比较之下，歌神就真是跳得慢了一点儿。这还不算，最严重的就是在歌曲中段的时候，许冠杰企图把外套脱下来，没想到怎么脱都脱不下来……我在舞台下看得心慌意乱，歌曲一唱完，我就马上跑到后台——但许冠杰先生已经离开了颁奖礼现场红磡体育馆（也叫"红馆"）！

第二天当我回到公司时，办公桌上的电话响声就一直没停过，上上下下的人都在骂我。每个人都问我：是不是为了卖更多唱片，就要"收买人命"（粤语，意思是不顾别人死活）。

这件事让我在那段时间被千夫所指。没办法，做人嘛，边做边学，边学边做吧。

也因为这个事件，许冠杰休养了很长的一段时间。

许冠杰再复出，就是他在香港红馆的演唱会。许冠杰跟"香港演唱会教父"张耀荣早在 1986 年就签下 1987 年要开演唱会了。在经过一轮休养生息之后，我们看到阿 Sam 的进度其实是不错的，状态也挺理想，于是借演唱会再战乐坛是再好不过的理由了。

我要介绍一下，香港的红馆就是演唱会的地标。红馆最初在 1983 年建成的时候，是准备作为香港最大的室内运动场来使用的，因此全名叫"红磡体育馆"。为了宣传这一点，更为了证实它具备开演唱会的功能，所以在开张的第一个月，场馆就找到许冠杰来做一场具有剪彩仪式感的个唱，只做一场。哇！当时几天之内所有门票全部卖光，一个空位都没留。当时场馆找阿 Sam，也证明了他的实力。因为那时没人有这样的票房号召力，所以许冠杰名副其实是我们的歌神，是 God of Cantopop。也因此，当许冠杰可以第二次踏足红馆，是一件非常大的事情。加上他是大病初愈，大家都有很多的期望。

在 1987 年这一年前后，正好徐小凤、谭咏麟、梅艳芳等这些歌手在红馆一开就是二三十甚至四十场的演唱会。所以阿 Sam 开这场演唱会的时候，所有参与其中的人也都有一定程度的压力，没人知道外界的反应究竟会是怎样的。结果门票开卖，才开三场，都没法满座。哎，说到这里，我都想哭了——没想到为红馆落成开第一场演唱会、全场火速爆满的歌神许冠杰，在四年后再次站上红馆的舞台却三场演唱会都没能满座！

在许冠杰演唱会即将开始的时候，屋漏偏逢连夜雨，因为演唱会场次锐减，乐队成员对酬金有意见，企图阻止唱片公司录这张现场演唱的唱片。结果弄到要大哥 Sam 出来摆平。我还记得很清楚，我单独跟阿 Sam 在化妆间聊天。大家互相安慰的时候，他在我面前十分感慨地说："少宝，今天是香港人目睹一颗巨星陨落的日子。"我和他相顾无言几十秒——他出场了。我想起了一句粤语口头禅——"顶硬上"。

当全场的灯一熄灭，几千的观众（确实连 10000 人都不到），那些 die-hard fans（忠实粉丝）此起彼落地喊"阿 Sam 啊……Sam……"，接着就是俞琤的声音——"'许冠杰大家乐演唱会'正式开始！"风采依然的许冠杰跟所有的工作人员齐心一致，将最好的状态献给买了票进来看的歌迷。而我在后台的录音室，看着正在转动的录音带，脑海当中就是：也许这是许冠杰最后一次演出——巨星的陨落。是否真的应验了许冠杰的经典歌词"命里有时终须有，命里无时莫强求"？

许冠杰先生演唱会的首场演出，完全证明了他身体已经康复，风采依然。当晚歌迷们都看得又哭又笑，跟疯子一样。我们团队心里五味杂陈：开心的，当然是因为阿 Sam 没事；伤心的，就是连这样都没能满座。

不过真是世事如棋局局新——"第一场超级好看"的口碑一出，剩下两场的票，在第二天一大早就卖光了。于是，我们马上决定即时加一场（因为这个档期后都有人订了，只可以加一场）。我还在中午叫来记者一起吃午饭，希望记者能帮忙写一下这个加场的消息。没想到这个本为"帮忙"的午宴，结果却成了庆功宴。因为当天早上不到两个小时，全部门票都卖完了，一张不剩，甚至连厕所位都想一起卖掉。

结果"许冠杰大家乐演唱会"变成了"许冠杰康复回归乐坛演唱会"。

所有人都松了一口气，当然我最开心的，是看到阿 Sam 又有了笑容。

Band 潮再现

塞翁失太极，焉知天降 Beyond

香港的流行乐坛发展早期就有组合 band 的热潮，我现在说的是二十世纪八十年代末期，忽然涌现出很多的乐队，例如太极、达明一派、Beyond 等等。我所在的新艺宝唱片公司因为有太极在手，也变得强壮起来。

不过，我的命运真的"世事如棋局局新"——太极第二张大碟《迷》风靡香港的年轻歌迷，这时，另一家唱片公司的主管（是一位外籍朋友），也好像歌名《迷》一样，对太极乐队的合约着

了迷。由于我和太极签的合约是来自他们的经理人公司，又适逢他们的经理人公司和太极之间出现了问题。在这种错综复杂的情况之下，这位外籍同行朋友竟然在中间出手强抢太极，重金礼聘不在话下，而且还拍胸口向太极保证，如果将来有官司也全部包在他身上。结果就这样无可奈何地，太极乐队被他们挖走了。这件事情对于刚从事唱片业的我来说，实在是一个很大的打击！

有句名言是"上帝会在关你一扇窗

的同时，又会给你打开另一扇窗"，果然好戏在后头。有一天，主管黄家驹、黄家强、黄贯中、叶世荣组成的Beyond乐队的经理人Leslie突然来找我，说要和我好好聊聊。

原来，他带着的Beyond乐队正面临着很多的问题，例如吉他手远仔表示要离开乐队、《阿拉伯跳舞女郎》专辑并非如期的畅销……再加上Leslie的脾气和我不相伯仲，很容易得罪人，所以他很想把乐队签给一家专业的唱片公司，好让他安心地打理乐队的演出。

很坦白地说，由于太极乐队的前车之鉴，我对签乐队心有余悸，加上身边很多人都跟我说Beyond乐队很难管理：歌曲不够商业化、歌迷又常常讲脏话，而且讲脏话的都是女歌迷……

不过，当我把Beyond的音乐重新再听一次之后，我感觉似乎上帝真的又眷顾我，我不但不感到惶恐，相反我极有信心！我对《昔日舞曲》《旧日的足迹》特别有兴趣，决定去看一次Beyond乐队在香港高山剧场的演出。

当我去到演出地后台和他们打招呼的时候，黄家驹那一份对音乐的赤子之心深深感染了我；而当我坐在观众席上，见到女歌迷和男歌迷爆粗的情景，我想我一辈子也无法忘记——说实在话，Rock and Roll就是如此。

于是，在这场演出后的第二天，我就和Leslie坐下来，开始谈Beyond的合约了。就这样，Beyond正式与我主理的新艺宝唱片公司签约了。

和Beyond乐队开的第一个工作会议，并不是讨论歌曲，而是剪头发！我原本以为这是一个很艰巨的议题，没想到家驹带头说："一定要剪。"由于家驹是老大，所以，其他的成员也点头说："好吧，其实我们也都打算剪了。"真是一帮摇滚青年，长发为君剪。顿时觉得"压力山大"！

很快，Beyond新歌《大地》的DEMO来到我这里，我觉得歌词及音乐都很有想法。因为当时香港社会正值1997年回归话题最热的时候，几乎每个中产香港人都要办移民——他们对回归祖国缺乏信心。刘卓辉的《大地》正是描写的这一种心态。不过，最惊讶的是这歌曲的key一定要定得高，也就是说要唱得高才好听，所以家驹就决定自己不做主唱，而是交给黄贯中来主唱。当时我觉得家驹很有大将风范，签新艺宝的第一首主打歌，由他自己谱曲，但他居然让给他的队友来主唱。

事实胜于雄辩，我和 Beyond 合作起来，一点儿也不麻烦，他们很听我话，真是难得的缘分。我决定，如果 Beyond 加盟新艺宝的第一张专辑《秘密警察》录好后，不管成功与否，都要带这几个小孩出去见见世界。于是我就和他们说，录完专辑之后，我们去泰国走走。《秘密警察》顺利如期灌录好，我答应他们的泰国游也如期出发。

我这个旅游政策似乎挺成功，因为 Beyond 除了回内地演出，其他什么地方都没去过。Beyond 乐队对于我这个老板也越来越认同。虽然回港之后他们的宣传期排得密密麻麻，但是他们一句怨言都没有。同时，我们也非常开心地看到了 Beyond 由地下到浮出水面的成功。《大地》和主题歌曲《秘密警察》非常受欢迎，就算有死硬派的摇滚乐迷说 Beyond 出卖音乐，这些反对声浪也远不及受欢迎的掌声那般响亮，可以说，Beyond 乐队在新艺宝一炮打响，迅速走红！

这里还有一个小插曲。由于黄家驹有丰富的作品存量，加上人红，灵感也多些，我便要求家驹为我旗下的其他歌手作曲。他没有推辞，当时因为唱片合约出现漏洞的女歌手麦洁文是我旗下的艺人，家驹就创作了一首《岁月无声》给她。没想到这首歌才推出一个星期，麦洁文便首次尝到了冠军的滋味。于是整个香港乐坛对黄家驹更加认同了，甚至有"家驹作品，必属精品"的说法，大街小巷的年轻人都将 Beyond 奉为歌神一般。很快，在完全没有心理准备的情况下，香港最大的电视台 TVB 告诉我，《大地》将占据当年"十大劲歌金曲"的其中一席位。

这里还要提一下我这辈子签约时间最短的一位女歌手——商业电台 DJ 女歌手麦洁文。刚刚说过了，因为家驹送了一首《岁月无声》给她，除了这首歌很好之外，当时还是"家驹热"，所以 Kitman（麦洁文的英文名字）一下子成为流行榜的冠军歌手。其实 Kitman 成为我旗下的歌手也有一段故事。当时麦洁文和她的原公司闹分歧（而事实上合约还有很长一段时间才结束），有趣的是她的老板很迷信，他认为第一期结束要续约第二期，中间一定要重新择日，结果她老板御用的风水师傅说最好中间停三个星期，于是就形成了麦洁文和老东家第一期合约和第二期续约中间有三个星期的空档。经过咨询律师的专业意见，大家确定了：我利用这三个星期来为麦洁文录制一张专辑，新艺宝给麦洁文出张唱片完全是合情合理合法的。于是，我们真的就利用这三个星期钻合约的空子，录了 Kitman 的一张唱片《劲舞 Dancing Queen》。也没想到这张唱片真的卖得很好，成为 Kitman 的第一张金唱片，如果我没记错的话，可能也是她唯一的一张金唱片。

命里有时终须有，
与叶倩文合作无缘

第三章
Chapter
Three

　　1985 年 8 月，香港宝丽金旗下新艺宝唱片公司成立，我凭着初生牛犊不怕虎的冲劲使公司业绩迅速攀升，真是气势如虹。不过我的年少气盛也容易招惹是非，很快我就碰钉子了。

　　这里要介绍一下新艺宝公司的背景。当年因为新艺城影片公司发行了一部台湾的电影，名为《搭错车》。这部电影的票房一般般，但却正值当时台湾新音乐的年代，罗大佑、李寿全通通都是作品销量很高的创作人。由李寿全负责音

乐制作的这部电影《搭错车》的歌曲横扫香港歌坛，一曲《酒干倘卖无》唱得家喻户晓，成功夺取了年轻一代香港歌迷的心，乐评人也推崇备至，眼见唱片有这么丰厚的利润，新艺城的老板便决定成立一个唱片部门。而在当时香港唱片市场上，做唱片做得最好的公司就是宝丽金，因此新艺宝便这样一拍即合诞生了（新艺城加宝丽金，故称"新艺宝"）。新艺宝是电影公司加唱片公司而诞生的新公司，老板们自然对电影加歌曲的双轨商业模式信

心十足——道理上所有的新艺城电影公司的主题歌曲都应该是交给我发行或者制作。但我却在这里犯了一个很"有趣"的大错：自己公司投放的电影，我竟然没有拿到主题曲，反而被另外一家公司抢了，结果这首歌曲红遍大江南北！故事是这样的——导演林岭东自己制作、自己执导的这部电影《监狱风云》，因为歌曲对电影人来说远不及电影的重要性，所以当《监狱风云》就快上午夜场首映的时候，我还全然不知原来电影是有首主题曲的。消息一传到，我马上跟进，但一切都太迟了，再加上在电影主题曲发行谈判中，还有一个条款就是要和主唱的肥妈玛利亚签三张专辑，我觉得这不符合公司利益。就这样，我只有眼睁睁看着这部电影的主题歌被别人抢走了。

记忆犹新的是，几周后，我在电梯里遇到我的大老板，他还称赞我说我的碟卖得很火，我有点莫名所以。回到办公室坐下，内线一响，就被叫上了楼问责。原来刚才大老板口中说的卖得很火的碟，正是《监狱风云》的主题曲《友谊之光》——那不是我们新艺宝卖的！

经过《友谊之光》事件，集团的电影部终于和唱片部有了更好地沟通，起

码有什么事都会通知你。大家不知道还记得电影《阿郎的故事》吗？主题曲大家都有印象，就是罗大佑写给许冠杰的《阿郎恋曲》，但是这部电影的插曲似乎更受欢迎，是由李健达主唱和撰写的。故事缘起是电影导演认识李健达，一次偶然的倾谈之下，李健达毛遂自荐，说不如写一首歌给电影里面的那场悲情戏，导演答应了，结果杜琪峰听了这首歌的DEMO之后觉得很赞，而且认为和画面极配。于是问题又来了，我没有理由因为一首歌签约一个歌手啊，这样很难向许冠杰交代。但如果不要，《友谊之光》事件又会重演。中间曾经试过给黄家驹试唱，但是坏在Key又不对。而电影那边不断传来说导演非常喜欢DEMO的那种感觉，千万不准动不准改。说到这里，大家都会想到答案是怎样的了，经典广东话又来了："顶硬上咯！"结果这首歌《也许不易》真的非常红，成了当年爆款的电影插曲。只是又留下一个大难题给我：如何和李健达解约？！哎，到了这个时候我深深明白"受人钱财，替人消灾"的道理了。

接下来，我再跟大家说一件和电影主题曲有关的精彩故事。经过几次磨合，

集团内部很多默契已经达成。也就是说，新艺城的合约明星如果要出唱片，一定要归我，除非我说不要。但说是这么说，我怎么敢说不要呢，个个都是大老板来的！导演有导演的权力，制片有制片的权力，明星呢，当然是大哥大！谁敢说周润发不算大哥大呢？老实说，做音乐的我对音乐有一份自己的坚持和看法，周润发出碟？说笑吧！当市场传言华纳唱片公司（当时华纳是由 Paco 黄柏高管理）想签发哥出碟，一开始我还以为我听错了。后来消息越传越像真的一样，我想不到，到底发哥出碟的时候应该唱些什么歌呢，我又没有主题曲。心烦意乱之时，终于传言被证实了：原来发哥真的签给了华纳唱片。我提心吊胆了一阵子，因为如果这张唱片又卖得很好的话，肯定会被老板骂的。结果，周润发大哥真的出了一张搞笑串烧碟——《十二分十分寸》，卖得超好啊！我心想完了，这次肯定又被骂了。不过，发哥其实人不错，他只答应华纳签一张唱片。问题又来了——如果发哥继续出专辑，而且运作都是由我负责，那样我岂不是会死得更惨？因为连唯一好卖的

出唱片办法都被人用了。

结果就是，我终于找到一个机会和发哥合作——在一部名为《我在黑社会的日子》的电影里面，发哥唱了黄霑创作的主题曲《飞砂风中转》，市场给出的销售答案是，惨败。不过最终的结果也是好的：我的老板们终于明白，新艺宝还是要有点自主权比较好。

● View File

新艺宝是一家有电影公司背景的唱片公司，真的会有很多意想不到的趣事或者难题出现。集团电影明星出碟一定要归你，但很多明星唱功是不行的，所以需要很多技巧。今天我来讲述一个相反情况的故事：如果有一个明星，她又漂亮，唱功又非常了得，要我签，是不是就求之不得呢？真这样就好了！但世事往往就是不如你意，偏偏这么好的明星送到你门口，你都没办法接收她。

我说的是天后叶倩文。人靓歌甜的叶倩文在新艺宝未成立之前，就凭借一首《零时十分》红透香港。也因为这个，她随即签约给新艺城成了合约电影演员。当时市场上就传言，叶倩文迟早会从华纳唱片跳槽过来新艺宝。有点讽刺的是当新艺宝新成立气势如虹的时候，我每每见到圈中人，他们个个都会和我打趣道：叶倩文什么时候出碟啊？我真的不知道怎么回应。

在集团老板们的安排下，叶倩文终于秘密签约给新艺宝，只是过程非常复杂，这合约还是由一位集团高层去谈的。表面看上去大家觉得我的确幸运，有高层帮你谈了这么棒的合约，简直就是天上掉馅饼。但我自己知道其实真是苦不堪言。而叶倩文对签约一事也非常不放心，因为华纳唱片确实待她不错，于是她用了很多个理由，比如饮水思源啦，那边那张合约未完，别让她难做啦等等，还一再叮嘱我一定要保守秘密。但怎么保守秘密呢，整个香港娱乐圈的人都在猜测。至于那些记者们早已猜到过档这件事，争先恐后地在报纸上当"先知"，预测性地报道出来，搞得满城风雨。这直接导致叶倩文小姐迁怒于我，说我到处宣扬，搞得情况很糟糕。结果就在合约即将生效，准备开始录碟的时候，Sally（叶倩文的英文名）终于告诉我们，她对新艺宝没有信心，她不会跳槽，还表示如果真的打官司，她最多以后都不唱歌！好一个借口，我只能哑巴吃黄连，有苦自己吃了！

老实说，我知道这件事并非那么简单，再加上我做人有一份信念：命里有时终须有，命里无时莫强求。结果报界的"先知"，全部变成"神棍"，而我的歌星名单上也并没有"叶倩文"三个字。

"英雄"造时势，发挥大胆"本色"
粤语歌曲经典《无心睡眠》

当我听到我的朋友张国荣有可能离开华星娱乐公司的时候，我就萌生了想把他签到新艺宝的念头。我把这个想法告诉我的大老板郑东汉，得到他的大力支持，他叫我大胆去做，任何事情任何条件，他都会支持。

由于我以前做 DJ 的时候采访过

Leslie（张国荣的英文名），也访问过他身边的几位朋友，比如已经去世的钟保罗、陈百强，那时候我们经常见面，虽然友情不是非常深，但也算是很不错了，再加上这件事大老板发话支持，所以我就大胆去和 Leslie 的经理人陈淑芬好好谈一谈。事实上张国荣去华星之后，他的星运就一跃而上，而他在当时的最

高峰相信就是在电影《英雄本色》上映之时。现如今扬威海外的香港
大导演吴宇森也是因为这部电影才踏上青云路的。

● 在电台与好几位歌手团拜（找到我和歌手了吗？）

要 Leslie 在他看似最高峰的时期离开华星，似乎是一件不可能的事。更没人会猜到的是，我主理的新艺宝其中一个大股东就是宝丽金，而 Leslie 当时最大的对头就是"宝丽金之宝"——谭咏麟先生，一山怎容得下二虎呢？真是谈何容易！但偏偏就是这么巧，这时 Leslie 和华星公司之间出现了很多问题。

　　上天的安排往往就这么奇妙。还记得身边的几位智囊朋友那时候总跟我说"不用谈啦，不可能的"，我都不知道他们是善意还是另有"阴谋"。但这件事在我眼里是朝着积极方向迈进的。当然，总公司新艺城给了张国荣一纸很棒的电影合约这件事也帮了我一大把。奇迹终于出现了，在某个星期六的下午，Leslie 的经理人陈淑芬小姐打电话给我，她说那份合约还有部分需要修改，明天给她就没问题了。

　　星期六下午？！拜托，我们的律师朋友已经去了平洲，准备过一个安静的周末，我去哪里找律师啊？但是这么大一件事，肯定要马上完成！时隔这么多年，我仍然要感谢我这位律师朋友，他在 24 小时之内将 Leslie 的合约改好并且第一时间从平洲送过来给我——就这样，天王巨星张国荣，正式和我陈少宝开始合作了。

　　精明的经理人陈淑芬小姐计划了一大堆张国荣跳槽之后的新攻势。老实说，大家都很有压力。游说哥哥（歌迷对张国荣的昵称）在他事业高峰期离开他原来的唱片公司华星，新艺宝一定得要有过之而无不及的表现。

　　那个年代，日本的东京音乐节就是亚洲音乐市场上的一件盛事。由谷村新司到谭咏麟再到美国的 Lionel Richie，大家都以能参加这个音乐节为荣。Leslie 就是 1987 年东京音乐节的应邀嘉宾，而因为这个安排，参演的歌曲一定是重头戏。大家谈妥了之后，我就找了郭小霖来写歌，DEMO 很快就收到了。由于当时的科技没有今天这么发达，DEMO 很简单，再加上这是一首快歌，也没有什么明显节奏，吓了我的监制一大跳，他问了我很多次：是不是就只是这样？我说行的，因为我自己心中有数，我还有一招撒手锏没出，就是这首歌是安排到日本编曲、录音和合成的，所以我非常有信心——淡淡定定一定赢。就这样，两三天的"脑交战"，我们就在日本录了这首兴奋到睡不着觉的歌曲——《无心睡眠》。

　　《无心睡眠》在东京音乐节上一面世，全香港的市民都说很棒，最开心的是连圈中人都赞不绝口。我还记得创作歌手吴国敬，他在接受电台访问时还捧场地说"没听过这么棒的 Cantopop"。既然这首歌如此受欢迎,那么当然是第一时间要赶录余下的歌曲,推出一张叫好叫座的专辑了!时间这么紧迫,自己的制作团队做不了这么多,只有兵分两路请外援帮忙。本来宝丽金体系就有很多监制,随便谁都可以胜任,但坏就坏在 Leslie 最早期出碟就是在宝丽金啊。那首歌叫《油脂热潮》,对于初出茅庐的张国荣来说,就是个恶梦!所以 Leslie 对于元老级的那帮大监制是有阴影的。最终,我搞定了当时很出名的 Michael,他答应帮我们的忙。Michael 是谁呢,当然就是张学友、陈慧娴、邝美云等巨星背后的那位大监制 Michael 欧丁玉是也!

这件事情,由于牵扯很多方面且都要避忌,况且很多东西对于竞争团队而言也都很敏感,于是欧丁玉的拔刀相助是秘密进行的。张国荣加盟新艺宝的首张大碟 Summer Romance'87 里面有四首歌是由他操刀的,但这张唱片,无论在封面还是封底,你都看不到"欧丁玉"三个字,这个就是刚刚所说的"秘密进行"了。而这当中,最火的当然就是由欧丁玉监制、张国荣主唱的《拒绝再玩》。

曾经有不少朋友跟我说哥哥的这张 Summer Romance'87 大碟是二十世纪八十年代最经典的一张粤语歌专辑,究竟是不是,让歌迷评定吧。而我,只不过是曾经在这张唱片中出过力的一分子。

正当电台和大街小巷都热播《无心睡眠》之时,办公室的电话突然响起,电话里传来一个熟悉的声音,就是我的老板之一、电影公司新艺城的施南生小姐。她说电影《倩女幽魂》的主题曲已经派电台快一个星期了,为什么 DJ 没有播出呢,只是不停地播《无心睡眠》,麻烦你快点叫他们帮帮忙,电影就快上映了!我当时一听这个就头痛了,彼时我才知道,集团电影部门那边自己找人派了这首主题曲上电台,也就是说在电台推广"战役"里,是"哥哥对哥哥"——我整个上电台派歌的阵脚被打乱了，但是我又不能直指其非，只能说"行行行，没问题，我会跟进的，我会跟进的"。老实说，各有各优先考虑的事情，电影部优先考虑的是《倩女幽魂》这部电影，我当然是考虑 Summer Romance' 87 这张大碟，况且这张大碟很快就制作完成，预备随时推出，怎么可能两首歌同一时间在电台出现呢？但我自然明白公司请你回来是要你解决问题，而不是告诉他们问题所在。所以我小聪明地提前劝 Leslie 早点上电台做《倩女幽魂》电影的宣传，同一时间也高调地将访问的时间表交给电影部门，安抚他们的情绪，让他们知道其实我是很看重这部电影的。另一方面，我继续努力安排《无心睡眠》在电台的播放率。没办法，不过也幸好勉强平衡了。

很快，唱片 Summer Roman-ce' 87 的其他歌曲完成了，陈幼坚先生精心制作的封套也设计好了。终于到了最后的阶段，就是要集齐所有歌曲的母带菲林片开工印制 Summer Romance' 87 大碟。通常到了这个阶段，唱片在一个星期之内一定能够完成。不过有趣的事又来了——《倩女幽魂》这首歌的母带找不到了！结果我们着急了好几天也搞不清楚母带失踪的原因，后来才想起这首歌曲的制作人黄霑从一开始就没有把母带交给我们。于是打电话问他为什么不给我们母带，霑叔言简意赅地跟我说："有些音乐我们不是很喜欢，总而言之，如果做得不好，我们就不交母带。"真是急惊风遇到慢郎中！时至今日，我回想 Summer Romance' 87 大碟的炮制过程，也许歌曲大家都觉得很精彩，但谁也没有想过，出碟的过程也是如此精彩！

以前的暑假档期对于唱片来说，都是一个重要的卖碟时段。但由于种种原因，Summer Romance' 87 被逼到九月份才推出。事实上，唱片最后灌录的这首歌是改编自英文歌《情难自控》，皆因在我们收歌的时候，还是缺一首歌，在快到截止日期的时候，大家开会讨论，觉得要用改编歌曲，Leslie 一口就说"I don't want to talk about it"。我记得会议上有人以为哥哥生气得连英文都脱口而出了，后来才知道，他是在说歌名。在等不及小美的歌词（原定由她来写词）的时候，有一天晚上，Leslie 突然和我说"等我送个大礼给你和新艺宝"，我还以为是什么，原来是他把他的处女作送给我，就是他第一次填写歌词的作品。真是想不到 Leslie 在一个晚上就把它写好了，还写得像模像样，最后完美地完成了 *Summer Romance '87* 这张大碟。

事实上除了《无心睡眠》之外，你问我最喜欢这张大碟里面的哪一首歌曲，我会完全不需要考虑地回答你，绝对就是《情难自控》。当然其实我更想说，这张唱片这么受欢迎，这么畅销，对于所有歌迷来说，每首歌都是各有所爱的。

1988 年的下半年，随着哥哥的加盟，和大碟 *Summer Romance '87* 的成功，让我的事业，也让新艺宝再上了一层楼。前面我曾经介绍过，二十世纪八十年代末，香港再次兴起"夹 band"的热潮。许冠杰是香港 band 坛的鼻祖，加上他的身体恢复了状态——我还记得，香港电台专门在大球场，找了阿 Sam 来压轴，进行了"劲 band 冲天飞"的演出，非常成功。当日阿 Sam 还是搭直升机直接降落于大球场演出的。那天我在现场，看到很多新一代的乐队陆陆续续在台上

● 二十世纪八十年代，首次与张国荣合作

演出，于是我就大胆地想了一个 band 中大哥和 band 中新秀合作的发片计划。但是不知道我们大哥 Sam 怎么看，所以我一直都是默默地等一个机会和他说。结果时机真的到来了，在开会谈新大碟的制作方向时，我约了阿 Sam 上来聊聊天。当天他很精神奕奕地坐在我的面前，这一幕到了今天，我还是记得十分清楚。和大哥聊天，当然要兜几个圈，再进入正题。聊着聊着，我就问他："其实 Sam，你对新的 band 有没有好感？"阿 Sam 说："还 OK 的。"接着我就问："如果和他们合作，你怎么看呢？"阿 Sam 突然说："可以啊！"我顿时就有放下了心头大石。只不过当我提到，我不只是要找他们写曲子，我要他们编音乐，还要他们弹奏，简直就是做你的伴奏乐队的时候，阿 Sam 沉默了片刻，和我说："我想收带子（DEMO）回来，听听怎么样再说吧。"

我是个快刀斩乱麻的人，刚刚和阿 Sam 策划了一个和香港新浪潮乐队一起合作的方案，我就开始四处打电话，到处收 DEMO 带。由于我的坚持，要乐队除了写歌之外，还要编曲，最好再加上弹奏，所以拿回来的 DEMO 是比较

完整的，而且听起来也特别兴奋。有达明一派，当然还有 Beyond，其中家驹那个 DEMO 是最抢耳的，阿 Sam 也认为那张碟很有料，也觉得很开心，所以自己也开始编一部分的曲子和填词。就这样，*Sam and Friends* 这张大碟诞生了。整张碟从头听到尾，唯一的一首歌是由乐队（八十年代的新浪潮乐队）全部动手写了编了弹了的，甚至去到录音室和阿 Sam 一起合唱的，就是 Beyond 创作的《交织千个心》。

这首歌虽然是长了点儿，但由于大哥 Sam 十分兴奋，所以我们坚持不删减，而且不做后期制作，尽量做到 one take（一次过）的效果。阿 Sam 好像很放心地交给我负责，差不多六分钟长的《交织千个心》就在一个很长的电吉他 feedback 当中结束。当我听到差不多完整的录音版本的时候，我整个人几乎哭了出来。

Sam and Friends 算是一张成功的大碟，最起码显示了大哥 Sam 在 band 坛的地位——一大堆八十年代的新贵乐队和他合作，又是弹又是唱的。当时阿 Sam 身边的朋友又何止这一群小朋友呢，别忘记了，Leslie 也是刚刚加入新

艺宝,大家同一屋檐下,就更加是好朋友。所以当 Leslie 听到阿 Sam 有这样一个计划,就说那我也要写一首歌来庆贺一下。Leslie 从来没有写过歌,光是这个处女作就已经是卖点了,所以大家很欢迎他的加入。不过毕竟是第一次写歌,所以当歌拿到手的时候,大家都有些不知所措。再加上阿 Sam 还有一个很重要的音乐监制朋友叫周启生,于是大家就说"不如叫周启生先编好这首歌再说吧",但是编好后大家还是觉得缺乏了一些爆发力。

有一天黄昏的时候,阿 Sam 打电话给我问有没有时间,我当然说有,还顺口问了他一句:"是不是请我吃饭?"他说:"不是,我带你去兜风。"几分钟之后,阿 Sam 很威风地开着他那辆发光的法拉利停在我面前,友善地跟我说"上车啊"。上车之后 Sam 就拿了DEMO 出来,一听正是 Leslie 的那首歌,接着又拿了一份歌词给我,他说:"你唱一下,看看觉得怎样?"那盒带子的音量很小,加上那辆法拉利车的声音很大,基本上什么音乐都听不到。幸好,我还记得那首歌的旋律。

不过其实就算不用听音乐,只是读那些歌词,我就知道这首歌很棒——既表达了许冠杰推崇的做人道理,而歌曲简单又不落俗套。我对阿 Sam 说:"不错哦,歌名叫什么?"阿 Sam 开着车只望着前路,说:"外国有一首歌好像叫 Silence is golden,那中文就叫《沉默是金》,你觉得怎样?"这个答案就不需要我再说吧:非常开心!

回到公司我把歌词拿出来,同事们都鼓掌称好。不过世事难料,问题很快就来了。因为哥哥听到消息说歌词很好还说是专门写给他的,他也想一起来唱。这本来是一件好事,但是哥哥对周启生的编曲不是很看好,而周启生是阿 Sam御用的制作人也是好朋友,真是左右为难。于是我就动起了脑筋——不如唱两个版本好了,加上阿 Sam 的独唱版,这样就更棒了。最终大哥 Sam 也答应了,那另外一个版本就不用说了,要重新再编,然后做成一个合唱版。当这个新的编曲以小调的形式出现在我们耳边时,我和我的兄弟们全都欢呼起来,因为我知道这首歌一定会红的。

大碟 Sam and Friends 有了一首充满话题的主打歌,不用说,当歌曲《沉默是金》一派上电台，就全香港都街知巷闻了。还记得那个时候是卡拉 OK 在香港刚刚兴起的黄金年代，夜场的每间卡拉 OK 房都几乎在唱这首歌，还是第一首最成功的男声合唱的歌。我真的很有满足感，感谢哥哥的热诚以及阿 Sam 的冷静。唱片和歌曲大卖大受欢迎之外，我打理的新艺宝也成为一家很有凝聚力、很有作为的新唱片公司。

新艺宝唱片公司在 1988 年算得上是行大运的，基本上每张唱片都会有不错的销量，而且还都赢得了口碑。不过树大了自然招风。在我还没加入唱片界这个战圈之前，香港的歌坛基本上都是我的母公司宝丽金的天下，当然还有其他的公司，如华星和华纳的突起。这样，两三家唱片公司去拿 TVB 十大劲歌金曲奖是可以的。不过到了 1988 年，得奖名额没增加，新的唱片公司又陆续出来——饼并没有变大，但吃的人越来越多，竞争自然也越来越大了。1988 年很快就到了年底，乐坛最受瞩目的 TVB 劲歌颁奖礼很快来临。我们新艺宝的

管理层决定要"test the water"——就是试一下评审团的"水有多深"。

就像电影里的场面一样，我们安排了一个饭局，在晚宴上出现了我和我的大哥，也就是宝丽金的高层，其中当然不能少的就是三色电视台（无线电视台）里大大小小的监制。推杯换盏间，她在说"今年的乐坛真是热闹"，他也在说"哎呀，你们今年的成绩真是好啊""大宝加少宝，赢尽啦""真是宝宝一出，华华都要回避啊"……总之就是这样吃着喝着几个小时，终于在大家吃饱喝足之后，进入了主题。我就问："你们既然说我们那么好，那在十首金曲里面，我们到底有多少首？"

当时我在想，你们这帮大监制，总得给我个大概，让我们好办事吧，回去可以跟那些歌星和经纪人商量一下，部署好一点。连番追问之后，终于知道在十首获奖歌曲里面，有一半的歌是我们的。

但最令我吃惊的是小宝（新艺宝）竟然有三首，大宝（宝丽金）相反只有两首！

不过这都不是大问题了，我们内部所有人连脚趾都算上了，还是猜不到剩下的五首会属于哪个公司的哪首歌曲——如果真按照市场销量来衡量，十首给我们，我都笑纳！

这里我要补充一个背景给大家。谭校长谭咏麟在1987年宣布他不再拿奖，这看上去少了一个大热门，但实际上各公司之间竞争更加激烈，绝对可以用争个你死我活来形容。所以我们在饭局上知道1988年度颁奖礼，宝丽金和新艺宝加起来才只有五首歌获奖，其他会是谁的呢？要知道现在已经没有阿麟的名额了，但是宝丽金还有陈慧娴、钟镇涛、达明一派等，当年还恰好是温拿乐队成立十五周年，这些都是市场当红的歌星，才五个名额？！

我们自己认为真是这样的结果的话实在不太合理，但我们也清楚，TVB能告诉你，那就是赛果没什么可以改的了。随着时间一天一天过去，我们收到的信息越来越多：原来华星的梅艳芳一个人就有两首金曲奖！我们都知道没有办法，

唯有窝着心里的怒气。没料到最后一刻，还收到年度金曲金奖是叶倩文的《祝福》的信息！虽说这首歌在1988年的的确确是非常流行，获大奖也无可厚非，但大家不要忘了前面我说过的那个故事——这首歌就是因为叶倩文小姐不肯签给我，不肯过来新艺宝，最终要留在华纳唱片，才会有《祝福》这首歌的出现。你说这个结果，是不是更加令宝丽金的老板们心中的那团怒火难以熄灭呢？到了颁奖礼当天，终于出现了我们——你说是跌倒在地抓回把沙子也好——有史以来TVB十大金曲年度颁奖礼的金曲金奖没用来压轴演唱，而是找了拿荣誉大奖的温拿乐队来结束整个颁奖礼！

哎，聊胜于无吧。

1988年TVB劲歌金曲的年度选，新艺宝入围的歌曲竟然比大哥宝丽金入围的还要多，其中一个主要的原因是因为1987年我们宝丽金一哥谭咏麟决定他不再拿奖。如果谭

校长坚持拿奖的话，我相信新人上位的机会不会那么快来临。1988 年乐坛颁奖礼的赛果正是验证了我这个看法，Beyond 就是因为当年签了给我，推出了《秘密警察》的大碟大受欢迎，使《大地》这首歌有机会成为全年的劲歌入选歌曲。

Beyond 这么受欢迎，仿似自从签了给我开始，就命中注定一样红得一发不可收拾。他们剪短了头发，对电视台的监制来说也是一件好事。自从他们拿到劲歌大奖之后，TVB 就为他们量身定做了一出青春剧——《淘气双子星》。这部剧不但令 Beyond 从地下浮上了地面，还使他们四位狂受欢迎。我还记得那时候他们四个去到哪里都要有司机开车，因为司机还兼顾保安员的作用。大家可以想象一下 Beyond 的气势是多么强劲。我现在一回想起那部青春剧，都会想起那一首主题曲《逝去的日子》！

连拍青春电视剧这些被摇滚乐手认为是最老土的事，Beyond 都可以去接受，说明他们是多么配合公司，也证明我和他们的关系真是不错的。

由于当时新艺宝的写字楼在旺角，而他们的 band 房距离我的办公室很近，所以 Beyond 几个成员几乎是一有空就来我公司歇脚。家驹也喜欢一到下午，就上来一边吃外卖一边在这里看电视，有时候会很孩子气地来和我谈谈歌曲，偶尔还会拿些 DEMO 给我听。有

黄家驹　陈少宝　叶世荣

● 与黄家驹、叶世荣出席庆功宴

一天，他们的经纪人 Leslie 打电话和我说："你发达了！"——原来是家驹终于可以接受写一些类似披头士的歌曲，Leslie 手头上有个 DEMO，他觉得"正到飞起"（粤语是"好得不得了"的意思），还是专门写给母亲的。我说："写母亲？母亲节好像就快到了喔。"Leslie 说这个歌是昨晚才收到的，他马上拿过来给我听。

我听完这首歌曲的 DEMO 之后，就要求制作团队把所有正在录制中的歌曲都停下来，必须先搞定这一首，因为要赶着派上电台迎接母亲节。这首歌曲就是 Beyond 的《真的爱你》。我们谁也没想到，《真的爱你》会成为几十年来广受欢迎的母亲节歌曲，连我们新艺城的老板黄百鸣，都要在他当时新拍的电影《开心鬼》当中用这首歌，有多受欢迎可想而知。

《真的爱你》和《淘气双子星》

将 Beyond 切切实实推到了超级巨星的位置。顺带一提，我和 Beyond 的合作是非常愉快的，皆因他们几位对我有一定的尊重，多年来家驹经常和我分享对音乐的感受，并且将这些感受很好地运用到他们的歌曲当中。至于唱片的封面照片，Beyond 都是很放心，全部由我决定。举个例子，收录《真的爱你》的这张唱片叫做 Beyond IV，我是用罗马数字来表示的，除了表示这是他们的第四张唱片（我不算他们自己出的那张《再见理想》），还表示 Beyond 乐队是四位成员，再加上罗马数字 IV 是"5减1"的意思，这个构思也是提醒歌迷，Beyond 原本是五位成员的。

说起这张 Beyond IV，我记得是在当年暑期尾档推出的，适逢陈慧娴去美国读书，大碟《千千阙歌》在同一时间推出。由于我们公司的制度，我们印唱片要用新加坡的工厂加工，结果因为大塞车，致使我这张 Beyond IV 遭遇大断货。本来这张唱片很热卖，我们去逛唱片市场的时候很有虚荣感，可因为断货这件事，我躲开那些销售人员足足一个礼拜，不敢逛店，就怕被行家骂。把问题向总部反映后，才重新安排了生产线，使这张唱片有货在市面上稳定供应，不过还是迟到了十天！

在粤语流行歌大行其道的时期，也就是说二十世纪七八十年代的时候，当红的歌手或者乐队几乎六个月就出一张唱片，如果还能出国语（普通话）大碟的就更厉害，一年就要出四张，平均是三个月出一张，歌手背后的团队都要被逼疯了。歌手在这个高产要求下还可以勉强处理，因为唱片公司可以找人写歌或者改编翻唱外国流行歌，比如日本流行歌、欧美流行歌等，所以不算太困难。但是对于一个以创作为主的团队（乐队），真的有点吃力，往往是这边写完歌，那边就又要开工了。

Beyond 乐队加入新艺宝后一直都处于高强度工作中，到发表《真的爱你》之后，我觉得他们真的需要休息一下了。可经纪人又安排马上开演唱会，哪里有时间休息？这也直接影响到我再给 Beyond 出新专辑的计划。但我灵机一动，家驹在这之前写过不少歌给其他人唱，我就决定将这些写给别人的歌 Beyond 化，这样出版一张专辑，貌似也可以让他们的演唱会和新唱片有关系。我的团队还给这张 Beyond 的新专辑起了个颇有争议性的名字叫"真的见证"，好像在说耶稣故事一样。家驹很喜欢，说很棒。于是 Beyond 新唱片的名字就和演唱会同名了。

我当时还有点扬扬得意，谁料还没到正式举办演唱会以及唱片首发的日子，有一天我逛街看到 Beyond 出了一本写真集，用了我们的照片不在话下，就连写真集的名字也用了《真的见证》，全部提前曝光了，简直把我气死！问了个究竟，原来是有人私下和 Beyond 的经纪人一起制作了这本写真集！这里面当然一定有他们的利益输送。为了这件事，我和 Beyond 一起，和他的经纪人大吵了一架，闹得不可开交。

还是说回这场《真的见证》演唱会吧。

Beyond 的忠实拥趸一定还记得他们第一场在高山剧场的演出，被誉为经典——如果你们有到过场的话，恭喜你们，因为此情不再，好像说连 DVD 都没有。

因为 Beyond 的歌迷特别疯狂，还会时时爆粗，当时香港真是从未见过这样的，所以场馆一收到 Beyond 要来演出的消息，各个部门都如临大敌。

我记得《真的见证》演唱会当晚，我和一位后来成为陈太太的靓女去看。由于工作关系，这位靓女和她一位女性朋友坐在一起。而我呢，就和我的大老板郑东汉先生一起坐。郑老板对音乐很有要求，因为他也是吉他手。他一边看一边鼓励我，因为我们签了一个前途不可限量的乐队。只不过，郑老板也一直在我耳边说，你叫他们（Beyond）弹好点吉他！

● 新艺宝年代与开心少女组共创白金销量

第五章

Chapter Five

小妹叫王靖雯

北京女子，初到贵境

香港有一位很有名气的唱歌老师叫戴思聪。一天，他很紧张地来找我，问我听过那个跟爸爸从北京到香港的女孩的DEMO没有。我想不起来是怎么回事——事实上我都不知道自己收到过。我就回答他说，"不要紧，我找一天一定会给你答案"。

那时候，新艺宝每天都收到很多的DEMO带子，尤其是那些试音的，怎么可能听得完，所以通常是把所有的DEMO交给监制来听。于是我就去找监制梁荣骏，当时他带着一颗做音乐的心刚刚从美国回来香港，对广东话也是一知半解。我问他有没有听过那个北京妹的带子，他说有。我问如何？他说挺好的。我说那拿带子来听一下。播音机一开，一个很年轻又非常像邓丽君的声音传出来，真的，我当时立刻被她的声音吸引住了。听完后，我走出房间，跟梁荣骏说："挺好啊，把她签下来吧。"梁荣骏说："可以啊，不过老板你知不知道她不会说广东话的？"我就打趣地回答说："我当然知道啊，你的广东话也不见得好到哪里去嘛。"

接下来我打电话给戴思聪老师说我有兴趣，问他约什么时候见面。没想到，本来催我的戴老师这下轮到他慢慢来。他说："迟点吧，因为这小女孩最近忙。"

忙什么呢？忙着走 cat walk（猫步）！最后戴老师慢条斯理地跟我说："到时还有记者来拍摄的。报纸一出我就弄些剪报给你，让你先睹为快。"

后来我知道这位小女生走这次 cat walk 还拿了一个奖，评判之一是黎小田。戴思聪老师还绘声绘色地告诉我小田对她有兴趣。我说，是的话我们就快点和她签约吧。

有天早上我回到公司，秘书小姐递了一份报纸给我看，指着照片说这个就是你想签的北京女孩。可能我本来就是香港出生的上海人，所以对北方人有点印象，我看了之后觉得还行，唯一的缺点就是有点老土。不过我一向不执着容貌，因为我相信只要样子不讨人厌，其他的交给形象设计就可以了。

隔了两天，这个跟爸爸来香港定居的 17 岁小女生，就出现在了我面前。我忘了是谁带她来了，她很害羞，在两三个小时的谈话当中，我们几个人说了很多，而她只说了一两句，还是说的国语。她走了之后，公司里就议论纷纷：有的同事对这个大陆妹表现得很好奇——老板要签个大陆妹啊，她连广东话都不会说的。还好，唱片监制和我的秘书都站在我这边。我的秘书小姐还跟我说："其实这个女孩挺好的，我有个朋友做形象很好的，要不然请他帮她打扮一下？"

但我的团队也有其他反对的声音，甚至有人还对她带有白眼。当时新艺宝手头上的歌手无论是哥哥、大哥 Sam，还是 Beyond 都大受欢迎，宣传部的同事的确有点飘飘然。那也是，这么小的公司在短短两年就有这样的成绩，也难怪他们会骄傲。所以当时宣传部的主管对我要和大陆妹签约这件事极力反对。

有一天当我们开完会以后，我这位爱将忽然把门关起来，气冲冲地问："老板，你是不是真的要签那个北京妹？"我说是的。他就暴躁地发起脾气说我一定是被胜利冲昏了头脑，又说连广东话都不会说，签来干什么。当时他也把我激怒了，我反驳说："你出生的时候连话都不会说呢！"于是我们为此大吵了一架。最后他对我说："到时候你拿到歌要派台的时候你自己去派，不要找我！"说完就用力关门走人了。

后来我了解到，原来他觉得一家正旺的公司突然要派一个大陆妹的歌上电台是极度没有面子的。这时候我才意识到，如果我坚持要签这个小女生，这位跟随我多年的爱将，应该不会再跟我打江山了。

但我是陈少宝，认准了的事情，谁也拦不了。

这位由北京来到香港，终日就会用唱歌来消磨时间，其他剩下的时间只会躲在家里看电视和看录影带的小女生叫王菲。她除了很安静很害羞之外，学东西也挺快的。不到一年，她的广东话进步神速，她的爸爸妈妈对我的印象也挺好的。就这样，在她差不多 18 岁生日的时候，我带着合同到她爸爸的公司，在他老人家面前签下了这个小女生。然后将她交给了我秘书的朋友帮做形象设计，同时我们也正式开始选歌和录音。

一切来得这么平常，这么平淡，但是绝不乏味。我们首先让她剪了那头很土的长发。长发为君剪，当然这君不是我，而是香港众多的歌迷。在她 18 岁生日当天，她爸爸请了我们几个人吃饭，送了一只手表给王菲做生日礼物。或者你会问为什么我会记得那么清楚？因为我当时有一只 Dior 手表，我的这只和王菲的是一模一样的！最相似的就是表面都是黑乎乎的。我还记得那时候很多人都取笑我说"嫌自己不够黑啊，还要买这么黑的手表"，所以我特别记得。那天是第一次看见她剪短头发的样子，很不习惯。还听闻她剪的时候很不开心，剪完之后更加不开心。所以我一看见她就很开怀地跟她说："挺好啊，没问题，很好。"

于是我们就这样开始了这段神奇的音乐旅程。

为王菲这位歌坛新人开始第一张专辑，除了要把她长长的我们认为很土的头发剪短之外，当然还有很多事情要做，例如选歌，甚至改名。你试想一下，1989 年，一位从内地来到香港发展的 18 岁姑娘，名字叫王菲（粤语和"王妃"同音），你说吓不吓人？于是我们左挑右选，决定了用"王靖雯"这个名字。我们觉得非常好，她没什么表示，大概的态度就是你们想怎样

就怎样，反正是初到贵境，最重要就是有歌唱、有碟出就可以了。

说回歌路，当然是要大众化、好听、不宜激进，但也要有想法才行。监制梁荣骏突然说他要亲自写一首歌来庆祝一下，我当然没有反对，况且收回来的歌我一直都觉得不错。王菲在新艺宝开始录音工作的时候，我经常去录音室听她唱歌。我觉得她的声线比我听她录音带时好很多，我很有信心，不过始终都觉得少了点儿什么。

有一天梁荣骏跟我说，过去几年一直有一个大型的歌唱比赛，叫"亚太歌曲创作比赛"，今年快要开始了。这个比赛在当年算是很大型的。我心想：这样的话，梁荣骏你不是写了一首《温柔的手》给王菲小姐唱吗？不如我们试一下去参加比赛，看看走不走运。我自己希望可以一石二鸟，既可以让新人在这种大型的比赛中亮相，同时也看看我这位监制朋友的歌有没有水准。于是我们报名参加了，结果是三甲不入。相反，冠军是当时我签的另外一位年轻男歌手王翊的《这边厢》。但是《温柔的手》也拿了一个最佳表现奖。一个亚太地区的大赛，我有两个新人都拿了奖，那晚

别提我有多开心了——我当然在庆功宴上也喝醉了。

这里我要说一个当时我工作上的小插曲。由于我答应过我的大老板郑东汉先生，说我开始做唱片工作之后，一定不会再回电台工作。但天意弄人，我的老师俞铮重返商业电台，一定要我帮忙，结果我唯有食言了。这也带给自己很多不方便，也很讽刺，因为我当时成了全香港最抢手的DJ，两个电台都有我的节目。当时我年轻气盛，以为自己做那么多事情，也是有能力可以做好每一件事。但是没想到，王菲这张处女唱片就是一个最大的考验。

由于刚才提及的那个亚太歌曲创作大赛是某一个媒体参与推动的，故此我本以为可以就此顺水推舟，帮新唱片宣传，结果竟然是困难重重。但我是一个不允许有别人在前路阻挡我的人，我跟这个媒体正面交锋，开了一次火。当时的报章杂志虽然没有今天这样的洪水猛兽，但是公开的记者招待会也令我和这个媒体搞得很僵，我自己也很不开心，也第一次真正在工作上感觉到无比压力。

王菲，也就是当时的王靖雯，她的

第一张专辑推出，开始的时候很吃力。虽然歌已经派台，还是一首得奖作品，但仍是很有阻力。另外一首上台歌《借口》却很有口碑。以前打歌是先打入电台，然后再打进电视台的。故此有一天，我约了电视台那帮朋友出来吃饭，顺便打算带王菲和各位大哥见面。我故意在吃饭的时候没叫Shirley(当时王菲的英文名)出来，等到了卡拉OK，灯光比较暗，气氛比较好时才叫她过来。出乎意料，几位来自电视台的好朋友都对这个来自大陆的女歌手很感兴趣。特别是老友刘天赐，当日我还跟他一起在香港电台做节目。当大家都有点酒意步入卡拉OK场之后，王菲小姐驾到了，循例打了个招呼之后，就唱了两三首歌。反应非常好，大家都对她的声线赞不绝口。送走王菲之后，我当然继续再做点功课，跟各位大哥一边喝酒，一边旁敲侧击。刘天赐说："这个女孩真的不错，不过下次叫她不要穿三角骨丝袜出来。"

王菲和我合作的第一张唱片，是一张不容易而且慢热的唱片。我满以为可以大热的《借口》其实也只是成功地介绍了这个新人。她跟Beyond的黄贯中合唱的《未平复的心》，按照当时Beyond的人气，成绩也是一般。没想到，令整张唱片可以继续销量飙升的，是最后灌录的那首《无奈那天》。由于当时林忆莲是颇受电台DJ欢迎的歌手，而她的歌很有R&B味，所以我对王菲唱R&B是有保留的。第一，我不想让别人觉得她是跟风的歌手。第二，我觉得王菲有自己唱歌的独特方式，不想有其他歌手的影子在她的歌唱里面。当监制梁荣骏把《无奈那天》给我听的时候，我的反应是一般。梁荣骏跟我说这首歌曲所属的出版社将会跟她个人合作，我觉得也应该给人一个额外的赚钱机会，故此我就准许让她唱《无奈那天》。可没想到，当唱片出版之后，令销量节节上升的原因是电台播放了《无奈那天》，我觉得非常安慰。因为在我的报告里面，除了大哥Sam、张国荣，又或者是新扎师兄Beyond之外，我还可以骄傲地多写一个名字，那就是王靖雯（王菲）。

踏入1988年10月中旬，大家都会

提到大闸蟹，而王菲的趣事就好像大闸蟹一样，一筐一箩的。她的第一张大碟越卖越好，作为她老板的我当然要识趣，趁这个吃蟹的季节，我和两三个同事买了花雕酒和很多大闸蟹，登门拜访她和她家的两位老人家。来香港已一年的王菲，她有空也不喜欢外出，喜欢躲在家里，所以买螃蟹给她在家里吃是最好不过的。

当时她住的地方离我们的电台很近，就在黄埔花园。她把这个地址给我们，我们很早就到了。按了门铃，出来的朋友不是姓王而且还说着一口流利的粤语，那当然是搞错了。走到楼下去问管理处，没人知道。再说得清楚点，问有没有大陆人，他们又说好像没有。想想不妥，我们就一直打电话，打了很久王菲终于听电话，她说还在家等候我们，又告诉我们同一个地址。我们觉得一头雾水，地址对了，上去按了两次门铃，人家还以为我们是来搞事的。这是怎么回事呢？走回楼下管理处的时候，已经想要放弃了。这时幸好值夜班的老伯来上班，我问他这里有没有北京人住过？他说有印象，住的时间不长，上两个月已经搬了，不是搬得很远，在隔壁的两座，但是正确位置不知道。搞了半天螃蟹也都快死掉了。不行，看来我打电话找到王菲也没用，要找到她爸爸才行！结果她爸爸就说了一个跟王菲告诉我们的不一样的地址。原来这位大小姐糊涂到搬了家还把以前住的地址告诉别人的地步。但这样才是巨星，因为巨星通常都最容易做乌龙事，而且还是些很重要的事情！

天王魅力，无心的侧面

叱咤称王，也该是道别时

1988 年，我帮王菲的首张大碟铺路搭桥的同时，那边的哥哥继续他如日中天的事业。在红馆演唱会结束之后，我们又为哥哥在年底将推出的新专辑 *Hot summer* 筹备着。

唱片监制 Patrick 是这一行的老行家，他全权负责哥哥在新艺宝的唱片制作。他也有一个特点，是喜欢用新的音乐人。Beyond 介绍的一位非常沉默的年轻人林广培，就得到了他的重大赏识。Leslie 在歌曲的制作上也会参与很多，在听了林广培的音乐之后，这位刚刚从加拿大回来的年轻人也得到了 Leslie 的赏识。不管是当年还是今时今日，这都是个很大的尝试。因为一个名不见经传的新音乐人，几乎编了当红歌手的专辑中的全部歌曲，也只有哥哥才有这种胆识。也确实，大碟 *Leslie* 是我认为除了我跟哥哥第一张合作的 *Summer Romance'87* 之外最好的一张唱片。销量也证明了一切，*Leslie* 的销量仅次于 *Summer Romance'87*。我还记得，在筹备哥哥 *Leslie* 专辑期间，有一次我们一起饮茶，他突然说想到了新专辑封面的形象和设计。我问是什么风格？他说是欧陆式怀旧，很简单，就是衬衣配丝巾。事实上他怎么打扮都很靓很帅的。接着他打开了袋子给我看，那里面有他刚买的很多丝巾，他问我哪条好看？不用问，每条都好看。他一边录新歌，一边出席很多不同的公开场合。不记得在哪个场合，他那天的打扮简直就是新大碟要出的样子。他问我："今天我靓不靓仔？"我当然说靓仔，但是这个造型不是留给唱片封面的吗？他说"不用担心的"，接着就满场跑去和人合影。第二天开会的时候，他说他已经找了陈幼坚给他设计封面造型，用回昨天的打扮，不过是玩黑白大头照，强调那条丝巾。和哥哥的合作在音乐上完全没问题，我、他还有 Patrick 喜欢的音乐类型都很相似，不过讲到唱片封面那些照片或是造型，真的让我"无心睡眠"。

这里我要说一下前面推出的 Hot summer 大碟，我很不喜欢他咬手指的那张相片，由"咬"到"不咬"，"不咬"到"咬"，前后换了六七次。终于有一次我很认真地跟他提建议，他说："好，听你的，不用咬手指那张。"到了晚上，他竟然让经纪人陈淑芬跟我说，还是要用回咬手指那一张！哎，好人都要被气坏了。单是冲印胶卷的钱都花了不少。

说回 Leslie 这张大碟，果然很快拍了封面照，是说好的黑白、大头、丝巾……不知道为什么这张照片效果出奇的差。由于是哥哥直接和形象设计师陈幼坚先生谈的，所以我就打电话给形象设计，解铃还须系铃人嘛。不过电话打不通。我带了这么多巨星，当然知道中间发生了什么事情，通常有好事他会主动打电话给你，要是打电话找不到人，说明肯定坏事儿了。终于隔了两天，陈幼坚先生那边又发来另外一个封面设计，一张黑白照片，一张画不像画、照片不像照片的东西，但感觉好了很多，因为遮住了很多缺点。还有，那照片用了侧面。哇！都是上帝的安排，当时我们都没想好专辑名要叫什么，Leslie 说那简单了就叫 Leslie 吧！这本来不足为奇，但是没想到印上封面的时候，竟然收到了那首最重要的歌，歌名叫《侧面》！

张国荣的《侧面》一派上电台，又是当年《无心睡眠》的热播状态。我记得连黄家驹都来跟我讲："喂，哥哥的新歌不错喔！"连玩摇滚的都说好，那什么都不用说了。

有天我回公司开会，宣传部的同事收到消息，说俞铮要为商业电台搞一个颁奖典礼，是继全中文歌曲播放电台之后又一大动作。商业电台要么不搞，要搞就要搞一个最公平的颁奖礼，没有人为因素，也没有专业评审团，基本上是什么都没有。那有什么呢？只有算香港所有电台的播放率！这样够公平了吧？更厉害的是，不再拿奖的歌手照样颁奖给他，只因为要公布全年歌曲的播放率。不管他有没有来，总言之要显示真结果。这简直就是划时代的创举！许多行家老友都致电给我，因为我和阿俞真的比较熟，一来她一手提拔了我，二来因为我是唱片公司的总经理，在商业电台还主持节目，所以大家都来问我消息。哎，我说我真不知道。我第一次遇到颁奖礼的赛果如此保密，还谢绝探访，真是拿商业电台没办法。没想到连 Leslie 和他的经理人陈淑芬都煞有介事地约我吃饭，问我商业电台到底想搞什么？我们应不应该去拿奖？或者应不应去参加？

颁奖礼这样做是前所未有的，我不知道内情，只知道颁奖礼的名字，这个名字我到现在都很喜欢，叫"叱咤乐坛流行榜颁奖礼"。

时间越来越近，有一天，我接到一个来自商业电台的电话，问："张国荣先生当晚在不在香港？记住要来颁奖礼喔！""拿什么奖？""不能讲，真不能，总之不会让你们丢脸的。"

我马上把这对话内容告诉陈淑芬，然后我们一起和 Leslie 坐下来商量，最终结果是决定出席，因为你不去他们也会颁奖的，倒不如坐在那里看看他们弄什么花样。我记得当晚我有两张超前座位的票。像电影情节那样，我准备入场的时候见到一个女孩，我想了一下，然后走过去问她是否介意让我看一下她的票，因为我有 VIP 座位想跟她换。她给我看了之后我觉得应该可以换，因为她的座位在很远的山顶（香港独有的演唱会文化，把最远处的座位叫作"山顶"），于是我就用 VIP 票跟她换。就这样，我坐在山顶望向舞台，坐等这个 1989 年香港商业电台创办的"叱咤乐坛流行榜颁奖礼"开幕！说老实话，唱片公司全都接受不了这个新的游戏规则。高度保密，不来出席也颁奖，实行乐坛大检阅。你说反映真相也行，大揭底牌也可以，总之有关人士都承受着重大压力。坐下之后，很快听到这一句：第一届"叱咤乐坛流行榜颁奖礼"现在开始！然后我几乎看完整个颁奖礼。我越看心越加速跳动，因为赛果真是出乎意表。叶倩文小姐上台拿奖，拿到手软；梅艳芳却一个都没有；男歌手方面更刺激，虽然校长说他不拿奖，不过他也到场。当宣布要颁发男歌手金奖的时候，谭校长依然很有风度地上台客气地说了几句。这个时间我也差不多要动身走了，因为我也该去后台，相信也该庆祝了。不是哥哥拿金奖，那还会是谁呢？没想到 Leslie 领完奖之后直接就走了，连后台也都没去。我记得很清楚，我在后台站了好几分钟，直到我真的安静下来后，我向天说了声"谢谢"——因为张国荣拿的是男歌手金奖，Beyond 是组合银奖，王菲拿的是新人铜奖——必须要感谢上天！

1989 年 1 月 16 日的叱咤乐坛流行榜颁奖礼打破了一些惯例，第二天当然成为全港报纸的大新闻。我回到公司，秘书跟我说 Leslie 和陈淑芬都有打电话给我。我点头示意收到。然后回到办公室工作。其实我真的没有很高兴，也不是说不高兴，不过是没有很雀跃。相反

我是觉得太刺激了，有一种很莫名的恍惚感。似乎有声音跟我说："少宝，这份工作做到这里也应该差不多了！"

下午 Leslie 再一次来电，除了感谢我，还聊了几句。我就下班去喝酒，有种很奇妙的感觉，我觉得会有很大的转变出现在我身上。当晚我也不知道发生了什么事，醉醺醺地回到家，一觉睡到天亮。

奇妙的事情终于在几天后发生，Leslie 和我聊新碟制作，他很想全唱旧歌，自己重新演绎所有心仪的别人的作品，问我有什么看法。我当然是赞成，还跟他建议哪些歌应该唱，哪些歌不应该唱。见谈得很开心，我顺便趁这个机会跟他讲："话说回来，我们的合约在做完这张专辑就结束了。大家合作很开心嘛。开心的话不如续签几年，继续合作下去吧。"他对我笑一笑，说："我不再唱歌了！""什么！你不唱歌？怎么回事？"他说："我要退出乐坛！"我说："你不要开这种玩笑啦！"

1985 年九月下旬，我从电台转到唱片公司工作。我已经跟老板说好不会

再回到电台工作。苍天弄人，结果因为我的恩师俞铮，我又回到了商业电台。有趣的是"少宝与文狄"这个经典节目在一年后诞生了，我在香港电台也有了其他节目。你说封 MIC，我还要双 MIC 齐开，在我的印象中，香港广播圈还没有人试过（"少宝与文狄"这个电台节目，一直维持到 1999 年，然后在 2008 年再度出现于广播界，至今在网上以视、听形式播放，成为香港播音界中最长寿节目）。

命运的安排只有天晓得，离奇的是 Leslie 和我的合作天衣无缝，说要封 MIC 的我没有成功，反而他跟我说

不会续约，因为他要退出乐坛。没人会信吧？我当然不信，便对 Leslie 说："真是要谈谈新合约了，老板们都很怕你不续约。老实说如果你要跳槽的话告诉我，钱的问题大家可以慢慢商量。" Leslie 对我说："我真的要退出乐坛，你不相信吗？少宝，我不会跳槽的，如果我真的再唱歌，我一定会和你签约。一言既出，驷马难追！"见他心意已决，我只能说："真的，我真心祝福你开心、快乐！"我记得很清楚我还跟他讲了一句家乡话，我是上海人，上海人有句话叫"闲话一句"，即广东人说的"一言为定"。

与文狄

没想到他很诙谐，还跟我学这句上海话。或许你会问，为什么你记得这么清楚？因为当时我们是在中国会喝早茶，那个地方很有旧上海的感觉。

重唱旧歌的 *Salute* 大碟算是哥哥跟我在新艺宝最后一次合作的唱片，制作班底当然是没有改变，形象和封面设计都是由大师——陈幼坚先生操刀。我们用的唱片封面的蓝色是一种没什么朝气的蓝，而哥哥也很朴素，照了一张身份证一样的大头照。但是衬托在那片蓝色上面很有怀旧的感觉，也衬托出 *Salute* 唱旧歌的主题。值得称赞的是，直到现在我们都还觉得这个设计十分时尚，之前都没人试过将歌曲名字印在封面上。记得当时林忆莲的《滴汗》很受欢迎。Leslie 和我都有同感，觉得我们一定要唱，而且要比她更加 R&B。我们决定将这个编曲寄去日本，让日本的朋友帮我们编写，顺便把原版给他参考。结果不知道该气还是该笑，可能是语言沟通的问题，日本寄过来的改编版本竟然和原版的一模一样。这还用让他编吗？后来换了一个编曲人，直到今天我还是非常喜欢张国荣翻唱的《滴汗》。

Leslie 不和新艺宝续约，坦白说就是不跟广大的歌迷续约。这个消息被证实之后，我的老板也就是一手提拔我的贵人郑东汉先生，他没有太大的表示。直到有一天他约我喝茶，突然单刀直入地跟我说："宝丽金公司将会有巨变，因为我们会有一位新的 CEO 出现，主管全球宝丽金的业务。这也意味着宝丽金亚洲区会有转变。"这么大一家公司，而且还是宝丽金在香港的分公司，简直就是整个架构里面的一粒沙，我最关心的是曾经帮助过我的老板会不会有什么转变呢？我问："郑先生，究竟是怎么一回事？"他说："我想你离开新艺宝，正式回来宝丽金帮我忙。"我很雀跃，但同一时间我又在想我签约的歌星怎么办呢？我随口就问他："我可不可以带那群歌星一起去宝丽金？"他说技术上有问题，不过可以放心交给他处理。我十分矛盾，简直又喜又悲。喜的是当然我可以正式加入宝丽金工作，很多的待遇会有所改善；悲的是我有一群兄弟，还有歌星，我怎么舍得离开他们？那天我的脑海里充满了 Beyond 四个成员的样子，还有王菲，阿 Sam 和 Leslie。Leslie 跟我说过的那句话在我脑海里更是不停闪现，"我要退出乐坛了。我要像山口百惠那样见好就收，我不可以和你合作了"。

Leslie 向我明确了退出乐坛这件事后，短短一个来月的时间，我老板跟我说我需要离开新艺宝，因为他要我去宝丽金总公司做东南亚主管。听起来很具挑战性，因为我从来没试过这样的岗位，应该很有趣，坐飞机会比坐地铁还多。也差不多在这个时间，Beyond 的经纪人因为跟我合作非常愉快，向我请求将王菲经纪人的工作交给他。我觉得我快要离开新艺宝了，将王菲这个重任交给他也是好事，因为日后我也可以有一定程度的帮忙，王菲也表示同意，Beyond 经纪人陈健添就此拥有两位大家认为最具潜质的艺人。一个是已经站稳脚的 Beyond，还有刚刚冒出头的王菲。

当然大家都不知道我很快就要放手新艺宝的工作，影响重大的事不能随便讲，要挑个适当的时机。没想到我个人所认为的好事，在后来闹出很大的麻烦，令王菲要退出乐坛，步 Leslie 后尘。

1989年大约在 Leslie 生日的时候，他举办了一个大型的记者招待会。跟记者们发通告说他年底有演唱会，其实是要在演唱会上宣布他正式退出乐坛。这是他最后一次演出，很保密的，没有记者知道。我没记错的话，那个壁告版是最后几分钟才贴上去，因为不想被人知道嘛。我如常很早到达记者招待会，跟记者们打招呼，看到壁告版用很厚的红布盖着，心里也清楚怎么回事。走到休息室，看到 Leslie 容光焕发的样子，也不知道该不该说恭喜。没想到他已经迫不及待地走到我身边说："终于要开告别演唱会了！"真是把我气死。寒暄几句过后，看到他手上拿着的咖啡杯不停在颤抖，里面的咖啡差点溢出来。我帮他拿好杯子，问他："你没事吧？"他说："没事，偶尔就会这样，和今天的记者会没有关系的。"不用说，记者招待会一开始，记者就冲上来和哥哥拍照，一边拍照一边问："这次的演唱会有什么特别的主题吗？"哥哥一手把背景板的大红布扯了下来。大家哗然！记者们要求把红布盖回去重新拉一次，让他们好拍下这个意外的消息。

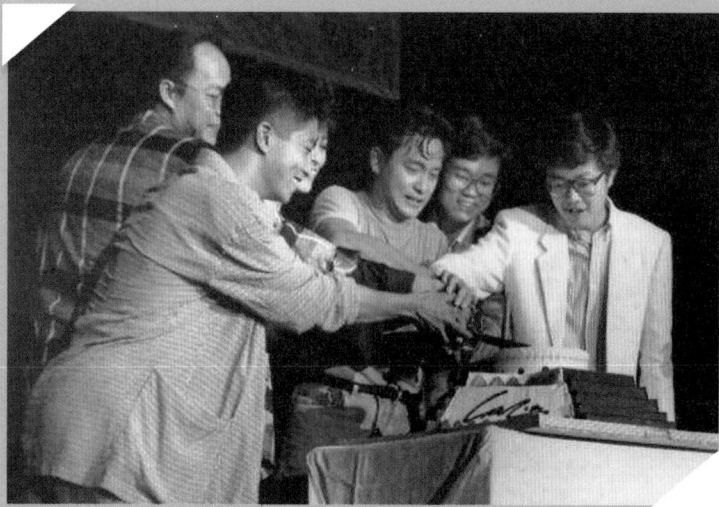

与新艺城电影的老板们庆祝张国荣的生日

　　记者招待会之后 Leslie 如释重负，他说刚才拉红布的那一瞬间手真的在抖。

第七章

Chapter Seven

升官惜别新艺宝，各奔前程
音乐狂人再上一层楼

为了不动摇军心，1989 年要有一个好结局，我认为要找一个好时机告诉 Beyond 他们我要离开，王菲签了他们的经纪人，让他们这几个小朋友可以相互熟悉跟照顾，像一家人那样。就算没有我主管，也希望他们工作如同一家人。当年 Beyond《真的见证》演唱会完了之后大家高高兴兴的，我想这是一个好时机。我跟 Beyond 经纪人说我要离开新艺宝，让他转达给四位年轻人听，看看他们什么反应，然后我再亲自向他们解释一次。隔了几天，家驹他们几位来到我的写字楼，问我走的原因。我说，总公司给了我一个很好的发展机会，特别是音乐发展。因为日后我会负责把香港的音乐推广到东南亚地区。我记得家驹笑着对我说："没办法，你都不理我们了。"我说："有机会的，有机会可以再合作的，况且大家都还在宝丽金的系统里。"不过他们的新合约就不会由我签，我趁着这个机会也笑着对他们说："今年是 1989 年，香港电台应该会颁一个奖给你们的。"其实 Beyond 和香港电台吵过架，关系不是很好，但 Beyond 当时实在太火。我快要离开新艺宝，要处理的事情特别多，这个消息传出去后，很多艺人的经纪人还有他们的爸爸妈妈都很紧张地约我见面，想知道多一点他们的儿女接下来的发展。说实话，我很高兴，因为大家都很重视我的在位所以才显得如此紧张。王菲的爸爸一直问长问短，我说约我的老板郑东汉先生一起见个面吧。有一天晚上我灵机一动，趁王菲在录第二张大碟 *Everything* 的时候，我带老板去听一下她的录音。当时王菲是不知道我们来探班的，她就在玻璃的另一边很专心地录歌，老板向我投下信心的一票，他对我说："这个大陆女孩真的不错喔！少宝，我觉得她会红的。"没多久我就带老板和阿菲见了面，同时让王爸爸知道连大老板都对他的女儿非常重视，让

他老人家不要那么担心。同时我也收到大哥 Sam 也要回来宝丽金的消息。阿 Sam 和宝丽金有这么多渊源，有着千丝万缕的关系，"回巢"是顺理成章的事情。一切来得很快，我也很安心地结束了与新艺宝的四年宾主关系。我希望当我踏出这个办公室的时候，我可以把头抬高，昂首阔步。

回顾在新艺宝工作的四年就像做了一个梦，当然我也非常感恩。值得一提的是，我这个商业电台人在走之前还为商业电台灌录了一张大碟，就是《叱咤新一代》，卖得很好。记得有一天郑丹瑞打电话给我，说很想在他主理商业一台的日子里弄一张像昔日《六 Pair 半》这样的大碟，又说其他公司他都不考虑，只找我用新艺宝的品牌。我的答案当然是好，我还告诉他我快离开公司了，有其他的职位调动。他说："如果是这样，那就要早点做了，算是送你一份大礼。"真是开心，一切进行得很快很顺利，有两个小孩开始红了起来，阿旦千叮万嘱地跟我说："他们的歌要特别小心打理。"他们就是软硬天师，唱搞怪的歌，当然要请大师黎彼得写歌词。我们在商台的餐厅约了上一代的"鬼马王"黎彼得和

新一代"鬼马双星"（他们真的是双星，因为他们是软硬天师两人）一起见面，商谈歌曲的制作。两位新人很听话，也都很尊重前辈。歌词由黎彼得一手填写，他们两个其实不是很同意这样的安排，可台长说要弄一个《六 Pair 半》的续集，谁敢反对？专辑又怎么可以少了那些有旁白的情歌？故此，《天各一方》续集就随即诞生了。

Leslie 的告别演唱会预售很成功，门票很快抢购一空。很快到了演出的日子。从第一晚探班到正式演出，Leslie 都是笑容满面，一看就知道他对离开歌坛是很正面的。首晚我很早就到达场馆，气氛很轻松，没有丝毫的伤感。相反我比较忐忑，因为 Leslie 的一句"goodbye"也代表了我跟我一手创立的新艺宝说"再见"。我仍然对我自己签的歌手很不舍得，想到以后再没有机会和 Leslie 合作，真是百感交集。黎小田是整个演唱会的音乐总监，对 Leslie 关照有加。整个演出来到中段，有一部分是黎小田作为特别嘉宾，哥哥特别有交代的，也看出他很用心。

没想到临近结尾，Leslie 在台上开口感谢我和他的经纪人陈淑芬。还记得其中一场，我带了我的老板郑东汉去看，看完以后我们去后台，老板突然问我："Leslie 是不是每个晚上都会谢谢你？"我说："是的，他已经说了十几个晚上了。"他伸出手和我握手："少宝，我恭喜你，用心做！"我现在想一想这个情景都有点想哭。

张国荣在新艺宝的岁月告一段落，随之他的演唱事业也告一段落。但我仍然要向前走，离开新艺宝我真是很不舍得，可是为了自己的事业也是要迈步向前的。

至于 Beyond 呢？我不能只跟他们喝了茶就拍屁股走的。到底应该怎么做呢？突然间本来和 Beyond 关系不是很好的香港电台来电说："有没有兴趣颁奖给 Beyond？"答案当然是 OK。因此 Beyond 第一次在香港电台拿的奖，也是我最后一次和他们的合作。颁奖礼故意装神秘，Beyond 不知道他们当晚拿的是什么奖，也都不知道会是谁颁这个奖给他们。之前说过我那阵子很厉害，我在香港电台和刘天赐有个电台节目叫《少宝神功》。那天晚上大会安排了我和刘天赐为金曲《真的爱你》颁奖。大会用扬声器大声宣布颁奖嘉宾是我们的时候,我看到台下 Beyond 四人很开心。司仪很自然就问家驹:"少宝颁奖给你们,你们有什么感受?"家驹这个时候什么话也说不出来,正是他们说不出话的这一幕让我终生难忘。这四年的新艺宝工作时光,我就这样收获了一个又一个完美的画面。

1990 年 1 月 2 日我正式在宝丽金上班,刚开始的工作主要是将欧西歌曲向东南亚推广,和在新艺宝做的事情很不一样。新工作是要去做成品市场,而新艺宝就是从制作到市场全都要自己做。这边相对轻松很多,也没那么复杂的人际关系。我离开后,新艺宝就传来很多人事不和的消息,其中就是 Beyond 和王菲的经纪人陈健添跟新主管不和,也收到消息说 Beyond 很有可能不续约,会跳槽。同时也因为经纪人跟唱片公司的关系,当年的王菲很不开心。据说这位经纪人将他的公司卖给了台湾滚石唱片,也就是说王菲和新艺宝的合约结束后很大可能会归滚石拥有。如果属实的

话,现在的公司新艺宝怎么会在阿菲身上投资,没理由把养肥的猪送给别人嘛。经纪人和唱片公司发生纠纷,王菲成了"夹心饼"。对于这位纯粹只想唱歌、来香港不久的北京人来说真的很无助,也都不明白究竟怎么回事,只知道公司不再在她身上投放资源了。我见过她几次,但是我帮不了什么忙,唯一可以做的是静观其变。有一天收到一张黑白照片做封面的大碟。哇!很喜欢这张王菲的照片,于是马上将这张唱片放在唱盘上听(当年还是黑胶片年代),我越听越觉得不对劲,电话也在此时响起,一贯不会主动的王菲竟然打电话给我说想和我见面,我一口答应。我和她约在九龙酒店的中餐厅喝茶,因为她喜欢吃叉烧酥。我问她这张碟怎么这么 R&B?她说是监制梁荣骏做的,她没管太多。她当时心情不好,不知道自己现在发生了什么事,处境很凄凉,也不知道经纪人跟唱片公司会纠缠多久……她突然说她想去美国,不想再唱了,也不想留在香港。我鼓励她,让她考虑清楚。临走的时候,一位女士走过来跟她要签名。我再次对她说:"你的事业才刚刚开始,现在有歌迷了你却说要离开,你真的舍得吗?

在宝丽金上班两个月左右，公司派我去伦敦集训，长这么大还是第一次离开家，而且是三个月之久。刚到伦敦，公司就给我安排了住宿。这是一个有些陈旧的高档住宅区，在这里生活的三个月时间里真的很幸运，下雨天的日子极少。当时除了上下班，生活很枯燥。我最喜欢逛唱片市场，整天在大型唱片店进进出出。当时 CD 刚兴起，价格非常贵，随便一张都是两百块港币。我买了些旧的英文歌，大部分时间都在住的地方听自己在新艺宝那四年参与制作的唱片。当时没手机、没电脑，生活真的很清闲，可以慢慢听 Beyond 的歌。后来听说 Beyond 决定不再续约新艺宝，要跳槽到黄柏高打理的华纳唱片，同时王菲会离开香港去美国……我忍不住给他们的经纪人陈健添打了电话问个究竟。不过这次对话并不愉快，讲完之后我还有点内疚。

在伦敦的时间过得很快，因为公司很大，不同部门驻在欧洲的不同地方。例如供应我们唱片的工厂在德国，而负责授用歌曲版权的部门在荷兰……因此我利用这些机会四处去混个脸熟，让大家知道宝丽金的东南亚市场在总公司安排下要大展拳脚，并由我来打开这扇窗。现在有互联网、智能手机，分分钟可以省略这个旅程，但读万卷书不如行万里路一点儿都没错，我的眼界和思维因此开阔许多。最起码我明白黄皮肤真的太受外国人欢迎，有可能是这个原因，我决定要多学点老外做唱片的技巧，回香港后再好好运用到歌曲上面，将我们地区的中文歌继续推广出去，虽然不能像他们那样随便能卖两三百万张，但在香港能卖少个零头我都觉得很安慰，就这样，我变得很积极。很快，三个月就结束了，我回到了香港。

我听说 Beyond 很快要推出在华纳灌录的第一张唱片，却没有了王菲的消息。既然找不到王菲，我就打电话给家驹，知道自我走了以后他对新艺宝很多新事物都不习惯，加上华纳重金礼聘，他没有其他选择，我安慰他说没关系，有事的话不妨多找我。他说："巧啊！我们九月在红馆第一次开演唱会，你一定要到哦！"我说："好！"

日子过得很快，Beyond 第一场演唱会《生命接触》正式开始。我记不清我看的是第几场，总之，我到后台跟他们打招呼的时候，

忽然觉得 Beyond 长大了。除了后台的
鲜花明显比以前多之外，他们的谈吐也
不一样了。毕竟，五场全满，观众比以
前更加汹涌，Beyond 已经是大咖。

当我知道日本方面有人专程来看他
们的演出时，我向他们举起了大拇指。
黄家驹对我报以微笑。我默默在台下
欣赏，感受到 Beyond 乐队的成熟，
也知道他们在舞台的信心比
以前大大增加了。
Beyond 不再

是小孩乐队，而是来自香港的巨星摇滚
乐队。

歌星拿奖最开心

第八章

勇闯华语世界，吻别 Cantopop（粤语歌）

张学友自己承认对他事业影响最大的不是《吻别》，而是改变他、令他从事业和人生的低潮中攀升上来的《每天爱你多一些》。没错，张学友在一个类似要痛改前非的晚宴上由他的经纪人陈志强发表宣言，说学友除了歌唱以外其他的东西都不重要，因为唱歌是他的第二生命。就这样，《每天爱你多一些》出现在一张叫做《情不禁》的大碟里面，让学友重回香港最受欢迎男歌手之列，而唱片也越卖越好。有了这个机会，学友成为那个时代的歌神。借着这个大翻身的机会，学友除了继续推出热卖的专辑之外，也开始了他的第一个巡回演唱会。疯狂的香港销售量，让不听粤语歌的台湾人都要买回去听听。还有最惊喜的是他早期录的国语碟忽然之间都重新热卖了起来。

有一天，当老板和我在讨论工作时，他说台湾的同事正准备为学友做一张全新的国语大碟。我大胆地向他提出："推广英文歌曲的工作不如交回给老外做，我想将自己学到的这一套经验用在向亚洲地区推广中文歌。"

就这样，我得到了一份梦寐以求的绝世好工作。我在英文歌中学到的东西可以不遗余力地用在中文歌中，为粤语歌大展拳脚。

我这份新工作就是宝丽金香港亚太区事业部的总经理。我多年来听和学习欧美流行歌曲的经验，终于有机会让我运用在中文歌曲的推广上，一展身手。而第一张重新制作的就是台湾同事紧锣密鼓中筹备的张学友《吻别》专辑。

我上任不久，初版的母带就已空运过来放在我桌上。第一次听《吻别》没觉得很特别，只是觉得学友的国语很好，跟谭校长比起来区别太大了。尾段的二胡很吸引人但略嫌太长，不过台湾的同事表示非常满意。毕竟我现在以市场为主，不应该管太多制作，况且台湾市场

对我来说始终没有香港那么清楚。当务之急是要让其他地区例如香港、新加坡、马来西亚等等把他们的销售目标拿给我看。对于各地的领导大哥来说，这是第一次有中文唱片要全区投放大量资金。老实说，大家都噤若寒蝉，不敢过于进取。聪明的地区主管们只是采取一个互相观望的态度。当然，最大的压力还是落在台湾同事的身上，因为这张唱片对他们来说只许成功，不容有失。

张学友的《吻别》将要在台湾重锤出击之际，最后又让我兴奋的是《吻别》的 MTV，除了周海媚很美之外，整个故事欲拒还迎，和当时电影《九个半星期》有点类似的感觉。大家都知道我喜欢西方作品，所以我对这个 Video 特别有好感，同时也增加了我对这张唱片的信心。当时在其他地区投放的销售数字并不理想，老板叫我不要把大家逼得太厉害，虽然我新官上任，还是要看着情况来，最重要的还是主打的台湾市场。

第一天开售，宝岛的同事就告诉我销量不错，对于港星来说算很好了，不过始终是刚推出市场，还是要看看消化如何。顺带一提，台湾唱片的销售方式跟亚洲其他地区不同，他们是有"回货"

这个操作的，如果逼得客人太紧，到时候卖不完退回来就未必是一件好事。出货的第三天中午，同事很高兴地告诉我，台湾的大街小巷都出现人潮排队购买张学友的《吻别》大碟。第一批唱片应该很快会卖完，看情形这张唱片会爆红。我马上买机票飞到台湾做一个实地考察。台湾的同事带我去路边的唱片店看销售情况。或者你会问为什么会去路边的唱片店而不是去大店？当然，如果连楼底下的唱片店都卖得好的话，那才是真材实料！我记得当天我们在台北大街小巷逛了一圈之后，很快就一群人去吃晚饭，因为终于可以放心大鱼大肉了。

大碟《吻别》在台湾很短的时间就卖出超过五十万张，只能用"技惊四座"四个字来形容。因为这是我主管宝丽金香港亚太地区中文歌曲推广的第一个重头戏，所以我经常会到台湾看学友做宣传。

有一次在一家电视台碰到一个女人，她心急火燎地冲进来说要见张学友。大家都避开，反而推我出去见她。我心想肯定不是好事情。经介绍后认识了她，原来她是当地广播处的高管。她口口声声说很欣赏学友的歌艺，要请他为台湾一个大型节目当嘉宾。我说要回香港开会商量过才可以答复她。与她交换名片后以为没事了，谁料有一天她亲自带着一群同事来到我香港的办公室找我，而且还是没有预约的，真够霸气。

开会中这位大姐被我三两下功夫说得服服帖帖。后来我们成了好朋友，我每次去台湾，她都请我吃大鱼大肉。不过自始至终学友都没有帮她做过任何演出。

张学友的《吻别》大碟，1993年成功登陆台湾，六个月左右时间就卖了一百万张。这是台湾有纪录以来最畅销的大碟，整个公司的人都非常高兴。当然，我也因为刚刚上任的关系，一遇就遇到一张唱片王，也十分开心。但还要加把劲。因为我们做的是远东区的工作，全地区都要卖，不单单在台湾卖。由于历史遗留下来的因素，新加坡和马来西亚给学友的印象不是太好。再加上新、马的销售量的确是不理想。所以我就跟学友商量看是不是要到新、马走一趟，做一次宣传。可他似乎对去新、马做宣传不太感兴趣。还记得学友当时正在拍戏，有一天晚上我终于知道了他开工的地点在飞鹅山，便连夜坐车去找他。去到他开工的场地等了很久，才找到个机会和他聊了十几分钟，终于说服了我们的天王肯到新、马走一趟。工作完毕，我带着疲倦回家，忽然记起当晚学友在拍的是鬼片（灵异恐怖片）。我毕生最胆小，从飞鹅山回家一路上都觉得有鬼跟着我，哎，真的吓死我了。

张学友这张《吻别》大碟在台湾爆红之后，新加坡和马来西亚的销量依然在缓慢上升，我就用尽方法请张学友亲身去趟新、马做一次宣传。当年新加坡电视台首次做一个大型的慈善节目，学友成为当晚的重头嘉宾，也因为这个缘故，《吻别》很快就在新加坡卖了 10 万张。不用说，这个又是新加坡的一个销量纪录。我很开心，帮学友准备再一次去新加坡做宣传。而这次做的宣传就不一样了，我计划开一个记者招待会，然后特意在香港弄了一块很夸张而又华丽的白金唱片奖座颁给学友，想着哄他开心。或许有些人会问，为什么不在新加坡弄？很简单，因为我们不放心，怕他们弄出来后土里土气那就糟糕了。为此，我特意早点上机，想给学友制造惊喜，顺带早点去打点一切。没想到这一个奖座因为超大的关系没能随身带，要寄存在特别仓。

我刚步入新加坡机场，就赶忙去行李带旁等着这个行李出来。等了许久，始终都没有看到这件行李出来。觉得有点不对劲，追查之后才发现是航空公司搞错了，他们把这件行李错放上了另一架飞机，最快也要 10 个小时才能拿到！——10 个小时？什么记者招待会都开完了！我气得快疯掉。

1993 年学友推出了《吻别》后，势头简直一发不可收拾，形成了一股 Jacky Medley 风席卷整个亚洲。张学友也因此成为当时中文歌坛的亚洲天王。当时香港兴起"四大天王"一说，张学友不用说的，是当时风头和销量最厉害的一位。

学友当然不会忘记两年前在我们宝丽金高层饭局中的宣言，说只要唱歌，其他什么也不要。没想到这个誓言讲了之后，一曲《每天爱你多一些》就改变了他的一生。《吻别》推出之后，我们的亚太区办事处的成绩也因此一跃冲天，我的老板都升职了，连日本的事务都是归他管，由原本的东南亚办事处成为了亚洲区的办事处。当时的唱片公司如梦初醒，才发觉原来香港的歌手可以这样冲出香港。大家都争着说要开远东区的办事处，要在这个没有发展过的市场争份额。

有一天我在喝东西，碰到一个行家。于是我就请他到我的房间里喝一杯东西，坐了没多久，这个行家很客气地跟我说："恭喜你，学友这么成功。"我说："不用客气。"然后他接着问我："你们亚太区办事处是做些什么的？"当时我就非常神气地回答："哈哈，就是搞些可以卖 100 万张唱片的事情咯！"

由于 1993 年整个远东区的宝丽金都表现得很突出，加上学友很感激公司帮他翻身，还使他连续三级跳，

于是大家提早坐下来谈合约，免得夜长梦多，学友当然一口答应。当时有个传闻，说学友因为很感谢公司，在新的合约里面，他只是提高版税，至于预付保证金，所谓的包底费用都不想收。这个传闻对国际大公司来讲简直就是天方夜谭。我没有在老板的口里听到，但在公司的老外高层那边收到风——连远在欧洲的老外都知道张学友，可想而知《吻别》的爆炸力。

张学友真的和我们续约了，而且还是好几年，这样大家就可以安心了，因为我们有一位超级巨星。我们做唱片生意的，可以不要超级歌星，但必须要超卖歌星！

就这样，张学友在 1993 年连同《吻别》，加上那些粤语碟大大小小一共推出了四五张大碟，每张都像印钞机一样，简直就是超级挣钱的工具。

1993 年不仅仅是张学友厉害，就连我们香港公司也都成了大老板的宠

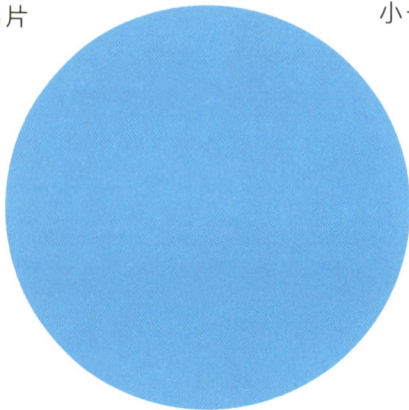

儿，皆因大老板们最喜欢发展新市场。你永远不知道市场潜力到底有多大，当时的亚洲本地音乐，只有日本歌可以大卖，没人会想到小小的香港竟然会有如此的爆炸力。还记得他们每年都会有一个地区主管大会，也就是全世界各地的总裁们聚集在同一个地方述职和开会。当年的主题是"strength to strength"，意思就是大家要加强内在的潜力，相信是因为香港首次还有其他不同的亚洲地区一起创造了这个《吻别》奇迹。你说厉害不？

1993 年 Mariah Carey 开始在世界走红，我从她的第一首歌开始就很喜欢她，喜欢她那种崭新的唱歌方式。我记得王菲有一次和我说起她新的唱片，她问我有什么意见，接着她就说："你当然不喜欢，你只喜欢 Mariah Carey"——足以证明我喜欢这位女歌手是圈内人众所周知的。

但我也没想到，在同一年（1993 年）我在菲律宾买张学友的唱片时遇上了一个 18 岁的天后，我心目当中认定她是亚洲的 Mariah Carey，觉得她一定会是超级巨星。她独特的歌唱方式也影响到现在的女歌星。在我打理的亚洲区当中就连菲律宾歌手都不肯放过，我鼓励我菲律宾的老总说："你一定要签她呀。"老板问："你会帮忙吗？"我说："我肯定会支持，你快点签，要不然就会被人抢了。"

结果我回到香港没多久，这位名叫 Regine 的 18 岁新秀就正式签约菲律宾宝丽金旗下做歌手。一大堆她的资料不停地出现在我的桌面上，我拿起了其中的一盒卡式录音带，交给了学友的监制欧丁玉。之后，他打电话给我："喂，那个女孩不错喔！不如大家找些东西搞一下？"

大家都知道他是学友的挚爱唱片监制。就这样，学友慷慨地捐出了他的"第一次"。他的"第一次"是什么？就是录英文歌曲，与这个 18 岁的菲律宾歌手合唱 In Love With You，之后 Regine Velasquez 成为菲律宾第一位可以红透亚洲，特别是在台湾和大陆的女歌手。而最开心的是时至今日，看到

Regine 唱了这么多年的歌，迄今为止最畅销的
依然是我跟她合作的那一张，全地区卖了三十多
万张，我确实感到有点骄傲！

1993 年对我和公司来讲都仿佛是一条很平坦的高速公路，任我们风驰电掣，我们不知道目的地在哪里，只知道这条路很好走，不花尽我们的能量是一种罪过。那我们稍微地回顾一下，从我 1985 年离开电台，有了新艺宝公司的诞生，哥哥的《无心睡眠》到《风再起时》；阿 Sam 的《最紧要好玩》到他的高山症后康复演唱会，Beyond 的加盟，王菲的发现，很多很多，不仅是这些。做了几年之后，我又到宝丽金公司做亚太地区的工作。学友的《吻别》，Regine(菲律宾) 的 *In Love With You*，王菲的 coming back，应该说王菲的 coming home……好长的一个梦，但肯定是一个美梦。

由于开附属公司有一个成功的先例，再加上当时的宝丽金香港分公司的歌星阵容实在太多，简直是人才济济；还有学友充分证明了香港的歌手是可以冲出香港的，而且是非常威猛的那种，同年，老板又在台湾寻觅了一家新的附属公司。和新艺宝的形式差不多，这家公司叫做福茂。有宝丽金公司加盟，这个福茂公司的老板张先生自然很高兴。顺带提一下，其实这位张先生很年轻，因为我和他都是做音乐比做生意擅长，都是music lover，自然就很合拍。况且老板都很喜欢我关注新的东西，因为这样，让很多老同事觉得有压力和不是很舒服。其实我明白的，但我也只是打工的，没有办法。而这位台湾的新搭档，他在香港一圈的歌星名单当中挑了一位美女在台湾发展。开始我也不是很明白，周慧敏真的可以吗？

福茂老板和我开会之后来电告诉我说，他好想让周慧敏在台湾发展。这当然是好事。不过福茂这家公司好像不常做偶像派的，福茂因为有宝丽金的入股，所以有了一个新的班底，整个团队都是走年轻路线，他说应该可以的。既然如此，我当然选择相信他。他还补充

说，他刚刚签了一个年轻的女歌手，走儿歌路线，反应不错。不到一年时间，就在台湾卖了一百万张唱片，真的厉害。

说回周慧敏，既然张老板有兴趣也有信心，我当然要跟他合作了。终于有一天他打电话给我，说台湾想开一个周慧敏的出碟大会，因为歌已经录得差不多了，希望我先听为快，同时也给点意见。那一阵子，因为有学友、Regine，福茂同事见到我，好像见到大人物那样欢迎我，令我很开心。坐下之后，那些做市场推广的同事陆陆续续进来跟我解释，说周慧敏在台湾的歌迷心中究竟是怎样一回事。他们很仔细地分析，同时也是很深沉地策划，不单觉得周慧敏会成功，还觉得公司会有另外一种爆发。全部说完之后，我问哪一首会是主打歌，他告诉我是一首合唱歌。我惊讶地问："什么？是合唱歌？跟谁合唱啊？""林隆璇。""他谁啊？"我当时整个人跳起来。周慧敏已经是一个新人了，还要加上一个不出名的歌手，这会不会有风险呢？

开会的时候听了所有歌，大家都觉

得可以的。老实说虽然我是很懂音乐，但我未必很清楚不同地方的音乐口味。总而言之，我不觉得反感，就 OK 了。不过万万没想到，如此重要的主打歌，竟然是合唱歌，并且是一位我从没听过的男歌手和她一起合唱。林隆璇是哪位啊？他是干吗的？那些同事有备而战，将一大堆当时周慧敏在香港的绯闻剪报收集成好几个大档案，然后跟我说，台湾人对周慧敏的认识，除了她是一个美女之外，就是绯闻公主。请注意，那时候是二十世纪九十年代初，两岸的消息不像现在传得那么快，而狗仔队更加不像现在这样来势汹汹。对于一个美女要走纯情路线，又有那么多绯闻，绝不是一件好事。故此，台湾公司要故意做一首歌帮她洗底。这是不是叫做"拨乱反正"呢？这首歌确实是为她量身定做的。歌名我想大家都有点印象，叫《流言》。故事讲述了一位小红星痴心一片，却因为坊间的流言导致男女主角分手，到后来男孩明白了一切，再一次出现在化妆间见女主角的时候，MTV 刚好播到这

一段，周慧敏那个哭的表情和大特写，连我这个铁石心肠的人都忽然之间感动起来。当然不用说了，台湾那些男孩们都被迷倒了。周慧敏跟林隆璇合唱的一曲《流言》瞬息之间将她变成了台湾的小天后。《流言》有二十万左右的销量，对当时的 Vivian 和台湾公司来说，是一个莫大的喜讯。更加得益的当然是在亚太地区工作的我了。不过，树大招风，公司有同事觉得我偏帮台湾的新公司，把一个有机会在全地区大红的女歌手交给了他们。是的，《流言》之后，周慧敏在台湾的宣传攻势真是吓死人，甚至去劳军（台湾到今天为止，男生都还是要受军训的），当时周慧敏就成为了兵哥哥心中的大美人。后来，我们日本公司的同事都跟我说，日本的经理人公司也想签 Vivian，周慧敏当时真的红到不得了。也很自然有人会说我偏心，其实我哪有那么厉害？也因为这个缘故，我不得不发一张通告给各个地区的领导，向他们详细说明香港宝丽金与台湾宝丽金、香港新艺宝与台湾福茂之间的合作关系。

回归香港
(Coming Home)
北腔南唱，时势出天后

好多人问过我，为什么会签王菲？其实，在二十世纪八十年代末，我几乎每晚都有移民饭局，因为身边很多朋友，特别是娱乐圈的，每个人都好怕1997将至，不是移民加拿大，就是去澳洲，要不然就是正在申请居英权。我自己也有很大触动，我反问自己，既然我决定了不会离开香港，而1997年又有世界上这么大的一个议题，如果我有机会能够签一个大陆歌手，那么就随时都可以掌握势头了。就这样，我与王菲签约了。之前王菲因为香港的唱片公司和经纪公司的关系，令她很不开心，跑去了美国。回来之后竟然一跃而红，这个神话我已经说过了。当时我离开了新艺宝抛下了他们，其实我心里面是有点过意不去的，也期待有机会可以再合作。就是这样，1993 年《执迷不悔》大碟的国语主题曲让我可以再有机会和她一起做音乐。为什么？因为我当时在做亚太地区的工作，推广国语歌是我的工作范畴。同时这是阿菲的第一首国语歌，她自己填词的，口碑非常好，加上学友《吻别》的成功，亚太区办事处没有理由不将重点再一次放在她的身上。

因为《执迷不悔》这首国语歌，王菲在当时创造了一个小小的奇迹：香港女歌手（当时我当她是香港女歌手）竟然因为一首国语歌而极度流行起来。其实唱片里面是有粤语版的，但粤语版却不如国语歌那么火爆。可能因为她还没出过国语唱片，所以歌迷包括小众的台湾朋友，都对她将要发行的国语唱片有所期待。还记得有一次阿菲问我："我们出国语唱片跟你有没有关系的？"我说："有啊。"然后她笑着说："那就好了。"我很清楚，这位来自北京的朋友从她 1989 年的第一张唱片开始，其实她一直都想出国语唱片。说实话，出国语唱片就是她的心愿。我因为工作的关系调动了几年之后才有机会帮她完成这个心愿，对我来说这个感觉非常不错。

但是她后来也问了很多关于台湾福茂的事情，因为对她来讲这是一家新公司，她也问我为什么不是在台湾宝丽金出唱片。我解释了很多，让她放心。上文跟大家说过，由于公司的制度关系，香港的宝丽金歌手要在台湾的宝丽金出碟，而新艺宝就一定要交给福茂。公司的规矩不能变，我只能在其他方面花多点心思，况且，王菲对我是有一定程度的认识和信心的。就这样，到了 1994 年，我和王菲还有台湾的同事为这张叫做《谜》的唱片开工了。顺带一提，为什么是 1994 年，不可以早也不可以晚呢？因为这位由内地来香港定居的同胞王菲一定要在香港住满七年才有一张三颗星的身份证，然后才可以随意进出香港和台湾。所以这张三颗星的身份证也完成了王菲出国语唱片的心愿。

因为王菲的第一张国语专辑，我们跟台湾的同事在公务上来往得很密切，也陪过王菲到台湾工作好多次，印象最深的一次，是我们在台湾坐着一辆车四处去跑台的时候，同事很关心，就问："要不要买点东西给你们喝？"阿菲就说："好啊好啊，我好喜欢喝那种有一颗颗的奶茶。"同事就说："OK，珍珠奶茶，没有问题！"王菲问我试不试，她说挺好喝的，于是我人生中的第一杯珍珠奶茶就出现了。但我觉得一般般，到今天，我都不是很喜欢这种有一颗颗珍珠的奶茶。跟她在台湾下飞机入境的时候我们经过移民局，她用了那张有三颗星的香港永久居民身份证，我就问她："你感觉如何？"她很轻描淡写地跟我说："OK吧。"还记得为她《谜》那张大碟开记者发布会（就是我们香港人说的"记招"），台湾公司的张老板一定要我坐在主讲台，我说"不用啦，我不喜欢"，他说"不要紧的，你一定要坐"，就在快要见记者的那一刻，阿菲忽然问我："你坐哪里的？"我说："我坐在你身边好不好？"她没什么反应，我也忘记了她说了什么，总之，我们这位天后的性格，一切都是一句起两句止，蜻蜓点水。记者发问的时候我自然是被访者之一，人人夸我说什么伯乐呀什么慧眼识英雄，我只记得我很开心地跟记者说："我帮王菲完成第一志愿了，就是在台湾出这张国语唱片。"老实说，现在想起，我当时真的有一种老爸见到女儿毕业的感觉。

提到王菲的第一张国语唱片《谜》，其实我对唱片里面部分歌曲不是太认同。我还记得我跟那些台湾同事开会的时候，我说那些歌太保守了。大家要知道，当时香港已经出了《十万个为什么》，王菲在香港被誉为前卫、大胆、创新的潮人歌手，真让人想不到，当日的"大陆妹"，短短几年便成为了香港潮流的指标，她的一举一动都令人瞩目。我还记得她在头上弄了一个不知道是什么的发夹，哇！人人都争相仿效。总而言之，我觉得《谜》这一张国语大碟不够潮，还有，我更加反对的是台湾方面的第一主打歌是新版的《执迷不悔》，我觉得原装似乎好很多，但是他们一意孤行，我实在不太明白。结果呢，台湾的同事很有耐心地跟我解释，他说《执迷不悔》原来那个版本对台湾歌迷来说有点印象，不过印象是模糊的，用这个新版重新介绍初到贵境的王菲是最好不过的。而整个唱片他们说最热门的就是《我愿意》。对于我来说这些山盟海誓的情歌真的not my cup of tea。不管怎样，台湾是一个我不熟悉的市场，我唯有静观其变。事实上正如我所料，《谜》大碟刚刚在台湾推出的时候进度真的很慢，一轮又一轮疯狂的宣传，唱片也只是从十几万慢慢地追上去。出人意表的，轮到《我愿意》的时候，简直好像疯了那样一飞冲天，风靡整个台湾，连那些主持电视节目的大姐大见到王菲都说："哎呀，你唱歌的方式真的独特，很有味道。"对我来说，她还可以更好。反正，两三招之后，台湾的销量就冲到了五十万大关。我们又去开庆功宴了。

王菲终于因为《我愿意》这首歌成功登陆台湾，"天后"这个名号不单单用在香港了，整个华人世界都可以用到。那个年代是唱片业的高峰期，CD成了最受欢迎的产品，没有盗版，又没有下载，而CD的价钱是100元一张，故此，也是唱片业的黄金期。忽然之间，香港的歌手有了巨大的海外市场，当红歌手（例如阿菲）几乎这边录完唱片，那边就要开始选歌录下一张唱片。如果包括国语唱片，一年至少出四五张专辑。这是好事，大家趁环境好，赚多一点钱。偏偏这个时候，我们的王菲小姐情窦初开，并且那位窦先生还是北京人，她只

能一下在香港，一下在台湾，再不然就是在北京。上北京就是谈恋爱，没事情做就立刻买张机票飞北京，往往去了还不愿意回来。唱片公司的老板跟我投诉过几次，我又能干点儿什么呢？恋爱大过天嘛。忽然有一天，公司的同事好紧张地拿了一份《明报周刊》给我看，说："出大事情了！"原来记者拍到我们的天后王菲在北京跟窦唯住在一间烂屋里，一大早起来去旁边屋子如厕，还拿着一个尿壶。这张照片一出来，震惊全城。不过我挺气定神闲，觉得这是一个最佳的宣传。真的一点儿都没错，这张拿着尿壶的照片，红到台湾去，王菲小姐人气再次疾升。敢爱敢恨，年轻人最喜欢这一套了。

歌星忽然之间红起来，几乎接近呼风唤雨，还可以歪曲是非的时候，身边自然多了很多"妃嫔"和"太监"。1994年连台湾都被王菲"攻陷"之后，我就有点害怕与她接触。况且那时我有一个不错的位置，认为事情真的到了非我不可的时候我再现身也不晚。加上当

时王菲小姐开始热恋，想看到她其实也不是容易的事。OK啦，谁没有谈过恋爱呢？对艺人来讲，多有点感情故事，唱起情歌来情感的控制可能更好一点。不过有一天，台湾的同事过来找我，本来是想要档期开王菲最新的国语专辑。他说跟王菲聊的时候，她说想把部分的歌曲和档期搬到北京，还说想找窦唯的作品唱一下，甚至想要黑豹的成员来伴奏（黑豹就是窦唯的乐队）。我说："先不要吧，刚刚第一张唱片有那么好的成绩，如果第二张的歌曲风格变得太厉害未必是一件好事。不要紧啦，现在见一步走一步，歌照收。爱情很盲目的，重要的是我们不要说太多的话，有东西就先照着做吧。如果我有机会的话，我一定在她面前尽量提点一下。"

说完这段话没多久，有一个很奇怪的电话打来找我，内容就是说有一家新开的航空公司，想找一位很中国但有香港味的代言人。不用说啦，当然要找王菲。这家是什么航空公司呢？原来这家公司的创办人是一家很著名的唱片公司的老板，他玩着玩着不玩音乐，就去玩了飞行。这位就是著名的 Richard Branson，他那家航空公司就是大家都知道的"维珍"。有了这个机会，我就可以约王菲和她的经纪人陈家瑛出来喝茶，顺便聊一下天。维珍航空公司说要以红色为主，那就容易啦，中国人都很喜欢红色的嘛。那边的经理就是一个西方人，也说要过来喝茶见见面，看情形，找王菲做代言人是志在必得的。我身为唱片公司的老板，最简单的就是做一首歌，顺势而上。价钱、拍摄时间什么的，就交给陈家瑛小姐搞定。一切都很顺利，我也趁着这个机会，跟王菲和陈家瑛在这里说说音乐，特别是在台湾的部分。我说刚刚开始起步，不要那么快就加那些新的音乐元素进去，北京那些乐手，我们下一张专辑再说吧。包括王菲在内，大家都点点头。但是点头不代表是同意的，以后你就知道了。

维珍航空公司的经理把自己说得很懂音乐似的，可如何让一个西方人明白我们是怎样做粤语歌的？正当我觉得挺困难时，英国的 Cocteau Twins 就"驾到"了。那时候的王菲最喜欢 Cocteau Twins 了，那个洋人听说我们会模仿西方歌曲去写主题曲,他自然就同意了,我也松了一口气。很快,《回忆是红色天空》就出现了。因为时间很短,监制梁荣骏自己操刀也不找别人写,亲自搞定了这首歌。事实上,这首歌一出来,一点点 Cocteau Twins 的味道都没有,不过对方收下了,而且大赞。很快,我终于有机会在维珍航空的记者招待会上见到他们的大老板——大名鼎鼎的 Richard Branson,我觉得他这人挺有趣,同时,也感到荣幸。

台湾的同事跟我商量阿菲第二张台湾大碟的时候,说到阿菲有个要求,就是她想在北京录音,又说想跟窦唯多点合作。大家都挺担心的。虽然第一张唱片卖了五十万张,但坦白说,五十万对于唱片公司来说不算太满意,因为我们学友是过百的。所以每个人压力都很大。如果她一下子转了音乐方向,影响了唱片的销量那就惨了。有一次我们开大会的时候集齐了港台两地的同事,他们个个都要新歌,还问我们新的产品什么时候出,更说还要讲目标。一讲到王菲,全部人都很雀跃,但又很紧张。因为下半年(那年是1994年)大家混得好不好就要看这张唱片了。香港的同事出来讲了一大堆废话,说有第一主打歌要给大家播放的时候,每个人都为之一振。一听,原来是国语歌。台湾的同事听了之后当场皱了眉,因为这样会打乱台湾下一张国语专辑的计划。而且香港的专辑没有理由唱国语歌的嘛,粤语歌就粤语歌。当这首歌听完后,我和台湾的同事异口同声地问:"为什么又是国语歌?没有粤语歌吗?"岂料答案就是:"没有啊,这是王菲跟窦唯一起写的。他们说一定要推这一首《誓言》。"那我们都没话说了。在这个会开完后,我好紧张地抓住了台湾和香港的同事到一边去,严厉地问:"除了这一首《誓言》,还有没有其他的国语歌?老实点,别隐瞒。"香港的同事声音都抖了说:"真的没有了,不过不知道还有没有将要来的。"

王菲当年跟北京黑豹乐队的窦唯打得火热,在音乐上他俩也是形影不离的。他们合作时将粤语歌专辑里加入了国语歌,让唱片公司方寸大乱。这还不止,连工作时间表都乱了套,相信王菲

迷 一 定 有这张唱片，就是《胡思乱想》。大家买这张唱片的时候可能会觉得挺奇怪，因为封面连一张王菲的照片都没有——就是因为当时大小姐不见了人嘛，唱片又赶着要推出。当年是唱片业的高峰期，当红歌手如果要唱国语歌，一年起码出四张唱片。所以档期很紧张，不管哪张唱片推迟了，下一张唱片档期包括宣传期简直就像打仗一样。林海峰先生应邀负责设计这张唱片，很有心思，玩文字玩得很厉害，将歌曲名字和唱片名字东一个西一个写出来，还挺有效果的。加上时间的问题，所以我们就收货了。真没想到，歌词的部分用了颜色印出来什么都看不到，变成了无字天书。所以有的歌迷买了这张唱片之后就投诉，唱片公司也只好再印一张歌词纸。其后还有一个版本，就是突兀地拍了一张像是王菲的身份证那样的照片放进去，总之就是糊弄了事。但还是大卖。

1994 年算得上是王菲红得最厉害的年份，加上她有一段恋情在北京，新闻不绝，囊括整个大中华，令她人气疾升。也因为这个缘故，她又是北京，又是台湾，又是香港的身份和形象，当时唱片公司要将广东专辑和台湾专辑完全分清楚其实是有点难度的。况且香港或者是北京出的国语歌始终是没有台湾味。一轮紧张过后，又或是说被王菲小姐打乱我们节奏之后，台湾的同事选了不错的歌，也完成了她最新的专辑。有一天我回公司见桌面上有一个带子，写着几个字：王菲新专辑《天空》。我觉得很期待，便放出来听，听完觉得它跟《谜》有很大区别。大部分歌曲都是非常静和慢。我个人很喜欢，不过我又忧心了，因为通常我喜欢的音乐就不一定能大卖。所以拨了一个电话给台湾公司的张老板。相反他跟我说，很有信心，这张唱片是可以的。最重要的是我要给他足够的宣传期，多来台湾少去北京吧。说到这里我们大家都笑出来了。就这样，我们向香港的同事要了档期，也跟北京的经理人平衡了一下北京的时间。我们就好像这张唱片的名字一样，腾出了一个额外的天空。这首歌在台湾一派上电台，反响奇佳，赞美之声不绝。同一时间我觉得已经是上了轨道，于是就没有像《谜》那样跟进得那么仔细，觉得我不紧张成绩或许还会好一些。最兴奋的消息来自新加坡、马来西亚。通常这些地方不知道是不是天气热，他们的反应都会比较慢。但是《天空》一出来，那边的同事很焦急地问我什么时候可以拿到档期过来新、马做宣传。甚至那时候连日本那边都突然传了一张传真过来说也想要档期宣传。从此，王菲亚洲天后的位置就奠定了。

在台湾做完一波又一波的宣传，《天空》大碟果然是与众不同，很快就像学友的销售数字一样过了一百万张，真是皆大欢喜。当时其实当歌手也不容易，唱片出得频繁，宣传要整个东南亚跑来跑去。我说过新加坡有一个很大型的慈善演出，相当于我们香港东华筹款一样，电视台一整天都会播放。由于我们手头上的歌星太多也太厉害，故此一直以来都是宝丽金包揽这个晚会。这一期最厉害，连最人气逼人的王菲都在我们手里。忽然之间我承受了很大的压力。我还记得安排这一次宣传的时候，开了一个很大型的记者招待会，全新加坡的记者几乎都来了。由于处理不当，再加上记者对王菲的问题问得很苛刻。我一生气就腰斩了整个"记招"，闹了很大一件事。同一个晚上，在后台准备为这个电视节目演出的时候，我站在王菲身边闲聊，不知道为什么忽然有一个十几岁的小朋友进来了，本来要歌星签名是很简单的，我也不会阻挠，可想不到这个小孩签完一张又一张。王菲都签了之后又看看我。我就明白了，当时我火都大了，马上赶那个小孩出去。后来才知道惹上麻烦了，原来他是一个重要人物的儿子。从那时开始我才知道树大招风。我决定以后的宣传我都交给我的同事做，我自己尽量躲。

整个 1994 年对王菲来说真的是她的高峰年，也是她突破的一年。除了粤语唱片之外还有两张非常不错的国语唱片，又谈着恋爱，趁着这个势头开了她首次的红馆演唱会。我们的潮人天后竟然把演唱会的名字改得普通到不行。不是什么"王菲快乐圣诞"，就是什么一九九几新年演唱会，总之就是土到不行。但是时机好，那些场数加完一场又一场，结果连唱了十八个晚上。第一次在红馆开演唱会就有这样的成绩，令人无话可说。第一晚我去探班的时候，一进去就看到御用唱片监制梁荣骏先生。我想他也替王菲开心，从他的眼神和笑容我看得出来。毕竟她一个籍籍无名的北京来客，七年的光景就成为亚洲天后，还一开就开十八场演唱会，真的值得庆祝。他第一句就问我："少宝，你有没有想过王菲会有今天？"我完全没有思考，直接回答说："有！不然我干吗要签她！"是不是好嚣张呢？说句老实话，其实我一向都喜欢做自己喜欢的东西，或者应该说是做我相信的东西。这么多年都没有变过。进了后台打招呼之后，我觉得有点不妥，但又想不起是哪一方面。到底是什么不妥呢？原来跟我一向去的大歌星演唱会真的不同。因为后台花篮很少，人也不多，甚至可以用冷清来形容。果然是性格天后，朋友也不多。唯一一个我可以聊两句的对象就是王菲的妈妈。我还记得她问我喝不喝汤。哇，女儿都当天后了，她昨夜还熬汤，亲自带来后台打点一切。我都不知道该怎么反应。于是我眼睛一扫，看到一个坐在角落很安静地看着一只小狗的年轻人。到底是哪

位呢？哦！原来是久闻大名的窦唯先生。

我有一个很奇怪的习惯，就是我不喜欢去歌星的演唱会现场。第一，是我没有这个耐心；第二，是我会紧张。故此很多时候我习惯去后台看他们录影，又或者站在控制台上面，你说是不是贱骨头呢？王菲第一场红馆演唱会，我很不习惯后台这么冷清，反映出她身边的朋友不多。或者应该这么说，很多圈中人都不知道怎么接近她。那也不错，对我来说不用打那么多招呼。又能有机会让我跟窦唯聊聊北京摇滚。我还记得他的普通话我听来听去都听不明白，对话很辛苦。可我很想从他口中了解多一点北京的乐队，我一直很想做北京摇滚。当时我有一位友善行家，台湾那个滚石唱片公司大搞北京摇滚，你们还有印象吗？魔

岩嘛。聊了一会儿，窦唯突然站起来，说："不好意思，我要准备一下。"准备？原来是这样的，王菲特地安排了爱人有一段独奏，让他表演过过瘾，而且表演的时候还要将整个台升起来。那我就真的要出去看看表演了。谁知道出去之后还觉得恐怖。因为现场鸦雀无声，只是偶尔会有零星的几声"阿菲"。我们的天后没有管这么多，只是唱歌，又唱歌，完全不跟台下的观众沟通一下，并且还说一定不唱《容易受伤的女人》。哇！好一个个性十足的女人！

第十一章

Chapter Eleven

天王一出，无远弗届，事业高峰

再遇好友 Paco

1994 年堪称是粤语歌的最高峰期。相反 2010 年唱片业的萎缩还有媒体打架大战，连卡拉 OK 都说要兵分两路，真是屋漏兼逢连夜雨。1994 年除了香港的歌手一个又一个地冲出香港，成功登陆亚洲各区，过百万的唱片销量也是前无古人后无来者。其他的配套都仿佛有神助，一会儿又说有 Channel V，一会儿又说 MTV 这些电视频道空降亚洲，因为老外也开始注意到粤语歌。我的 40 岁生日也因此来得颇为特别。皆因 MTV 那个洋人好朋友 Jeff 说著名音乐杂志《Billboard》要颁奖给张学友。这是一个非常大的荣誉，第一位中国歌手有一本外国的"音乐天书"说要颁奖给他，大家当然开心啦。也不用讲，一定是我陪学友去领奖。这么有趣？当然啦，因为上飞机那天是小弟的 Happy 40，即我的 40 岁生日。其实我做习惯了广播和娱乐，也明白庆祝自己的生日没有什么特别，甚至都有点麻木了。虽然"人在江湖，身不由己"，但我傻兮兮地想，美国跟中国有时差，来回算一算自己可以过两次40岁生日呢！我们坐夜机到了美国机场，很快出来了，Jeff 亲自到来并笑脸迎人地接我们，劈头第一句是"Welcome to L.A!"然后有一辆几十尺长的黑色林肯开过来，很典型的好莱坞风格。当时我又饿又累，上车一看，原来车里还有冰箱。我马上打开冰箱看看有没有东西吃的。食物就没有了，不过有很多香槟。学友很乖很安静地坐在一边，我就不管啦，香槟都先喝几瓶再说。就这样，蒙蒙胧胧中电话响起，原来是闹钟响，要开工了。

说1994年是香港音乐的巅峰期，那还不止，还是香烟可以拍广告的末期。哇，烟草商人大把钱没地方花，真是"帮助"了香港乐坛。再一次告诉你，那时候的宝丽金实在是"声强歌壮"，我跟赞助商聊起来都特别轻松。因为歌手齐全嘛，又有天王又有天后，还有不断上来的新人。唱片广告从未如此花得起钱，那时候相关的 MTV 制作都特别漂亮，

金钱的确有它的魅力。学友的《饿狼传说》就是其中的代表了。小小 Micheal Jackson 的影子，那部 MTV 就拍了个天文数字。当然啦，再多的钱烟草商人都花得起。也因为这样，很多奇怪的现象陆续出现了——艺人的车费、化妆、形象设计、保姆，连护卫队的费用也特别高。随便一个化妆一万块一天，租车宣传又是一两万。黎明先生有个特别爱好，一出现就要一个军队似的护卫队，这又是两三万。香港唱片公司开支之大，占了唱片行业总收入的30%。算起来唱片出得越多，生意额越大，并不代表赚的钱多。因为花费实在令人咋舌，同时也给唱片业埋下了一个定时炸弹。

二十世纪九十年代初，学友凭着《每天爱你多一些》成功回到最受欢迎男歌手的宝座。之后他又跻身在"四大天王"之列，《吻别》更加为他打开了大中华市场，他的事业一日千里。唱片公司也因为他生意越做越大。大公司生意做得大，目标就定得高。坊间盛传宝丽金当年是有十八个月薪水的，我告诉你，这真的得之不易。王菲也因为当年她的唱片公司把艺人当摇钱树，触怒了与她签经纪人合约的滚石唱片，一怒之下取消

了合约，恢复自由身的她竟然步入了天后的行列。一切都是难以预料。但是路还要继续走，业绩还是每年都要达标。当时盛传张学友因为很感谢宝丽金，故此有一期签约不收包底费。但之后学友很不满意宝丽金香港分公司，一年里头狂出他的唱片，把他当做提款机。今天看来，所有事情似乎都是上帝的安排，一切都是冥冥中注定。1996年学友低调地宣布正式跟罗美薇结婚，他也向公司表示要安静一段时间，重新计划一下他未来的音乐道路。我也同意他的决定。结婚之前，他所有关于音乐的东西真的来得很快，很密，真的有时连睡觉的时间都在录歌，做个唱。有心的歌迷也会留意到，1996年是学友的巅峰期，但也是他出唱片最少的一年。因为他为了突破自己，开始做起了舞台音乐剧。

如果没有记错，差不多的时间，The Phantom Of The Opera 首度在香港演出。相信是各种原因结合，学友的创作神经被触动到。我还记得我跟欧丁玉聊天的时候，从他口中得知学友打算将他正在录的这张唱片延伸做舞台剧，我也觉得挺有趣。我很欣赏歌手不断地有创意，而不是成功了之后就原地踏步。有一天我走到地铁，眼前一亮，见到红色的海报上面写了几个大字："不老的传说"。差不多同一时间，学友那个在水中舞动的video出现在我眼前。整个感觉很新鲜。我心急地拿了一张《不老的传说》来慢慢欣赏，从歌词、歌名感受到应该有点东西作后续。很快，大街小巷贴满了《雪狼湖》的海报，然后就是我出现在红馆的后台向他们道贺。还见到了他们的女主角——很美丽的林忆莲和来自新加坡同样也是很美丽的陈洁仪。演出一结束口碑就出来了。我的电话响个不停，包括失踪了很久的朋友都打电话来要票。我不是说过学友在新加坡有一个慈善演出嘛，他可以算是代言人之一，当时这里面的一个巨头打电话给我，说要带上新加坡那边的银行家过来捧他场，要我安排座位。我替学友感到开心，因为艺人要突破是不容易的，而且还是空前的成功。四十三场红馆演出，又一个纪录。宝丽金香港分公司其实一直都游说学友把《雪狼湖》拍下来，打算用来出DVD。但学友视《雪狼湖》如同他的亲生儿子一样，他把这个剧看得很长远，他还打算以后做一个国语版，可以回内地发展。所以他不想拍下来，并且坚持说想看《雪狼湖》就一定要买票进场。事实上那段时间，学友是非常不满意公司疯狂出他的唱片来填补合约的，他认为公司对他不尊重，也是滥用他的歌向歌迷开刀，即赚钱。双方关系搞得非常差。终于有一天，学友做了一个重大的决定。令宝丽金香港分公司很气愤和觉得丢脸的，就是他的新合约不再签给宝丽金香港分公司，而是转投到台湾分公司那边。在歌迷看来或许没什么不同，但对于香港区的公司来讲不仅损失了一大笔生意（因为以后出碟的时候他们要向台湾那边要人，才能为学友推出新的唱片），而且也会令香港和台湾的同事有所不和。对于我来说，

学友怎么签也是我亚洲区的艺人，并没有影响，但我知道香港区的同事很沮丧和失落，也知道这张新合约的内容对香港非常不客气。如果没有记错，1998年的《释放自己》就是宝丽金台湾分公司为学友推出的第一张粤语唱片。

记得有一次在印度尼西亚开大会，在宝丽金工作十几年的我第一次目睹老板对香港分公司的不客气。一向是龙头大哥的香港，竟然在众多亚洲区域的领导面前被老板狠狠批评了一顿。散会之后，香港的老板陈总和我在酒吧里闲聊了几句，表示出极度的郁闷。我也没什么好说，唯一可以做的是安慰他几句。大家都有一个结论，觉得香港这边的歌手有老化的迹象，要加把劲签多点新人，尽快有后浪接上。当然，在他的言语当中感觉到他对新加入"宝系"的黄柏高Paco、也就是当时香港另一家"宝系"正东唱片表现得很有保留。原因

很简单，以前我做新艺宝的时候和陈总有说有笑，因为我们都是向同一个老板交差，私下很有默契。Paco 的正东就不同了，甚少交谈，最惨的是报章不停地写，说大老板想用我和 Paco 逼走陈总，所以我也明白他的顾虑。

我和 Paco 相识于微时，1978 年我第一份和唱片公司有关的工作就是跟 Paco 一起共事，正式入行之后他也处处帮我忙。"六 Pair 半"时期，Paco 跟我关系好到甚至同穿一条裤子。哪怕我加入了宝丽金远东公司，也常常不怕忌讳地跟他有来往。鲜为人知的是，当年 Paco 还效忠于华纳唱片的时候，我有跟 Paco 说过叫他签阿菲。但因为合约上实在太复杂，Paco 最终放弃了和她签约。1995 年的某一天，Paco 打电话给我，他说跟老板郑东汉先生聊得很开心，他会再回唱片界。当时他正式离开华纳大概有一段不长不短的时间。也因为这样，他得到宝丽金的资助正式复出。搞了一家叫做正东的唱片公司，这家公司很快又成为宝丽金旗下的附属公司。我当然非常开心。我身处亚洲区，香港公司那些老总全部都是我的朋友，工作起来不用说，当然是双赢。我还记得很清楚，Duncan（目前是香港环球唱片公司的老总）还打电话给我，要我在电台节目"少宝与文狄"中帮他播正东第一位签约的女歌手的歌。这位女歌手就是陈慧琳小姐。

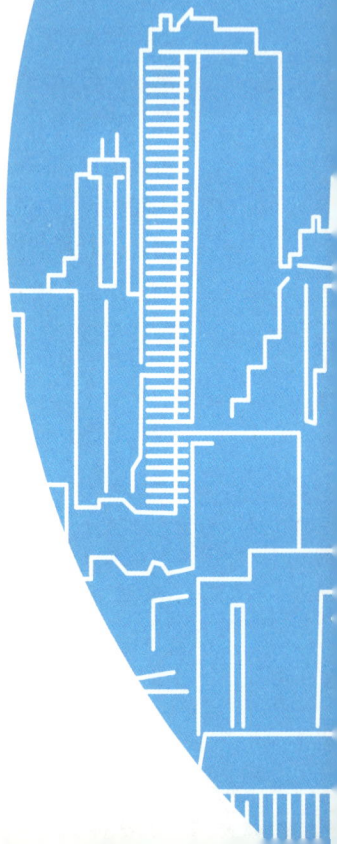

香港广播界奇迹，六啤半合照

《商业电台》（六啤半第二期）合照

北京摇摆，
非池中的郑钧

Paco 在华纳的时候，宝丽金也是他的假想敌。离开华纳的那两三年他是过得不容易的，因为他曾经跟我说他那时候没事情干，开车去海边，看海也可以看一下午。故此，在我老板郑东汉先生决定支持他复出的情况下，做了正东唱片的 Paco 变得更积极拼搏，有点只许成功不许失败的感觉。Paco 当然也有他的本事。1995 年成立的正东在两三年之间将陈慧琳捧红，随即还有许志安、苏永康等歌手成为一支强有力的"正东部队"。而形势急转直下的宝丽金香港

分公司自然承受了很大压力，既有内部集团中的相互竞争压力，同时宝丽金台湾分公司因为签了张学友，仿佛自己人也在明争暗斗。再加上在很长的一段时间里，香港分公司都没有成功推出一个新艺人，所以阵脚颇乱。我在远东办公室里眼见正东做得不错，台湾福茂也成功做起了范晓萱，工作来得轻松顺利。有一天郑老板打电话给我，说有事商量。坐下聊了不久他就问我有没有兴趣开一个品牌玩玩，签一下自己的歌手。因为他看到"宝系"在内地方面还未正式起步。

　　我当然高兴啦，理由很简单，从1990年我离开新艺宝之后，一直在宝丽金远东区公司为亚洲区做推广工作，完全没有参与发掘歌手。做的也是分公司签下的艺人。老板有这个提议我自然非常兴奋。况且宝丽金一直没有正式的内地歌手。当时滚石的魔岩推广内地的摇摆音乐搞得热烘烘，我自己也想趁这个机会学习一下。就这样，公司拨了预算给我，要我埋头苦干计划这个新的品牌。以非主流的音乐为主，但其实还是做主流音乐。很老实地说，都是要给公司赚钱的嘛。我想签的第一位大陆歌手就是一位 rock singer，他叫郑钧。因为我跟Beyond 的经纪人 Leslie 很熟，他自从将整家公司卖给滚石之后，一心打算回大陆成家，还醉心于大陆的音乐发展。当时郑钧的一首《回到拉萨》在北方唱到家喻户晓。也传闻 Leslie 和郑钧在合约上出现了问题，郑钧应该不会跟他签约。于是我约了这位朋友在深圳见面，大家详谈合作的事情。

　　虽然郑钧的经纪人（也就是 Beyond的前经纪人）说如果我签郑钧的话他就会采取法律行动，但是我跟歌手都看过那份合约，觉得实在是没有问题，也因为这样，我也顺理成章地成为这位朋友"以前的好朋友"。不管怎样，唱片要开工了。我首先是坐飞机到北京看看他录音。当时的北京，他们的乐队因为滚石魔岩的关系弄得气氛很炽热。我好不容易找到那个郑钧眼中的优质录音室（北京人叫录音室为"录音棚"，入乡随俗，我也跟着他们这样叫），在一条破破烂烂的巷子里，终于见到了郑钧。他将他录下来的音乐给我听，又表示对这张唱片很有信心。因为自从《回到拉萨》这首歌红极一时之后，他虽然有两年多没有出过唱片，但《赤裸裸》那张唱片依然在坊间卖得非常不错。我除了留心听他的录音之余，还注意到这个录音室非常的简陋，跟我们宝丽金那个简直不能比。

　　我的监制是个香港人，他叫 Cello，为了方便工作，也为了监督唱片的进度和品质，就在附近租了一家小酒店住。他告诉我天气比较凉，他已经有两三天没有洗澡了，因为这个酒店里面是没有热水的，晚上也很吵，街上的声音再加上人声，让他睡不好觉。于是，我就邀请他说："这样吧，不如你来我的五星级酒店洗个舒服的澡吧。"

　　1996 年，当时在北京做音乐的环境

还不太理想，但是每个音乐人都很有激情。我和郑钧签约一事，很快全北京的音乐人都知道了，这在当时算是一件大事。我在北京时圈中很多人想通过郑钧见我。最神奇的是，我刚刚去到酒店登记，便已经收到两三张写有自我介绍的字条，说他是什么音乐人，想跟我约一次见面。我没有太在意，回到房里，电话响个不停，都是一些陌生人说要约见我。我的行踪好像一直都有人通风报信那样，感觉有点不自在。

在吃饭时，郑钧又说要介绍一位朋友给我认识。是一个身材瘦削的年轻人，他介绍他自己是张亚东——当时王菲最重用的编曲和唱片监制。饭后他们说带我去见识一下北京的夜生活，我们去一个叫做三里屯的地方喝东西，看乐队演出。在酒吧坐下不久，又有很多郑钧的朋友不停走过来跟我打招呼、发名片。席中有人问我，想不想玩一下？我以为是玩骰子，谁知道，一打开原来是一副飞行棋。我们一边喝酒，一边玩飞行棋。哇，真是玩得挺 high 的。

当时北京的乐队气氛真的很热闹。在北京的那段日子，我明白到专注做一两位艺人比滚石那样大队进军要少担许多风险。而且当时我眼里的北京摇滚乐手真的个个都有一团火，非常有冲劲。但也因为这个缘故，如果不小心，就很容易闯祸。当郑钧的唱片快录完时，我决定帮他做一个隆重的发布会，告诉大家是怎样一回事。5 月份的某天，我们开了第一个发布会，广发"武林帖"，邀请了很多朋友来参加。新品牌"非池中"就是我在北京打响的第一炮，首张北京文化和欧西文化结合的郑钧专辑就这样面世了。

当时刚好有朋友在北京有一个音响展，我就跟朋友说："不如一起做吧，气势会大一点。"在 1996 年的 5 月，郑钧的发布会正式登场了，当天我很兴奋，因为是第一次在北京搞音乐。郑钧那张专辑名字叫做《第三只眼》，专辑的主题歌也叫《第三只眼》，这首歌我跟郑钧都很喜欢。当天也是我好友音响展的最后一天，到处人山人海，我随随便便就收到了几十张卡片。在郑钧进场前十五分钟，忽然有个当地人又递了一张卡片给我，"咦？不是刚刚介绍了吗？为什么又要给我卡片？"正纳闷呢，便听到这位北京的朋友说："这张名片不是我的，是门口有一个人叫我一定要交给这里的负责人。""这是怎么回事？""来了一个不知道是什么局的主任，说我们这个记者招待会是非法的，因为他那个局从来都没有给我们批文同意开，如果我们不见他，不当面把事情说清楚，他就会叫公安来清场，封场并捉人。"

人生地不熟的我走到我们公司的总发行商面前，问她认不认识这位仁兄。她满不在乎地说："又是他！不要理他！快点开快点开！"我说："不行的，要理一下别人吧。你要记住我们这个发布会除了我们自己之外，还有一帮兄弟在音响展那边的，我们不管自己都要管一下别人的。"没办法啦，我无论如何都要硬着头皮去见一下这位不请自来的大哥的。

去到会议厅门口，这位主任问我："谁给你们权利开这个记者招待会的？"我说我们有批文的，他更生气了："我都没给，你怎么会有批文？"我一时不知道该如何应对，便对他说："有事慢慢商量，不如先进来坐下喝杯咖啡。"安抚他坐下之后，他一见到那条横幅上

面写着"郑钧《第三只眼》新碟发布会"便又问我："什么是第三只眼？"我说："是唱片的主题歌曲。"他说："那这是写什么的？"真是考验！这首歌是写什么的，叫我怎么说呢？他提高了声音说："郑钧在哪里？叫他出来见我！"我连忙叫助手去通知郑钧。

没多久，郑钧出来了，这个人就大声问："你知不知道你们在搞什么？第三只眼是什么东西？"只见郑钧不停地在点头，然后让我们把那条横幅拿下来。我说："大哥，能不能只拿主礼台旁边那一条横幅呢？"他想了一想，说："也好。"这就好了，我立马指挥工作人员说："赶快把它拿下来！接下来我们要开记者招待会了。"我请他坐在观众席看郑钧的记者招待会，可好像十分钟都不到他就说要走了。我不敢怠慢，就陪他走了出去。我还记得很清楚，我说我们今晚有一个招呼客户的晚宴，问他有没有时间来吃一个便饭。他摇摇头，什么都没说就走了。我回到会场，记者正在不断地向郑钧提问。我心里松了一口气，同一时间，觉得很过瘾。因为那些记者问的问题很有学术性。就这样，我们的记者

招待会开完，大功告成。我问总发行商："今天究竟可以收到多少订购单？"她说："五十万应该没问题，包在我身上。"

　　可惜最后郑钧的这张专辑不算太成功，可能是因为摇滚乐的关系，销量没有我预期的那么火爆，不过口碑真的算不错。记得这张专辑的第一首单曲就是《天下无不散之筵席》。当时郑钧也算有点名气，故此这首歌的 video 也不可以马虎。他们一声不响地找来了一位名师执导，是一位女士，我没有听过她的名字，但是郑钧大赞她，还说她是少数民族。我在这个项目里很幸运地学到了很多东西。感觉北京这边的人，他们的构思和理念跟香港真的很不一样，很有深度。而香港与之相比，就显得太肤浅太商业化。不过这边的拍摄成本比香港还高。我们大公司有预算的嘛，不能拍啊。讨论了很久，郑钧决定自己出一半拍摄费用，于是这件事就摆平了。

扬名日本

巧遇超级小男孩(Mr.Children)，
一见如故

二十世纪九十年代是唱片业的全盛时期，香港宝丽金是当时市场上的"大哥"。不过，花无百日红，之前我都说过了，很多的改变令回归之后的宝丽金香港分公司越来越艰难。但老板似乎一直都想自己革新，不想太多其他的人施以援手。老板要我做一个新的品牌，希望加强歌手阵容，但却让正东唱片跟我做市场和发行，一点儿都不考虑香港宝记。而事实上，虽然我和黄柏高是多年的死党，但由于他只想全心去做他的"正东王国"，因此对"非池中"来说帮助不大。除了郑钧和 MR.Children 之外，其他人都夹在中间，不上不下。有一天，宝记香港的老总德哥打电话给我，他说趁宝丽金将要举行二十五周年庆典，要搞得盛大一点，争取多点营业额，问我可不可以请 Mr.Children 做他们的表演嘉宾。哇，这是考验我啊。虽然我和小林是好朋友，但是我们不可以漠视他们在日本和其他公司签的合约。

我硬着头皮，试着去问小林武史先生，看看能不能让 Mr.Children 来我们宝丽金二十五周年庆典上做演出嘉宾。我认为机会比较渺茫，但是我又很想帮香港宝丽金搞好他们二十五周年的晚会，因为当时香港宝丽金已经出现了很多问题。没想到小林没考虑多久竟然答应了。当然，还是有一些附带条件的。除了一些基本花费之外，关于这个演出他们一分钱都不收我们的，但是不能用Mr.Children名义来卖票，故此在海报上面只能说是神秘嘉宾。而且他们的歌迷俱乐部里有几十名粉丝专门从日本飞过来，我们要预留一些好位子给他们。所有录音和拍摄在完成之后要交回给他们以免外泄。也就是说，这是纯友情演出，没有丝毫的商业来往。也是对的，全日本最红的乐队没理由无缘无故飞来香港，为宝丽金庆祝生日，他们又不是我们旗下的艺人，况且我知道他们日本那家公司知道小林武史认识我之后，一路都显得不安。我们该怎样回礼呢？有个简单又隆重的方法，因为《每天爱你多一些》原曲属于日本乐队Southern All

Stars的，而编曲部分刚好有小林武史的参与，所以当晚张学友在红馆唱《每天爱你多一些》的时候，破天荒地让小林从后台悄悄地走了出来，为学友弹琴。然后我们的天王巨星张学友向大家介绍小林，将整个演出推上了高潮。之后就是Mr.Children上台。大家都觉得非常尽兴，而我也觉得尽了我的本分，做了一件双赢的事情。对我来说，宝丽金二十五周年才是我眼中唱片界的历史性时刻。

● 在后台颁发白金唱片给美国歌星Janet Jackson
（领奖的是Michael Jackson的妹妹）

花无百日红，宝丽金被收购
风声鹤唳，漫天风火待黎明

"非池中"并不是一个成功的尝试，但对于我来说的确增加了很多音乐上的知识，同时也认识了很多内地的音乐朋友，让我一生受用。因为我做亚太区的关系，很早就跟我的老板迁出了著名的嘉利大厦。由于宝丽金多年来做本地音乐的成功，连同嘉利大厦这座简陋的旧式写字楼大厦都变成了本地音乐的一个地标。每天无数歌迷聚集，偷偷跑去我们11楼的录音室门口等偶像出现。歌星、

巨星、记者也都在我们破烂的电梯里面进进出出。这座15层的建筑物竟然变得人气十足。最高峰的时候，我们的工作单位分布在不同的楼层，多达五层。之前我也说过，在1995年很成功的香港宝丽金其实出现很多隐忧，当我们全部迁离嘉利大厦，包括我们最具人气的录音室Dragon studio也搬去铁路大厦的时候，宝丽金香港分公司的运程出现了很戏剧性的变化。更加没有人想到的是，

1999 年的下半年传出整个宝丽金被美国环球唱片公司收购的消息。自二十世纪六十年代开始，在香港以 Polydor 为名的"宝丽多"（其后的"宝丽金"）这个神话就这样画上了一个句号，并且还是一个不算太美丽的句号。

香港人可能都会记得 1996 年 11 月 20 日嘉利大厦的那场五级大火。因为有 41 个人死亡，80 人受伤，是香港有史以来十大火灾之一。传奇的香港宝丽金就是在这座目前不复存在的建筑物中度过了最光辉的时间。而制造出来的音乐也成为香港流行音乐的根基，是香港文化当中不可以缺少的一页。当公司开始重视远东区工作的时候，我和我的老板郑先生在九十年代初就已经搬离了嘉利大厦。留下了我们的同事在那里继续为本地市场工作。

随着我们的生意越做越大，在 1996 年我们因为合约上的问题搬离后，只剩下了最出名的 Dragon studio（就是我们的录音室）在嘉利。我之所以说它最有名，是因为当时宝丽金的本地市场占有率至少超过 40%，就是说当时你听到的很多本地音乐的制作都来自这个录音室。幸好在这场大火中我们的同事及时地逃离了现场。在大火熊熊燃烧之前，因为有工作人员在闭路电视里见到白烟冒出，这才来得及将大部分放在地上的录音带放回架上才离开，并且有了足够的时间逃离浩劫。这场大火让我们这个部门提早搬到了铁路大厦，香港宝丽金也因此而变得完整。

不过，没人想到这个新安排也是一个难关的开始。当所有部门都搬进了铁路大厦，嘉利大厦成为了历史，香港宝丽金潜在的问题也陆陆续续地浮现出来。其中包括王菲不再跟我们续约，转而投身到 EMI；公司几年来都没成功推出新歌手……最糟糕的是，我们看到街头巷尾开始出现很多流动的摊位贩卖盗版 CD。当时认为情况不算很严重，现在看来，所有的唱片公司（当然也包括宝丽金）其实都活在龟兔赛当中，大家太轻视盗版的破坏力了。再加上，在内地卖的货品同一时间回流到不同的地区，香港当然是首当其冲。不过当时市面上的气氛太好了，更是房价超高涨的时期。到今天我们才说香港的房地产价格超过了 1997 年，可想而知当时说的经济如何"起飞"，应该是说如何"泡沫"。以往每一年（我在宝丽金的十八年）最后一季将我们的年度计划呈给总公司时，各部门的总经理都在准备圣诞要去哪里玩，员工们都已经躲在一旁计算今年公司会分多少个月花红。但 1997 年是一个例外，总公司甚至发通知说 10 月和 11 月没有假放，要全面拼搏，因为我们将面临宝丽金隐藏的忧患，以及史无前例的金融风暴。

当我得知公司被收购后，便从亚太办事处转回到香港环球的业务，当时自然对香港宝丽金的生意更加留心。因为日后这盘生意就交给我了。还好我和香港的德哥一直都有交往，也经常听他说他的工作心声，故此我对当时出现的问题很有把握。其中一个大问题就是宝记香港有严重的老化，管理层有管理层的老化，歌手有歌手的老化。我开始在心里盘算：我接管之后的班底究竟如何？

那几个月香港公司的同事大部分工作都很散漫，生意更加不用说，没有特别的起色。我当然不想接这个烂摊子，感觉很困扰，但我什么都不能做。当时的香港是死气沉沉的，因为 1997 年金融风暴的后遗症还没有停止，还在逐步地发酵中。

简单来说，就是很多铺子都收了，很多富豪都纷纷破产，实在太恐怖，就好像这个世界没希望了。更加有趣的是，我最崇拜的美国总统克林顿，当时也因为莱温斯基一事很麻烦。总之在我眼中，那时候的很多事情都是非常无助的。

1999 年下半年对于我来说是非常灰暗的。有一天我睡醒之后看到我在广播界的好朋友郑大班被人砍了。生活中所有的一切都很令人沮丧。有一件事更好笑，德哥忽然打电话叫我马上到他的办公室帮忙。原来是有个金头发的朋友说我们宝丽金欠了他钱，他是上这儿来收钱的。我问究竟发生了什么事，这才得知跟我们合作的那家广告公司拿钱跑路了，这两位有背景的朋友就想过来跟我们聊，看能不能把钱收回来。真好笑，我告诉他们："钱我早就给了那家广告公司，那个人我也好久没有见过了，要不这样吧，你见到他的话不妨帮我追一下他拿的我们的钱吧。"真是屋漏偏逢连夜雨，我的电脑里收到的邮件越来越多，是来自不同地方的 MD（Managing

Director）即所谓的老大在邮件里跟我暗示说他们会离开公司。我很害怕，如果我留下当环球香港分公司的老大，那一手提拔我、看我成长的郑老板会离开吗？有一天我和他开会的时候，就硬着头皮问他："老板，大家都说要走，那你会怎样？"

一向慎言的郑老板说："有事你就做吧，是时候想一下环球接下来的部署了。"他没有多说，我想他既然叫我留下来，他自己也不会走吧？日子一天天过去，也知道宝丽金香港的业务有可能败在最后。没办法，我也帮不了多少。公司很多员工在那段时间都有意无意地到我面前说公积金的问题，都在计算到底走的时候能拿到多少。当然和我聊这些问题的人我都心中有数，我相信日后我主管香港地区他们一个也不会留下来，相反一声不吭地努力工作的人将成为我的班底。我有空的时候会看一下歌手的名单，可以卖可以做的真的不多。就算能卖的全都是大牌，但没有什么甜头，而且一定会有诸多要求。我很想

接受这个大挑战，可真的是困难重重。有一天我看到了一封E-mail，里面重申了多年在公司工作的同事最担心的公积金问题。他们做了一个很清楚的计算方式，还举了一个例子。大家都知道公司即将进入裁员瘦身的日子了。

公司陆陆续续地公布了接班人，细看真的很可怕，因为欧美各地的宝丽金老大逐一被环球当地的老大取缔，摆明就是改朝换代。香港或者说是亚洲就比较特别，因为在这个区，宝丽金的市场占有率就算是较差的那年也超过了20%，相反环球只有3%、5%。小鱼吞大鱼，当然是大有不同。那些电邮越看越可怕，我认识的老大一个接一个地表明要辞职。我正在网上不停地查，看有没有一些熟悉的名字，看有没有好朋友留下。终于让我找到一个，真的是只有一个，留在美国主持着大局，也就是说西方那边的人都走光了。

留在美国主持大局的是Chirs Robert，因为他是负责古典和爵士部，而环球没有这一方面的音乐，所以他才得以留下。其实亚洲

区我们的大老板郑东汉先生也算是很保护手下，但他还是要交名单上去的。我没记错的话原封不动的只有日本、印度和香港。我幸运地留下来了，还是仅有的一位留下后还得到提升的工作人员，在此我要再一次向我们的老板郑东汉先生说声感谢。

在全公司还没有收到总部的电邮之前，那天下午郑老板叫齐所有员工（当然不包括拿了辞职信的朋友），让大家都聚在录音室里等候他的最新公告。其实 10 个人里头有 9 个都清楚，郑老板将公布德哥的请辞还有我的新工作岗位——香港环球的董事长。等到公布完以后，不少同事纷纷来向我道贺，我点了点头，然后迅速回房等正式的邮件通告。由于时差的关系，我们等到黄昏六点才等到了这封电邮，当我看到"Alex Chan 陈少宝"这个名字出现在香港环球公布的名单上时，我就知道我是时候可以冲出去招兵买马再战香港音乐圈了。

第十五章

Chapter
Fifteen

环球登场，

《有个人》张学友独力支撑大局

"宝丽金"这个名字成为历史之后，2000年环球唱片正式登场，我也成为香港环球的董事长。首要的工作就是重新整顿风气，别误会了，不是要整顿同事，而是要"大搬移"。把原有楼层的办公室全部集中在六楼，大兴土木，宝丽金的大红色也要改为天蓝色。这样一来就可以省下大量的租金。因为宝丽金最后一年的生意滑铁卢了，所以我这位"新官"

什么都要省，很不容易做。每天都有一堆数字文件放在桌面，歌也没空听。幸运的是宝丽金留了一份好礼物给我，让我开工大吉。这份特别的礼物，即1999年年末张学友期待已久的粤语歌大碟《有个人》。

当时张学友的唱片随便一张都能卖到十万八万张。张学友作为"天王"，在我上任的关键时刻能正式成为我旗下的歌手，我肯定要第一时间约见他。和他打完招呼后，我介绍了一下这个新唱片的宣传要怎么做，然后让大家相互沟通。由于张学友之前正式签约给了台湾公司不再属于香港公司，故此新合约里张学友要求有很大的话语权，不管是新碟还是旧碟，只要是出碟都一定要和他坐下商量，决定权在他手上。这一张专辑还是上家签下的合约，我可以做的只是接受和尽量完成。环球要对香港公司履行收购后的工作，就是这张《有个人》。而这张唱片在 1998 年年末就录得差不多了。这是大家重新上场的第一炮，张学友的唱片又是销量的保证，因此我希望第一季的生意可以凭这张唱片做得好看些。第一次和张学友坐下谈《有个人》，我发现他对香港公司的确有很大的意见，不容易谈得来。比如说我不希望第一首主打歌是《你是我的春夏秋冬》，但是他却坚持，还说这首歌有圣诞的感觉，很适合在年末播。我只好说："不如这样吧，大家都回去想想。"其后我和香港公司的同事开会才知道，张学友决定的事是不会轻易改变的。我这才明白：无论我有多少伟大的构思，在现阶段我要做的，就是要用多点的时间去做多方面的

磨合。最糟糕的是我哪有这么多的时间呢？只能想想办法了。我新官上任当然是要顺应巨星的意思，所以《有个人》大碟第一首上榜的歌曲就是《你是我的春夏秋冬》。当时电台的反应一般，但是张学友歌迷的反应就很热烈。原来张学友有一群歌迷只要知道张学友有新歌上榜，第二天就会给我们公司发来一张传真，教我们怎么做宣传怎么搞好市场，有时措辞还会比较尖锐。《你是我的春夏秋冬》一上榜，这些传真就天天出现在我的桌面，我当然唯有一笑置之。难道我新官上任明知责任重大，却希望我的歌手不行吗？而且张学友还是我手上少有的王牌。坐在赌桌未必要当赌神，但也要保留两三张王牌，这样才能既保留宝丽金原有的精神，又可以替环球创业。不过那些传真有时还蛮搞笑的，连公司要用的资金都帮着计算好了，还会告诉你不要这样花钱，要怎样怎样花，反正就好像在为我们公司出谋划策一样。结果一曲《我应该》上榜后，拍完了MV，《有个人》专辑销售成功突破十万张。我的第一季才算是可以安心了。

第十六章
Chapter Sixteen

年年25岁，历经几代高层
谭校长——精神支柱

　　见完张学友后，第一时间就是要去找谭校长了。别忘了他才是我们公司的中流砥柱。我是香港环球的董事长，他是香港歌坛的佼佼者，约见谭校长是理所必然的事。谭咏麟谁不认识啊？何况他为我们前公司宝丽金立下了不少汗马功劳。我在他眼中未必是年轻人，但肯定是晚辈，现在成了他老板，我自己都有点接受不了。不过还好在音乐世界里不分大

小，我故意录了一大堆二十世纪六十年代的欧西歌曲让同事拿给他，顺便问他什么时候方便到公司和我谈谈。这一大堆歌曲交给他其实是有用意的：一是我想让他觉得我和他其实是差不多年龄的，起码他熟悉的歌曲我都会；二是我要告诉他，我除了音乐知识丰富之外，还对很大众的流行歌曲也不反感。因为当时江湖传闻我喜欢听很深奥的、很另类的

音乐，所以我做王菲做 Beyond 就可以，其他的就不太行。怎么会呢？我也会做大众口味的，不然怎么帮公司挣钱？谭校长简直就是我的"大路之王"，大家都知道他为人爽朗不拘小节，我问他什么时候方便到公司和我谈谈，他回应的方式有点随意。那天秘书跟我说谭校长想在电话里和我聊两句，我当然不敢怠慢，因为这是我进环球以来第一次和谭校长聊天。他第一句就是问我："工作习惯吗？"我说："怎么都得做啦，我们什么时候约个时间出来碰碰面？"他说："时间多的是，不用急。我在开车，听着你帮我录的歌，很正点哦。"我激动爆了，跟他说："你要是喜欢的话我再录多点给你。"他说："不用急，等做唱片的时候你再找我开会吧，先说到这里，再见。"隔了几个下午，货仓那边送了些新出品的英文 CD 到我办公室。这是我指定的。因为每天都有很多的新歌推出，我想了解市场，故此我规定所有的新产品都要送到我办公室看看。一看就发现有很多再版的 CD，只是将旧唱片换个封套，挺有趣的。我灵机一想，谭校长有那么多经典专辑，与其每次都是出精选，不如数码重造个母带然后出张个人经典唱片吧。当时中文歌市场没有人试过这么做的。于是我就和一众同事开会谈这件事，看看大家对这个有什么意见。开完会之后我们的总经理 Duncan 说这办法不错，值得一试。不久，包装就弄出来了，连用什么数码处理都挑好了，我还挺满意的。那就先推出五张谭咏麟的旧专辑，《爱情陷阱》《爱的根源》《傲骨》等统统都出齐了。我们卖的价格也不算贵，不能与今天的 CD 比较。Duncan 还想了一个好办法，就是叫谭咏麟出来开一个记者招待会，谈他心中最满意的宝丽金年代制作，然后通过报纸的刊载投票，看哪些是经典中的经典。就这样搞了一大轮宣传。

还记

得当时香港国际唱片协会 IFPI 有一个大碟销量榜，已经做很多年了，纯粹以销量作为上榜基础。1999 年是卖 CD 的低潮期，任何一个不算太大的数字都是可以上榜的。有一天上班，我的秘书小姐面露笑容地递了一张亚洲 IFPI 的榜单给我看。一看我都开心得合不上嘴巴，十张大碟里面谭咏麟的旧专辑竟然有四张上榜，而且全部都是数码重新混音的旧作品。我为自己洞察市场先机而感到高兴，而且还收到消息说谭校长也开心得不得了。

新一代偶像，
《星愿》化腐朽为神奇

　　我看了一下手上的歌手名单，真的没什么新人。郑老板人非常好，他建议我不如去探听一下其他的唱片公司，看有没有歌手的合约到期的，或许能签一两个回来。我不太喜欢做别人做过的歌手，我总感觉这一方面正东的 Paco 比我更加擅长。所以我也没有因为郑老板的这个建议而在这方面下太多的功夫。虽然我也见过陈奕迅，但是英皇给的钱远远超出了我可以负担的，加上我真的对自己充满信心。有一天我的助手 Duncan 跑来跟我说：有个小妹拍了星爷的贺岁片，人又漂亮，问我有没有兴趣。我说当然有啦，你也知道我的头号工作是什么，我想推出一两个新人。Duncan 就说："好的老板，我会努力的。不过她应该唱歌一般的。"我说："没关系啦，拿试音带过来先听了再说。"没想到他又重复说："我想她唱歌真的一般。"我说："你说那么多干吗，拿试音带回来听听

● 与张柏芝

再说吧。"隔了差不多一个星期，有一天我走到 Duncan 的房间和他闲聊，又旧事重提，谈起这位人气急升的美女。Duncan 说："那张试音带已经在我手上了，我听完就拿去给你听，不过可以肯定她唱歌一般。"我总觉得我这位同事神神秘秘的，不知道在打什么鬼主意。

　　当年我有个外号是 Dr.Music，是一个对音乐很挑剔的老板，连同事都认为我一定要签"唱家班"，天籁般声音那种。其实我在新艺宝也做过偶像歌手的，例如开心少女组柏安妮，虽然不算是很成功，但也不代表我一定要签"唱家班"的。结果我几乎是下命令式的，Duncan 才肯把试音带拿到我房间。他仍然还是说那句话："老板，她唱歌真的一般。"我说："行了行了知道了，你让我听下吧。"谁知道一听，我感觉她的声线很特别，声音比一般女孩子要低，可以唱又高又低的歌，不算差啊。我马上说了句："OK 啊！"这位助手瞪大眼睛看着我说："真的吗？"我说："当然啦，你赶紧让她来见我。"Duncan 说："好，

我马上打电话给阿龙。"
我问："谁是阿龙啊？"
他说："排舞那个啊。他就是这个女孩子的经纪人。""哦？是吗？那这个女孩叫什么名字？""姓张，名柏芝。"

　　就这样，我约张柏芝上来我办公室，跟大家见面。当时她的经理人就是排舞的阿龙，我进到会议室见到 Cecilia（张柏芝的英文名）的第一眼时，觉得她真的很美丽很清纯，果然有年轻偶像的质素。寒暄几句后，我们决定为她准备一张歌星合约。就这样，没有太大的风浪，柏芝正式成为了环球旗下的歌手。由于当时每个人都觉得我只会做"唱家班"，所以性格倔强的我决定亲自操刀，做一个偶像歌手让大家看看。很快，我跟我的音乐监制 Cello 一起商量柏芝的音乐

路线和歌词内容，看看如何用音乐、用歌曲来配合她的清纯形象。预计要派歌的时候刚好就是学生成绩发榜的时候，故此歌词部分我们让柏芝宣扬正能量，鼓励身边的人不要放弃，不用灰心。有少女笔触的填词人真的不多，我们决定选择李敏。因为当时商业电台支持本地乐坛，不肯播改编歌曲，一定要原创，所以我找了相熟的吴国敬，打电话请他写歌。虽然时间非常赶，但大家都说没问题的。结果出来了，歌好，词也十分适合。很快，张柏芝的首支歌就出现在我桌面上，一听，我非常高兴，认为这一次赢定了。但想不到这首《任何天气》就像一句谶语，不止有阳光，还有狂风大暴雨，更加有雷暴。

第一时间把歌派上电台，大家安静等待入榜情况。不过，都没兴奋24小时，填词的李敏打电话给我说她终于想起来了，原来吴国敬那首歌是出版过的，不是原创。我说："不会吧，没理由陷害我的吧？"原来那首黎瑞恩主唱的《自卑》填词人也是李敏。你说是不是巧妙呢？那怎么办呢？那首歌已经派上台了，

而且播得很好，没理由打乱自己的宣传吧？既然如此，我决定静观其变。大家都知道传媒是"007"，还没到下午就听到一位香港电台DJ播放小恩子的版本，还冷嘲热讽地说柏芝那个版本似乎比原版要逊色一点。我的好助手兼紧张大师Duncan的电话马上打过来了，"老板，原来那首《任何天气》不是最新天气报告，是昨天的。你知不知道？那糟透了，商业电台一定会取消播放的，我们还用做吗？哎，你有没有搞错，居然被骗了。"我说："我也不知道的，不如这样吧，我打电话向吴国敬求证一下吧。"他说："不用了，肯定是翻唱的，回来再说吧。"他觉得很没意思，就挂电话了。那也是，当时商业电台坚持一定要播原创歌曲的，《任何天气》这样弄，肯定就是翻唱歌曲。自然，新歌试听才两天就拉倒了。

由于签张柏芝的整个计划都很赶时间，所以很早就决定了一边录一边派歌。再加上我全力在音乐方面策动，故此我们市场部参与录制过程的机会比较少。更加没有想到因为吴国敬先生搞错了，《任何天气》由原创变成翻唱歌曲，进不了商业电台坚持

原创的这个流行榜上面。所以还是有点乱了阵脚。在当时我们是采用台湾的制作音乐方式，就是跟艺人不断沟通一段时间，了解歌手的音乐口味、艺人的思想甚至他们的家庭观，才开始替他们做歌。我的音乐监制 Cello 跟柏芝在马拉松式的对话当中，得知她最感动的歌曲就是当年郑丹瑞和张丽瑾合作的《留给最爱的说话》，故此在我允许之下歌曲录得差不多了，本来那一段旁白 Cello 要求由我讲，但我始终觉得自己跟柏芝无论是年纪还是辈分都相差太远。于是我就把这个任务交了刚刚跟我续约的陈晓东。效果出来后，我非常满意。同样是翻唱歌，也就是说商业二台是坚决不会多播的。我的好助手 Duncan 当然很急，但我却很坚持。因为我觉得电台不应该干涉唱片公司的创作，不喜欢大不了就不播。况且张柏芝的势头已经到了一发不可收拾的地步，大不了就少在一个电台播出。因为是张柏芝的第一张 EP，我真的什么都不怕，最重要的是我还有撒手锏。

《星愿》的导演马楚成觉得粤语版的主题曲

歌词不够好，但又来不及改，所以就变成了国语歌。那时候香港的歌手要先在香港扎根两三年才会出国语歌。现在就要让张柏芝硬着头皮走国语歌路线，我真的非常头疼。柏芝连粤语歌都不怎样，还要她唱一首国语歌，真的令我们方寸大乱。我的好助手 Duncan 已经很不满意了，因为我们的原创在商业电台那边交了白卷，现在还无缘无故来了一首国语歌，叫他怎么做呢？话虽如此，虽然我是大哥，但是没办法的。我还记得当天开会告诉那群市场和宣传的同事，说柏芝下一首必杀歌就是电影《星愿》的主题曲时，大家都高兴坏了。但一提到是国语歌，Duncan 整个人就跳起来："老板，这是干吗呀？"虽然我觉得自己振振有词，但那时看到的是大家一副很没意思的样子。说句老实话，《星语心愿》出来的效果真是喜出望外，风格简单直接，在国语唱歌部分刚签的女唱作歌手高雪岚也帮了柏芝一大把。唯一遗憾的是跟商业电台没有缘分。那又怎样呢？柏芝成了全城甚至全华人地区最红的人，第一张 EP 的销量不用我说大家都知道，所有行家都为之咋舌，但是里面精彩的故事又有多少人知道呢？柏芝在歌坛一出道，三首歌的 EP《任何天气》《留给最爱的说话》和国语的《星语心愿》横扫唱片市场。不仅如此，当年的卡拉OK，正是竞争最激烈的时候，每家都要出来跟唱片公司抢歌。还记不记得加州红这些所谓的KTV大龙头？尤其是有一家叫做大联盟的，总而言之就是抢歌抢得你死我活。我们则坐收渔翁之利。当时的卡拉OK会给钱拍片，还会留很多广告板的位置给歌手。这些在宣传费方面帮了唱片公司很大的忙。容祖儿曾参加过一家小型卡拉OK的歌唱比赛获得了冠军，她就是这样出道的。没想到柏芝出道没多久，容祖儿就成为当年跟我们竞争得最厉害的女新人。其实是好的，有竞争才有进步。说回卡拉OK，因为柏芝的气势我们拿了某个场很多的宣传费。加上她的几首歌都成为卡拉OK的大热门点唱歌，故此她又要赶歌又要赶片，整个就是一个"赶"字。《星愿》那首歌一播就陷入疯狂。

卡拉OK天天打电话来催片子，问什么时候可以唱。但电影那方面因为牵涉到很多演员的问题，一直都在跟他们周旋。结果还是不行。最后我们决定剪出柏芝一个人的片子出来，再进行歌曲录制。我是个唯美主义的人，其实这样过不了自己那关，又怕卡拉OK那边不收货。想不到当我们这个消息传出去之后，卡拉OK那边的朋友马上打电话和我们说："你快点把片子剪过来，管它有多少人，管它有没有柏芝的样子，快点拿来啊大哥，等着救命啊，人人都在等着唱呢。"柏芝在环球推出第一张唱片之后真的只是表面风光，其实是给公司埋下了一个定时炸弹。

第十八章
Chapter Eighteen

投"石"问路，左右手重投怀抱
音乐狂人如鱼得水

　　柏芝在环球推出了第一张唱片之后，差不多在同一时间，十几年前在新艺宝跟我一起打拼的好监制梁荣骏打电话给我，除了恭喜我签约柏芝之余还跟我说哥哥不会续约滚石，问我有没有兴趣。我的答案不言而喻。不过这张合约不是签哥哥一个人，而是签哥哥跟梁荣骏合组的那家公司。条件不简单的。我照例跟我的爱将Duncan商量，他说怎样都要签啦，环球要赢，环球要有气势。我跟财务的同事开会，同事们众志成城，

说无论如何都要想办法签约。就这样，我们没有太多的阻碍，哥哥成了环球的歌手。我办事都算守规矩的，一直都没有跟Leslie见面，也没有通电话。一直到合约没问题了，我和Leslie才在酒店的咖啡厅见面，大家喝了杯东西，聊了聊以前的事。我还记得很清楚，哥哥那天打扮得很休闲，春风满面地与我畅谈。一如过往，我们的对话很多都跟音乐有关。当然有提到记者招待会要怎么搞，要办得如何漂亮。就这样，很快我们在

会展某个厅做了一个有品位又简单的记者招待会。记得当时科技已经挺进步的了，我们用投影机把合约拍到大荧幕播放，然后用电子笔一签——Leslie 就此回到陈少宝的音乐帝国里。

就这样，Leslie 埋头在录音室里面开工，准备推出第一首跟我再次合作的作品。跟新艺宝的年代不一样，这次的音乐我很少给意见，因为我是通过梁荣骏和哥哥开的制作公司来签他的，而且我的工作实在太忙，手上要处理的歌星很多，"要"还是"不要"都有好几位。万万想不到这首作品的歌词竟然是非常露骨的，歌名还叫《左右手》。第一时间听，觉得音乐和编曲各方面都不错，就是对歌词有很多疑问。我和监制梁荣骏通了电话，他笑着说很正吧？我说正是正，不过歌词可不可以改一下？梁荣骏很客气地回答说："你觉得有问题吗？"我说改一下会好点吧。然后他又恢复很正经的口吻说："Leslie 很喜欢的。我想改不了了。"我还可以说什么呢？只好叫宣传部的同事来听新歌，并且商量一下我们的宣传大计。想不到大家听完歌之后，个个都觉得歌词已经是最佳的宣传。他们说一定

会有一个很大的回响。当时我冲动地想直接打电话给哥哥，最后还是打消了这个想法。歌曲一派台果真很有反应，连报纸的兄弟也帮忙，还说这首是自己让自己开心的歌。真是拿他们没办法。哥哥加入环球后成绩斐然，《左右手》成为热门歌曲之后，也扭转了他后期在滚石方面的颓势。还记得 Leslie 有一天很高兴地跟我说，"台湾人都不会做我的，少宝，我们最投契的"，从这句话里反映出他对重返我身边的信心。

第十九章

Chapter Nineteen

陈晓东坐失良机

老外指点迷津？

　　当时我手头上还有很多其他的歌星，这些宝丽金留下来的歌手都需要我处理。当时最需要处理的就陈晓东。说句老实话，当时陈晓东签给宝丽金的时候，人人都觉得他一定会红，但他却没有真正爆红过。大家都找不到原因。在他半失意的情况下，1997 年台湾宝丽金的朋友为东东推出第一张国语唱片。以新人来说成绩非常好，比起在香港的发展更加理想。由于当时港星依然可以在台湾有所作为，所以我决定将陈晓东留在环球。东东的价钱一点儿都不便宜，我只能抓来台湾的兄弟合伙，也就是两边出钱把他留下。还答应给台湾公司多点时间来做宣传。同时我知道比起香港，东东更想在台湾方面发展。所以实行对症下药。东东当时年纪很轻，再加上他这人执着，那张合约谈了很久，谈到我都没有耐性了，而且开始火大了。就在这个时候忽然间出现了一位救星，没想到这位救星朋友的结局是一个悲剧。

我在众多宝丽金留给我的歌手名单之中，首先续约的就是陈晓东。或者你会问不是张学友吗？还记不记得我跟你们解释过，张学友已经签给了我们台湾的宝丽金，故此不再是我管理的范围。至于谭咏麟更加不用多讲了，他忠心的程度比我还厉害，你看他今天还留在环球就知道他是砥柱。当时东东是没有经纪人的，也跟戴老师之间发生了很多问题。跟艺人直接谈合约难度是非常高的，虽然艺人是不会做生意的，不过他很懂得要钱。所以只能步步为营，谈合约的时候非常小心，可还是让我到了忍无可忍的地步。忽然有一天有一位素未谋面的女孩打电话给我，她说她的名字叫 Rebecca，现在是东东的经纪人，让我有什么事情可以找她商量。合约的方面她知道得一清二楚，问题不大，只是欠点细节。我调查了一圈，又问陈晓东，证实了这位曾经在商业电台工作过的女孩子的确是东东的代表，可东东没说过 Rebecca 是他的经纪人，他不停在电话里跟我重复说："没事，你跟她谈就好，合约也包括在内。"我的心当然放松了很多，有一个人当中间人，谈事情的时候会容易很多。就这样，我第一次约见 Rebecca，虽然她身材比较瘦小，但她

挺有做娱乐圈的感觉。和她聊几句就觉得这个人很吃得开。就这样，合约很快就谈得差不多了，陈晓东会继续在环球留下来。

一切的事情都来得这么快，我在环球正式成为香港区的总裁不到半年，就有了校长的再版 CD、张柏芝的一鸣惊人、哥哥的回巢、陈晓东的续约。不过同一时间，也有一群跟音乐没有关系，严格来说是跟我公司的业务没有关系的朋友驾到。他们就是著名的 Boston Consulting Group。这家公司很有趣的，他们是那些大集团完成收购之后找来重组公司的团队。我之前也说过，我接手环球的时候是宝丽金最弱的时候，什么都被裁减，所余无几。唯一就是郑老板对我非常好，他在签歌手这一块帮我争取到了一笔还算可观的资金。也因为这样，这家简称"BCG"的公司专门找来一群人再加上他们在香港的本地员工到环球开了一个大会。说老实话，我觉得这帮人完全都不知道音乐是什么，不过算了，总公司的安排没办法。开会的时候那几位 ABC(在美国出生的中国人 America Born Chinese) 就很麻烦。坦白说在国际公司里工作真的是一件幸

福的事情，起码自己的眼界可以扩大很多，当然有些自己不能接受的事物也会出现在你眼前。例如世界著名的 BCG 被总公司重金礼聘，去到世界各地的分公司。当时我事无巨细都要解释给他们听，在一群不懂音乐娱乐事业的人面前述职其实还挺吃力的。我们开会还有这样的特性，如果他们有问题就随时发问，然后我就要随时解答。我还记得有一位英文讲得比中文好的 ABC 可能是要表现她的尽责，她特别多问题要发问。没问题，我也能回答。说到哥哥的部分她突然问，哥哥的销售数字为什么会这么高的？我就解释给她听 Leslie 是什么来头，我肯定她是不太熟悉 Leslie Cheung 的。没问题的，我照样解答。讲完了之后我们继续讲下去，谁知道这位美女又用英文问我，为什么我预测哥哥销售数字这么高？以前的陈少宝众所周知，脾气不是很好的。我就回应她一句："一年之后你再来开会就知道了。"

环球香港公司在 1999 年正式成立，短短的七八个月时间就已经将宝丽金最后两年的颓势一扫而空。对我而言当然很开心了，不过不知道为什么，我签的歌手都非常有个性。柏芝连同高雪岚联

手跟我搞对抗，不仅如此，就连千辛万苦签回来的陈晓东也一样。东东是非常主观的人，他不肯听身边任何人的意见。无论我软硬兼施都拿他没办法。加上他的合约是台湾环球给了很多钱的，所以我一定要把他做好。就在这个最棘手的时候，一位叫 Rebecca 的小姐以东东经纪人的姿态出现在我眼前，舒缓了很多事情。不过，所有的压力也落在了她的身上。东东在宣传、打扮，特别是选歌方面都非常挑剔，连部分的监制都怕了他。我和 Rebecca 的关系还说得过去，还记得有一次我在她面前发火，我说："东东继续这样的话我真的不在香港推他了，让他有心理准备去台湾发展好了，台湾环球也签了何润东，人家是可以选择的，不是一定要选择他的。"Rebecca 大为紧张，还打包票地说："少宝你放心，我一定把他搞定。"我当时气冲冲地离开，回公司去了。

说句实话，就算东东在台湾的第一张唱片卖了十万张，也只是属于中上的成绩，而在香港出道的时候，唱片一直都是在一万张以上。以出道日子尚浅的角度来看，他是属于前路光明的。但因为这样而变得不合作就是自毁前程。我

大胆推测，他是仗着跟戴老师之间的关系所以才很自信，其他人的意见他一概不理。我到了忍无可忍的阶段，才终于向他那所谓的挂名经纪人 Rebecca 小姐提出意见。为什么叫她"挂名经纪人"呢？因为东东从来没有在我面前承认她是经纪人。她只是在我跟东东起冲突的时候才会站出来做和解的工作。我也不知道为什么 Rebecca 会成为东东的挂名经纪人，但我深信一件事，就是她十分紧张东东的前途。一般经纪人会跟我们公司直接签约，但记忆当中环球所有跟东东签的合约都没有 Rebecca 和任何公司参与。我相信，Rebecca 承受了很大的压力，终于有一天噩耗传来，有人第一时间打电话告诉我，Rebecca 跳楼身亡了。我整个人惊呆了，之后出现很多传闻，说 Rebecca 暗恋东东，又说他们是情人。到今天我也不相信。我只知道 Rebecca 是一心一意为东东好。有可能因为压力太大，一时间想不开做了傻事。但我也没有看见东东因为这件事清醒过来。所以到最后，成了一个两输的局面。

多才多艺，却不食人间烟火
难以造就

我回环球其中一个目标就是做两三个新人，真的是两三个，是不是觉得我很大的口气？不过，经历了好几个月的整顿，特别是柏芝一跃而红，我的信心增强了好多。有一天我的好助手Duncan将一个唱作人的小样拿给我听，从他的口中我对这位唱作人略知一二，知道他与周启生合作过，对音乐上的编写、创作都相当熟练。更有趣的是他是一位鼓手，而且他是不懂中文的。我对他的小样很感兴趣，故此我很着急地催Duncan安排见一见这位年轻人。同时，在形象上我也安排了好朋友Joey Chu帮他拍一组照片。效果真的非常好。就是这样，这位半葡萄牙籍半菲律宾籍的年轻人上来见我了。中英混杂地跟他聊了几个小时，很愉快。这位叫阿Jun的朋友手头上已经有了很多创作，只要给他钱就能开工了。我们索性也谈了签约的条件，聊到了许多合约的细节，于是一边开工一边准备签约。由于柏芝在音乐上的制作令 Duncan 的部门，也就是市场部那边非常不愉快。我便将阿 Jun 全部交给了 Duncan 打理。反正，他也是自己全部负责做完那些音乐，这样可以让 Duncan 他们整个部门顺一口气。唯一我要沾手的就是帮这位没有中文名的男生找一个高人起一个中文名字。很快，Jun 的第一首上台歌《Here&Now》就出现了——人人都叫他：恭硕良。

恭硕良给宣传部的同事带来了很多欢乐，同样，也有很多的麻烦。一如张柏芝。柏芝有人气，有口碑，唱片销量又好，但是，柏芝刚出道时的歌曲不是原创，所以与商业二台错失缘分。再说恭硕良，刚好相反，商业二台非常喜欢他，但是我觉得他不够商业。为了不与 Duncan 的部门关系太僵硬，我只是微言几句："我全放手让你做，歌也不错，但是不怎么好卖。"相信他们听我说了这句话之后，有很大压力。有一天

Duncan 打电话向我求救。他说恭硕良这个家伙一点儿宣传都不肯做，除了只做一次类似新歌发布会的户外演出，电台、电视台都不去，叫我帮忙想办法。我做老板也算是不错了，担心部门与部门之间有分歧，放手让他们去做，结果又不行，到最后要打电话来求救。我唯一可以做的，就是约见 Jun，让大家坐下聊一聊。这场对话很不愉快，很快就聊完了。第二天我就叫了 Duncan 来我办公室，问他恭硕良这张专辑《Here&Now》还有多少工作和钱要花。他说："Jun 现在都不肯工作，只能求那些大哥们播一下歌。你也知道的，唱片出来之后只卖了几天，现在都没钱花了。"我说："既然这样，那好吧，那就把它停了吧。"Duncan 瞪大眼睛看着我，我语气很重地再重复一次："是，没错。把它停了，包括那个人。我觉得我不想做了。"

恭硕良在我眼中就是外国人所谓的 Recording Artist，即纯粹用音乐来卖唱片的艺人。只通过音乐性的节目又或是其他音乐渠道帮唱片公司销售唱片，奈何他的歌迷数量

不足，令我们公司所谓的风险评估失去平衡。再加上他的不合作，我决定让双方都冷静一下。市场部的同事还是放不下，每到开会的时候都会说："电台很喜欢他的，老板，他还有机会的。"在种种声音下，我们认为大碟中最棒的慢歌《爱空间》如果一点儿东西都不做，好像很浪费。我心软了，就决定让当时人气最盛的张柏芝和他一起合唱，希望扭转一下形势。没想到我得到的答案是：NO！我非常气愤，因为我从来没遇过一个这样的歌手，宣传不做，帮他想办法又说不适合，公司和艺人之间的决定权来了个本末倒置。把他雪藏是肯定的，但我依然觉得让他跟柏芝合唱是一个不错的想法。最后我们在录音室里做了一点点手脚，让柏芝单方面灌唱，然后将他们两个人的声音混在一起成为《爱空间》的合唱版。由于缺乏宣传，成绩也一般般，可我没想到另一个棘手的问题马上出现了。就是公司内部的混乱使柏芝开始有了动摇，再加上她红得太快，她的自我中心主义也开始令她失控。

自我膨胀，一朝得志

　　在我做唱片的日子里，"一个带一个"其实是经常用的手法，就是说哪个歌星红，就尽量用他带出另外一位新晋歌手。歌星本来也清楚的，他们一般不会反对。不过，由于柏芝出道红得太快，再加上她的第一张 EP《任何天气》的几首歌曲都不是原创，所以在商业二台拿不到好的播放率，我在考虑之后，决定让市场部的同事多去指导柏芝的音乐。我的原意是让音乐制作部和宣传部和谐合作，不过我做错了。首先宣传部没有给柏芝在音乐上带来太大的突破，除了在榜单上的位置比出道的时候明显高了，实际销量也没有太大进步。这一点令柏芝有一点迷惘，也似乎慢慢地对我失去信心，也就是说对公司没有了信心。还记得有一次，我亲自出马帮她安排新唱片的宣传期，当时当红的柏芝手头上实在太多电影要拍，完全没有时间给我们做唱片宣传。结果那天柏芝不但迟到了一个小时才来见我，并且一见到我就骂了我足足半小时以上，充分表达了她对唱片公司的不满。我不介意我做了错事被人骂，也不会觉得不开心，但这次我很清楚地见到了一个自我中心过于强烈的年轻人。开会之后，当时柏芝的经纪人向太打电话向我表示不好意思。我说："小朋友我绝对不会介意。向太，最重要的是你得给一个时间，让我好好地做这张唱片的宣传就可以了。"但其实我心里一清二楚，柏芝不会再唱多久的歌了。

不过，始终都是江湖儿女，在我被她骂一顿之后，经纪公司终于肯拿出时间来给我们做这张唱片的宣传了。就是这样，我们有了一点时间可以为柏芝的这张个人大碟做

点什么。也因为《留给最爱的说话》这首歌里有陈晓东的独白，忽然间好多人说他们两个人在谈恋爱。我这个老板从来都不会管这些，特别是这种员工的私生活。年轻人嘛，我觉得有点新闻也是一件好事。因为赞助商的关系，我们策划了一个他们两个人负责的小型演唱会，柏芝从头到尾都显得好紧张。也正常，因为这是她第一次登台唱歌嘛，况且她还不是"唱家班"。也因为这个缘故，我一路都有监督整场演出。当我们说要录下来拿去卖时，她的经纪人马上打电话来说："真的一定要这样吗？"我们说："不要紧啦，先录了再说，如果真的觉得不满意我们就不放出来。"我还记得，那一晚柏芝上台的表现令我觉得非常诧异。我相信当年有买这张 DVD 的朋友都会同意我的讲法——柏芝果然是一位演艺人，她天生会演戏。我也更加觉得她不会再唱很久的歌了。因为她要做很多事情，还要在台上卖力演一位歌手，得到的报酬跟她的电影相比实在是天差地别，完全不成正比。

一切真的来得太快。当然，因为她的成名，很多人都想找她合作。刚刚回巢不久的哥哥张国荣因为《左右手》的

成功，决定为大碟《陪你倒数》再多做点宣传。他第一次跳槽（就是从华星跳来跟我在新艺宝合作）时，TVB 专门帮他拍了一部音乐电影叫做《日落巴黎》，其后成为经典之作。没想到 Leslie 继续送我一份大礼，他说想为这张唱片再拍一部电影。我当然兴奋，TVB 也一口答应。就这样，《左右情愿》就诞生了。大家应该会记得，Leslie 这次的女主角是邱淑贞。同样，哥哥也很大胆地邀请了当时的大红人张柏芝来演。当消息一传开，有这样一部电影，当然是万众期待。跟《日落巴黎》不同的是，《左右情愿》是一个很简单很写实的爱情故事。大家记不记得邱淑贞狠狠甩出的那一巴掌呢？哥哥拍完那部戏之后打电话给我，要我一定要请他去欧洲玩一次。我问为什么，他说他人生的第一个巴掌就是献给了环球。他还笑着跟我说，邱淑贞心疼他，第一巴掌力气太小，所以他要求再来一遍，用力地扇他。就这样，他收货了。轮到我笑着问他："那我要不要请你去两次欧洲呢？"顺带提一下，哥哥说他借了一个好朋友的屋子专门来拍这场戏。他说这位姓陈的朋友很有钱，而且他的儿子好帅，刚刚从美国回来，很想唱歌，他也想签他，问我有没有兴趣。

Leslie 还说柏芝这位年轻人很会演戏，大赞她很有前途。同一时间，也邀请了柏芝去看他的个人演唱会。我身为环球的领导，当然很乐意见到这样的情景。因为我的歌星无论是什么年纪，大家都可以在一块玩儿，家和万事兴嘛。至于 Leslie 口中那位从美国回来的帅哥，我还是那句：有兴趣！先弄一盒试音带来听听吧。没想到 Leslie 一方面问我会不会签这位俊男，另一方面却又拖着那盒带子不让我听。我觉得有点奇怪，结果我跑去问哥哥的音乐搭档梁荣骏，想了解一下究竟发生了什么事。一查，原来这位小兄弟除了模样帅气之外，是没有歌艺的。最后，一盒不知道他唱的什么的试音带终于出现在我面前。我第一时间打电话给 Leslie 婉拒了这个合作。有趣的是，哥哥后来也没再提起这个人。不用说，也放弃了监制他的唱片。直到有一次，在一个公开场合我和梁荣骏一起听歌，我说："台上唱歌的这个是谁啊？为什么唱得这么差？"Alvin微笑地看着我说："这就是当时哥哥想签给你的，陈冠希。"

我并没有因为柏芝走红、唱片大卖而去签一个男装版的偶像歌手，就是陈冠希。因为我觉得我在音乐上对运作 Cecilia 很有把握，但对陈冠希的把握却不大。还有一件事，就是我不想冒险。因为如果我做得不好，会影响我和 Leslie 之间良好的关系。当然，聪明的 Leslie 看到我没有兴趣，也没有再为这件事执着下去。他人很好，诚意邀请我当时的爱将张柏芝去看他的个人演唱会。当晚一如既往，我不喜欢坐在前排，选择了坐靠近控制面板的位置。哥哥的演唱会开始了一段时间后，我的助手忽然过来跟我说："老板，柏芝来了，不过还有两三个人一起来，可能不够位置坐。"我说："那不要紧，不如我起来让他们坐吧。"他说："不用不用，因为陈淑芬（Leslie 的经纪人）在安排。"不过由于柏芝迟到，还这么多人来，搞到大家都有点措手不及。

之后我就安心地坐那里享受哥哥的演唱会。当时也知道柏芝已经来了，我很清楚地听到了她的声音。为什么听得到呢？就是

有一帮人在不停地聊天。特别是哥哥在唱慢歌的时候，就更加地突显他们嘈杂的声音。没多久，更严重，我闻到有食物的气味，是味道很大的煎酿三宝，还听到他们撕纸袋的声音。就这样，我熬完了整场演唱会。第二天早上有人打电话去我公司向我投诉："怎么你的歌星这么大牌？哥哥请她来看演唱会，她竟然在那里开餐？！有没有搞错？！"下午轮到 Leslie 本人打电话给我，也是非常生气，说以后都不会邀请她来，因为他觉得很没有面子。

柏芝第一张 EP 的成功，其实跟她幕后的合唱有关，以及写《星语心愿》歌词的高雪岚应记一功。当时我希望公司有一位女唱作人能和柏芝合唱，因为高雪岚会弹钢琴，所以是一位理想的合唱对象。两位首次的合作是一个很好的开始，她们两个还情同姐妹。我讲过了，在音乐圈里面一个带着一个是必杀技，眼见我的预测变成事实，其实我当时很开心。但柏芝的失控却令我颇为失望。而高雪岚见到柏芝红得很快，自己也心急起来。我常常觉得，一位唱作人一

定要好好地在幕后打好基础才能出专辑。但是高雪岚似乎对我这个想法很有意见。也因为她自己很着急的缘故，宣传部的同事对她的印象一般般。做音乐和娱乐往往人事就是这么复杂。跟市场部开会，我得到的感受是：他们整体对高雪岚都很有意见。于是我很小心处理这件事情，首先决定安排她跟柏芝来一首合唱曲，然后选其他的歌替高雪岚开个人专辑。我想用比较长的时间去冲淡部门与Maggie（高雪岚英文名）之间的误会。但事情的发展往往就是这么出人意表。柏芝居然因为这首合唱曲联合 Maggie 一起玩弄我。本来我打算让她们两个一齐发展的，结果是她们一起来"造反"。

各有态度，难为了高雪岚
终成"绝"唱

高雪岚，Maggie。平心而论，我对她真的不错，而且我很看好她。不过命运的安排真的很奇妙，Maggie 偏偏和宣传部的同事，特别是 Duncan，他们彼此之间有很多误解。再加上她跟柏芝不但没有用情同姐妹的心来为公司着想，相反还跟公司搞对抗，对此我有点失望。但我答应过要给她开碟，这是我的承诺，同时我也想证明自己的眼光。故此，我们的歌曲制作仍然在进行。我的音乐监制 Charlotte 拿了一个小样给我听，他说好辛苦才说服陈辉阳替 Maggie 写曲。他还说那阵子陈辉阳写的每首女生歌曲都很厉害，他也挺喜欢 Maggie，所以一口答应为这个新人创作。这是个非常好的机会。我听了旋律觉得很棒，之后黄伟文将歌词写好了，高雪岚也把它唱完了。我听了这盒带子后觉得一定会红，也更加相信如果这首歌红了，很多不必要的误会自然就会一洗而空。但是没想到，我在开会时拿带子出来给宣传部的同事听，大家都表现得一般般。我十分惊讶，虽然没有作声，但我其实挺生气的。我去跟 Duncan 用命令的语气说，一定要力捧。结果怎样呢？上了电台很多个星期，纯粹是泡沫，载浮载沉。我不知道发生了什么事。本来我冲动地想打电话去电台求证——为什么这首歌这么好，会有一个这样的结果。但是我想了一下，还是放弃了。我还记得很清楚，在开会的时候，我愤怒地质问他们为什么这首歌播出之后反响这么差，然后我忽然换了一个很心平气和的语调说："不如这样吧，既然电台这边有这么多阻碍，我们就将《绝》打进卡拉 OK 市场，我们用唱 K 的媒体重新再做宣传。"就这样，Maggie 的第一首个人歌曲《绝》到了 K 场之后，红到发紫，仅仅一个礼拜就成为 K 榜的冠军。高雪岚也因此松了一口气。我找了宣传部一大帮人进来批评一顿，不过大家也知道电台流行榜是不能重温的，唯有继续在其他的媒体里做多点功夫，例如电视、报章诸如此类。不过 Maggie 也因此与工作人员的关系

更加恶劣。我因此收到了很多投诉，知道 Maggie 很难相处，但我心里仍然对 Maggie 有信心。于是我们再一次开会，计划等所有颁奖礼完了之后正式开 Maggie 的大碟。但是没有想到最后这张唱片没有做成。

说句实话，《绝》对我来说是一次羞辱，同时也埋下一个大炸弹。由于这首歌非常流行，宣传部的同事告诉我之前外界对 Maggie 的评语变得完全不成立。故此我为 Maggie 开唱片，大家也无话可说。我趁此机会安抚高雪岚，再将推出唱片的消息告诉她。她当然很开心。可惜的是跟同事开完会之后，大家一致认为过了年底所有颁奖礼结束后，到新的一年再给她出唱片是最好的时间。我同意了。但没想到这个消息传到高雪岚耳边，她突然

情绪失控，以为公司又不想给她出唱片了。我本来打算约她坐下来慢慢向她解释，但万万想不到，当她见到我的时候，她竟然向我提出解约。我觉得十分没意思。既然是她的要求，那就算了。就这样，高雪岚在环球消失了。不过"好戏"在后头，我的好助手Duncan也因为这件事，竟然向我请辞。当时气愤的我没有挽留任何人。整个宣传部在短短两个月内每个人都递了辞职信给我，几乎整个部门都散了。这件事让我上了一堂大课，也因此明白，这个走了的班底其实是宝丽金留给我的，本来就不属于我。或许我应该趁这个机会大肆整顿一番，建立一个真正属于自己的团队。

谭校长福星高照，破冰与张国荣合唱

第二十三章
Chapter
Twenty-there

　　1999 年，我从环球远东区的工作正式上任为环球香港的老总，处理香港公司的业务，现在想起来还是觉得很感慨：陈晓东续约，他的挂名经纪人跳楼身亡；高雪岚一曲成名，几经辛苦，但最终出不成唱片，解约收场；恭硕良大好机会，但这家伙是洋人，根本不知道本地的运作，什么都说不肯做；哥哥回巢，《左右手》《路过蜻蜓》、音乐电影《左右情缘》……一幕一幕地出现在我脑海里。大家会问，宝丽金的台柱、环球之宝谭校长当时是怎样的呢？他也是同样的精彩。说句老实话，谭咏麟在宝丽金的曲目已经通通都是经典，那么到了环球还可以帮他做点儿什么呢？真是大难题。作为 Dr.Music 的我最喜欢用一招，就是群星拱照校长的经典名曲。我跟他说要搞一张这样的唱片，他当然非常开心，问我："那我要干吗？"我说："你是大哥嘛，整个项目要由你牵头的。我们一边收歌，一边看着它如何发展，你无论如何都要唱歌的。"就这样，我一声令下，旗下的环球歌手人人都报名参加。但因为我要用"唱家班"的，所以这张唱片没有柏芝的份。正东的 Paco 也很帮我的忙，他旗下的歌手随我挑。实在是兵强马壮。可将所有歌手名字都列出来后，我发觉原来我们女声的部分真是少。要想想办法了。咦？跳槽到 EMI 的王菲，不知道大家怎么看呢？

没想到请柬一出，EMI 唱片公司的老总洪迪先生说可以考虑一下。老板放人，聊起来自然就轻松快捷多了。眨眼间王菲就这样在录音室里出现了。虽然有很长时间没见过阿菲了，但是感觉依然。王菲也挺有趣，她在众多阿麟的歌曲当中选了一首搞笑的《我爱雀斑》来唱，就是改编自英文歌 I like Chopin 的那首。录歌的时候只有我在，一方面要感谢她相助，另一方面也是好朋友见见面。听了大概一两个小时之后，我觉得效果不俗，然后我就跟阿菲说了拜拜。在这之前我并没

有告诉校长阿菲会参与这个项目，故此我离开录音室之后就给阿麟打了电话。他感觉非常意外，也很高兴，跟我说："那我唱的那首歌要很有意思，很有气势才行。"我顿时觉得有点压力。连跳槽到别家公司的阿菲我都找回来了，他还说要超越？到底怎么搞嘛？

阿麟很重视这件事，问我："哥哥的回巢很成功，不如找他合唱，你觉得OK吗？"当年张国荣跟谭咏麟的歌迷简直是水火不兼容，间接令两位巨星处于很尴尬的位置。我表示有点担忧，谁知道阿麟说："我没事的啊，现在的歌迷都成长了，成熟了，应该不成问题。"我笑着说我想想吧，然后我就走了。我想了很久，一直在犹豫怎样开口跟哥哥说这件事。我先打了电话给梁荣骏，因为他是哥哥的音乐伙伴。他一听到这个消息就说："哇！怎么这么难搞。还是由你说比较好，这样吧，他录音的时候心情好，我就叫你上来，你找个合适的机会跟他说说。"之后他还赠我一句，"说话这事你就最在行的嘛。"哎，我真是被他气死。最后，他忽然问我："如果这首合唱曲真的能搞成，版权应该归谁呢？"我说："我叫你帮忙开口，你就

把皮球踢回给我。版权你也想要，你真的够聪明的。这样吧，如果真的成功了，就当这首歌是你们那边开的，环球就放阿麟出来合唱，这样行了吧？"Alvin 当然笑嘻嘻的，我都忘记了之后他跟我说过什么了。

终于有一天，在气氛好的时候，我跟哥哥闲聊，趁机讲了跟阿麟合唱的事。或许是梁荣骏早就跟他说过这件事，所以当我跟他说跟阿麟合唱的事时，他竟然爽快地跟我说："OK 的啊。你也知道，我不觉得这算什么太大的事情，况且，我已经是环球的人，一张群星拱照的唱片如果没有我也说不过去。"我听到他这样说当然很开心，但是他接着又跟我说："日后我也要你帮我做一张群星拱照 Leslie 的唱片啊。"我说一定行的。事实上这件事到今天我都觉得很遗憾。相信大家也明白，因为哥哥走得太突然了。就这样，我将这个消息告诉了校长。出奇的是，校长听到后轻描淡写地说："很棒啊。"同一时间我收到消息，Leslie 身边的每一个人都觉得我不应该叫他做这件事。仿佛我是罪魁祸首似的。我有点不开心，也有一种万箭穿心的感觉。于是我再次打了个电话给 Leslie 问

他 愿 不 愿 意做。哥哥说："我说了的就算数！"下一个记忆清晰的画面，就是跟 Leslie 一起在 SONY 的录音室为这首歌曲进行录音的准备工作。

当我将哥哥和阿麟合唱的消息告诉有关人员听的时候，大家都大吃一惊，似乎没有人相信这个事实。阿麟还兴奋地说，不如将《幻影》跟《雾之恋》串联一起，问我怎么看。我说要跟哥哥商量一下。在完全没人反对的情况下，我们预约了 SONY 的录音室，为这首划时代的合唱进行录音。阿麟先录他的部分，哥哥录的时候只有他一个人，当然还有操刀的梁荣骏——他的唱片监制。我在场纯粹就是为他打气的。哥哥很快将他的部分录好了。正当大家听回放的时候，阿麟打电话跟我问哥哥走了没有。其实我早就跟他通过电话，之前我们只是做了一场戏。我就说：Leslie，阿麟说他在附近，看看方不方便上来打个招呼，OK 吗？"Leslie 说："好！让他知道我录这首歌录得有多快。"他就是这么小孩子气的人。没多久，校长上来了，寒暄几句，接着我们听完了整首歌的录音。大家都表示很满意的时候，Leslie 说："慢

着！等我加点和音。"接着箭步冲进录音室"啦啦啦"了一番，然后笑容满面地走出来说："这样才会更加好的。"就这样，一首令人难以置信的合唱曲，由谭咏麟、张国荣合作完成了，歌名就是《幻影＋雾之恋》。

哥哥跟阿麟合作的《幻影＋雾之恋》当然是非常轰动。当年传闻他们不和，这首歌一出现，一切就不攻自破。事实上，两批热血歌迷也没有太大的反对，至少我坐在办公室就从来没有收到一封歌迷不满意的信或一个投诉电话。不过话虽如此，哥哥身边的人对这件事不满意的声音越来越大，当公司上下的同事都认为一首这么历史性的歌要拍一个漂亮的 MTV 时，被哥哥一口拒绝了。他说："我帮校长做的东西已经太多了，够了。"也确实，这张专辑是庆贺阿麟多年歌坛的光辉时刻，他肯来合唱，已经很给面子了。我理解的，所以我没有再穷追不舍地要拍一个 MTV。只是将一些旧有的片段再加上一些没有公开的画面拼凑起来，就把这个带有历史意义的音乐录音带完成了。虽然有点美中不足，但是我们可以做的也就这么多。MTV 其实是整张大碟的宣传工具而已，真正的

宣传要怎么做呢？有一天，Duncan 跟我说 TVB 肯将一个黄金时间段节目空出来，替这个项目做一个晚会形式的"群星拱照谭咏麟特辑"。哇，太高兴了！虽然没有哥哥，但是 TVB 也照做，当然开心啦。我跟阿麟商量，他也是一口答应。所有的歌星安排得差不多了，日子也选好了，因为牵涉的东西太多，如果我们敲定了日子是绝对不能改的。没想到，就在快要拍这个特辑的前四天，校长说他一定要改期。

万万没想到 1999 年除了有"电脑千年虫"搞得各大公司都很麻烦之外，还有一个"地球的轴位移动"。有关这个地轴移动的新闻在演出前闹得沸沸扬扬，传闻这个天文现象在某天就会出现，到时地球上所有的探测仪器都会出现偏差，包括飞机上的飞行仪和机场雷达等。凑巧一看，原来那天正是谭咏麟回港的日子。在马来西亚挣钱的谭咏麟打电话跟我说他不会照原定的时间回来的，必须让 TVB 改期。唉，怎么改得了呢？就这样兜兜转转，大家包括 TVB 也决定拼一拼。谭咏麟推迟一天，乘坐当天下午的飞机回港。要是有任何延误，大家都不知道演出会有什么结果，因为不止谭

咏麟，还有所有的群星都要出来演唱。所以在那几天，大家都求神拜佛希望不要出什么意外。

谭咏麟原计划回来的那天下午忽然间下起了滂沱大雨，还打雷闪电，天好像要压下来一样，电台的天气预报越说越令人害怕。我还记得和同事打电话说："还好谭咏麟不是今天回来，不然都不知道该怎么办。希望今天的坏天气过了，明天就会好起来。"怀着这样的心情，我约了几个朋友出去吃饭，忽然间看到电视里有特别新闻的报道：由于天气恶劣，有架飞机在傍晚（和谭咏麟原定回来的那班飞机差不多时间）降落跑道的时候降落失误，出了意外，救护车、消防车什么的统统出来抢救了。我当时整个人都呆住了。没有记错的话，这应该是新机场启用以来的第一场大灾难。

我心想：还好我没有劝他回来，不然我怎么负得起这么大的责任。

终于到了演出那天，天气还好，虽然下着微微细雨，但比起前一天是完全两回事。当我下午到达演出场地的时候，谭咏麟仍然人在空中，我知道飞机没有延误，就安心了。歌手陆续来到场馆彩排，在表演前一小时，巨星谭咏麟终于出现了，一见到我就笑嘻嘻地说："哇，还说昨天要我回来，我一看到出事新闻就想还好我改期了，真是幸运。"我无话可说，只好大赞他的英明决定。其实我也很幸运，因为我没有劝他按照原定时间回来，不然后果不堪设想。有趣的是，我身边有位同事脱口而出说："其实是天气问题，和地轴移动没有关系的。"他当然被谭咏麟骂了一顿。虽然最后那场演出圆满结束，却也引发了一件不太开心的事。

TVB 播出之后，自然对唱片有很大的推动力，但卖了一段时间之后也只有金唱片的数字。由于我们的包装太过昂贵，故此再版的数量大家都不敢寄予厚望，有一天开会我看了销售数字，不太满意，销售部当然就有压力了。我还记得销售部的老大元哥跟我说："老板，不如向 TVB 拿这视频过来，我们出卡拉 OK 吧？应该会有生意进账的。"我想了想，也对。散会后我们就分头行事，有的和 TVB 去聊，有的营业部找人回来包装，一个星期后回来一看，数字还 OK，我们整个团队都很开心。就这样，我们很快开始为这张卡拉 OK 做印制工作。可惜我忘记了张学友当年是台湾环球的歌手，还有他签给香港的合约是有条件的。我满以为群星拱照谭校长，当晚的演出他也有有出席庆贺谭咏麟，应该不会有意见吧？因此问题就出来了，很有原则的张学友忽然传话给我，说不会让我们播这段视频。我很不高兴，于是就做错了一件事：没有亲自向张学友拿歌曲。结果卡拉 OK 版没有了当晚张学友的演出，他几乎连歌都不肯给我，最后虽然勉勉强强地摆平了这件事。也因此加深了我和张学友之间的误会。

最摇摆的黄贯中，碰上最厉害的盗版
伤了 Beyond 的感情

　　回想起 1999 年我正式打理环球，那时香港正值"脏话歌"大卖，就是乐队 LMF，他们和黄贯中有很大关系。我第一年回环球最重要的工作就是要增加我的歌手名单，并使他们能卖钱。而宝丽金留给我的只有一个张学友，还是签给台湾环球的。大家都知道 Beyond 跟我是很有渊源的，当时我知道 Beyond

和滚石出现了很多问题。三位成员也想要各自发展，我第一个想到的就是黄贯中。我和他们的感情非常好，故此我说要签黄贯中的时候，他很快地答应我说可以录唱片。那时的盗版已经开始猖獗，我和黄贯中在钱的方面聊了很长时间。最后我想好了，除了给钱让他录唱片之外，我还把我旗下很多歌手的制作权交给他，这样他就可以收多点钱，也符合他的心意。就这样，黄贯中的第一张大碟面世了。

另一方面 1997 年以后香港很多问题也都一一浮现，负资产、办公室裁员、减薪等，所以当时 LMF 的脏话 rap 大受欢迎，我们让 LMF 的成员与黄贯中合作了一首叫做《香港一定得》的歌，以此作为黄贯中脱离 Beyond 形象的大胆尝试。我们首先推出单曲，以超便宜的价格放到市场，而唱片的封面专门弄得像影印似的盗版唱片，实行"正派翻版"。这个 video 其实可以算得上是香港摇摆音乐的经典。我们让黄贯中还有当时的乐队成员浩浩荡荡地冲到旺角某条大街上，十几个人拿着东西像打架一样在马路上"操兵"，用粤语大声地唱："你咪喺度巴巴闭，我有我搞嘢，好多手势。"哇，讲出来都觉得高兴——这才是 rap 啊。

在策划黄贯中的首张个人唱片时，自然和 LMF 有了很多的接触。在我助手口中得知，原来 LMF 的第一张 EP 除了自己出资之外，连送货也是他们自己开车送到唱片店，然后帮忙上架贴海报，真的非常过瘾。这张 EP 卖得不错，听说卖了过万张。当时周围都是盗版，没有宣传，居然光靠唱脏话也可以成功，使我这个 Dr.Music 对他们产生了很大兴趣，想要签他们。我几经辛苦才约到他们和黄贯中吃饭，我故意约在了那家我很喜欢吃的火锅店，这家店除了牛肉好吃以外，价格也不便宜。不过位置好，够偏僻。哪知道来了七八个大汉子——原来 LMF 是最完美的团队，乐队中有歌手、填词人、作曲等等音乐上的队友，连送货的队友也来了。还有一位特别另类，穿着笔挺的西装，完全不像是 LMF 的成员。我就问他是谁，他说他是负责这个乐队法律和会计上的事务。我真的从来没有见到一个如此完美的队伍，因为他们组成的是整个公司不只是一个乐队。真是令我服气。我们狂吃了几十盘牛肉，第二天上班才想起来究竟我们谈了什么条件呢？边想边和财务一起算，发现条件是偏高的，最重要的是他们要求合约中写明要出到一定数量的唱片。再加上我那群宣传部同事完全不明白我为什么要签一个唱脏话的乐队，在各方面的权衡之下我只有放弃。不过两三个月之后，LMF 的唱片卖了金唱片的数字（超过了 25000 张），这时我是有点后悔的。

环球是一家国际公司，当时我活跃在不同国家的艺人和经纪人中，于是就打算要出一张跨国的摇滚唱片。我陪同很多外国乐队巡回演出过一段时间，故此我就问黄贯中有没有兴趣和他们的吉他手合作。黄贯中反过来建议说希望和一些影响过他的乐队合作，因为这是他的心愿。他提出的其中一支乐队就是Japan(英国乐队)。

我的助手

不出几天就和他们的吉他手联络上，并且对方还答应了。更幸运的是价格没有想象中贵。另外黄贯中最喜欢的是日本乐队 Luna Sea 的吉他手 Sugizo——他们熟悉的鼓手，还是当年我的好朋友。这些大有来头的客串嘉宾使黄贯中非常兴奋，他也觉得自己的音乐受到了重视和得到了提升。最珍贵的是我们录制唱片时让歌手见了面。Sugizo 特别喜欢香港，还特意空出两天到黄贯中的工作室录下他著名的噪音吉他弹奏。而 Japan 的低音吉他手 Mick Karn 也是带着他的低音吉他就来香港了。黄贯中的第一张个人专辑 Yellow 就这样正式开始录制。

黄贯中第一张在环球推出的大碟 Yellow 是不是香港摇摆音乐里的经典我不得而知，但这张唱片诚心可鉴。在天时地利的情况下，邀请了这么多好朋友客串演出，我们的母带最后还是在英国的 Abbey Road（乐队披头士常录音的地方）处理的。香港迄今为止都没人做过这样的唱片，台湾也没有，所以我感到非常骄傲。但同时我也有些伤感，因为本地音乐没有真正地向前走过。我觉得在有生之年，想到的就要去做，免得留下遗憾。我想不起来为什么唱片要取名 *Yellow*，唱片的封面我记得是 Joey 想出来的主意。他用了一堆蓝色的物料泼在黄贯中的脸上，最麻烦的就是要等一个多小时才会出效果，真是辛苦黄贯中了。台前幕后的工作人员做这张唱片时都极为开心，但是谈到销量，*Yellow* 是令我失望的。同时也敲起了警钟，盗版是的的确确能打击到正版的。

唱片出来之后，黄贯中当然对公司种种的安排感到满意，不过另外两位 Beyond 成员，家强和世荣或多或少都在等待着我为他们安排。很可惜唱片的销量在 1997 年香港回归之后不是很景气，很多本地的大唱片发行因为经济问题而倒闭，几块钱一张的盗版更是让我们吃不消。也因此他们在我公司得不到特别的安排，从而有点不开心。当时黄贯中的密友朱茵也说想出唱片，我在这种情况下便婉拒了他们再出唱片的要求。就这样，一大堆的尴尬、误会发生在我身上，我那时没有太在意，现在回想起来也觉得自己不够圆滑。

小天王驾到，各位平身

　　我认识郑中基是在宝丽金时期，他是老板的儿子，故此他十六七岁以后每年都从美国回来香港做暑期工。由于我是老板的爱将，所以我和他接触的机会还蛮多的。曾经我去美国的时候，无论在公在私郑中基都会来见我，有空会开车带我四处玩一下。还记得郑中基二十岁左右就决定要加入乐坛，他老爸对此颇为紧张。一来这是自己儿子，再者他自己本身就是唱片、音乐界的巨人，许

冠杰之所以唱粤语歌，和他有很大关系。在这个压力下，郑老板做了一个很精明的决定。就是把郑中基放到台湾发展，而不是香港，这样进可攻退可守。因为台湾山高路远，就算儿子真的红不起来，也可以避开香港不必要的新闻压力。其次是二十世纪九十年代香港明星在台湾歌坛特别有吸引力。张学友、王菲、苏永康、周慧敏等一大堆的歌手，统统可以在台湾卖一百多万张的唱片。因此郑

中基就这样加入了歌坛，低调地慢慢开工。当然在公司内部就是另一回事，因为这是一件大事，自然台湾和香港的同事们都如履薄冰，小心翼翼地为郑中基的歌唱事业铺路。

大约在 1996 年，郑中基经过台湾同事精心策划，也得到了天王的拔刀相助，一曲《左右为难》使我从小看着长大的郑中基一跃成为小天王。他的声线、他的长发疯魔全台湾少女，连他爸爸也没想到自己儿子竟然会有这样的魅力，还可以红得这么快。以前我眼中很乖的郑中基在迅速成名之后也显得有点失控。这是青少年歌手一夜成名的通病，所以我见怪不怪。怪就怪他是大老板的儿子，事情因此而变得很复杂。还有当时台湾宝丽金和香港宝丽金在相互角力，情况更加混乱。以前香港当了好几十年的东南亚老大，没想到风水轮流转，台湾当时手执"双天至尊"，一个是真正的天王张学友，另一个就是小天王郑中基，最重要的是还有老板这个"尚方宝剑"。我们彻彻底底地输了气势，当然只能急起直追。很可惜，越着急越没效果。郑中基在香港的成绩远不及台湾，对此连郑中基本人都略有微言。郑中基在这样一个错综复杂的情况下，一步一步地做了张学友的接班人。

我没有因为郑中基是老板的儿子而投入过多精力，因为我对郑中基在香港的发展充满了信心。我自以为他在宝丽金香港出现的问题我掌握得一清二楚，所以曾在老板面前夸下海口说："你儿子交给我一定会成功的！"现在回想起来都觉得自己很天真。由于郑中基红得太快，导致他对香港公司的做法失去了信心。我主管环球的年代，郑中基的态度就是：好啊，就看看你怎么把我做起来。而他私下的生活也出现了失控，所以工作往往会被其他的事情影响。我当时也很有压力。所以我非常重视郑中基在我旗下推出的第一首曲子。我几经辛苦，终于从欧丁玉手上得到了一首日本歌。我觉得这首歌很棒，就算商业电台只播本地制作，我也不管了，我觉得这首歌一定会红的。于是我尽快找来所有相关的朋友在录音室中帮郑中基录这首歌，然后就坐等成功的结果。

策划郑中基在我旗下的第一首歌曲，我花费了很多的心思。正当我有一天在家听歌曲时，

电影 *Batman* 的音乐 CD 给了我一个灵感。我觉得郑中基除了继续唱一些讨好女孩子的情歌之外，要先响头炮的是有电影感的摇滚歌。欧丁玉在我的要求下很快就帮我找好了一首日本歌，我听了小样之后，非常喜欢。Michael 还提醒我说不是原创的，有问题吗？我说只要歌曲正点，管他是不是原创的。因此我和宣传部的同事又有了一点争议，见我一意孤行，大家都无话可说。可万万想不到的是在开始录音的时候，郑中基完全没有状态，在录音室里说不想录这首歌，因为他觉得这首歌不适合他。我非常气愤，冲到录音室时看到郑中基坐在一旁休息，满脸倦容。我问他昨晚是不是玩得很晚，他没有回答我。我和 Michael 聊了几句，再叫郑中基进来唱，没想到他唱得非常差，我更加生气了。于是我就开麦和他吵了几句，在我的坚持下，郑中基终于唱完了这首歌。

跟郑中基吵完不久后，老板就打电话问我究竟发生了什么事，我只好实话实说。

这不是一次开心的通话，也令我深深地明白，给"太子"出唱片的确是一件不容易的事。不管怎样，我只是对事不对人。当然这世上是没有秘密的，很快公司的同事都知道录这首歌的故事，大家对郑中基的安排和处理变得更加小心。同时《还以为》上了电台之后反应一般，因为它不是商业电台需要的原创曲。卡拉 OK 的反应很慢，我有点不满意，也显得很着急。我还很不喜欢 TVB 拍的那个 MTV，想自己再拍一个，可是时间又不允许。就这样，在一大堆事情中翻来覆去时，忽然有一天我接到一个电话，是我的好朋友——正东公司的老总 Paco 给我打来的，他告诉我，从今以后他就是郑中基的经纪人了。

倦鸟知还，李克勤大器晚成

环球在 1999 年买下了宝丽金，当年就开工大吉，因为旗下有张柏芝、哥哥、谭咏麟等当红明星，有很多不错的事情发生了。当时公司确实声势很大，所以自然很多歌手对环球另眼相看。有一天我的助手 Duncan 到我办公室问："你觉得李克勤如何？"我的答案是："价钱不贵的话可以接受。"Duncan 说："一定不贵！他都沉寂了那么多年，最热门的老歌全都在我们这儿。"当时李克勤是出色的主持人，也可以说是"TVB 的干儿子"，大家都很疼他，我觉得与他签约是完全可以的。就这样约见了李克勤，其实我和他并不是很熟，当我在宝丽金干得不错的时候，他已经跳槽到其他地方了。再加上他一直以粤语歌为主，与我的音乐理念有所不同。第一眼看到李克勤，我觉得他很年轻。也对，他十几岁就出来参加歌唱比赛，就算 1999 年入行也才十来年，加起来才多少岁呢？再加上他经常打球、做运动，看上去很机灵、很阳光。跟他聊起天来有说有笑的，他很有主持人风采。很快我的麾下又多了一位有音乐基础的歌手。李克勤能加入环球，最开心的竟然是谭校长，他还特意打电话给我道贺，真是罕见。

本来我是想和李克勤量身定做一张

专辑的，因为我一直都认为他无论是曲风抑或形象都非常固定，来到我这里，肯定要搞出点新花样。由于当时李克勤在歌坛实在是沉寂了太久，他很心急，想趁签唱片公司消息传出去之际推出一张新作。打铁趁热嘛，想提升点人气我也懂的。当时是宣传部的 Duncan 一手策划整件事的，我相信 Duncan 和李克勤之间是有很大默契的。但因为太赶进度，李克勤推出的第一张环球唱片是我最不愿意看到的新曲 + 精选。《一年半载》这张专辑除了两三首新曲以外，其他的都是《红日》《深深深》《蓝月亮》这类老歌，最糟糕的就是连《今晚唱劲歌》也放到里面。风格很宝丽金，一点儿都不环球，甚至应该说一点儿都不像我的选曲风格。小休复出的李克勤凭着《樱花》略有成绩。不过很惨，因为这首歌被传是抄袭的，结果搞到满城风雨。我自以为看透了李克勤在市场上的弱点，于是我开始插手李克勤的音乐。结果是错得更厉害，原来李克勤就是李克勤，歌迷要的就是李克勤。

李克勤很怕人家改编他的音乐，因为他当年跳槽就是为了尝试一些新东西，自己做了些改变，结果是失败的。像他说的："我自己改自己都不成功，更何况身边的人呢。"他见我盛意拳拳，又多开了几次会，碍于我是老板，愿意让我尝试。碰巧这首歌上榜的时候正是暑假，我想到了一个很棒的主意，就是叫他唱一些有夏日沙滩感觉的歌。我一直认为李克勤很运动、很阳光，很适合"沙滩少爷"的形象。我当时觉得只有一个男孩子在沙滩上挑逗女生不够，应该加多两把男声，就找了 Beyond 的黄贯中和叶世荣一齐唱。也因此拿了一首英文歌改编，想着李克勤可以凭着这首歌耳目一新地见歌迷。结果这首歌制作了一段时间，发现不是很可行，时间又很赶，唯有大胆地把这首歌交到电台播。结果呢？结果就是这首《小姐你好嘢》引来了一番嘲笑。我终于明白，不是所有歌曲都可以改的，尤其是对于李克勤先生。

● 在自己的脱口秀中与李克勤合唱

　　1999 年环球唱片落在我的掌管当中，一年后我和我的员工、歌手一齐踏进了 2000 年。当年最让大家担心的"千年虫"在充分的准备下没有给我们造成任何的破坏。而我的书房直到今天还收藏了很多 2000 年出的特刊。我还记得和总公司的老外开会之时，那些什么"Year two thousand"或者是"Millennium"的词经常提起。因为 1999 年很多事情没处理，累积到 2000 年终于爆发了，这个宝丽金留下的团队出现了危机。我不是一个宝丽金风格的领导，第一年实在是冲得太猛，我和我的爱将 Duncan 出现了很多意见分歧。结果有一天他终于向我递交了辞职信。在无可挽回的情况下，我明白了这也是一个让我重组架构的机会，我想重建一个明白陈少宝理念、能和我一起并肩作战的团队。不过谈何容易呢？Duncan 走后不久，几乎每天都有一位同事向我请辞，特别是宣传部。当时我们的办公室刚刚新装修不久，负责音乐的方树梁提议，说他认识一位风水大师，由于和他很熟，所以收费不会太贵。虽然我从来都不迷信，但为求一个安心，不如找他来看看吧。经过这位大师的作法，摆完风水阵之后，办公室的同事又走了一半，现在想想还真是讽刺。

当年是科网股大举热炒的时候，几十亿价值的上市公司最缺乏的就是内容。由于我们是国际公司，与网络公司合作一定要得到总公司的认可，故此这些商家就认为与其和我们拿歌曲，不如自己开公司。一面是外借歌曲，另一面就是为自己的曲库努力。当时全城大热的娱乐网，莫过于东方娱乐网，我那群和我合作不太愉快的同事就全部跑过去打工了，很可惜当时的我还完全察觉不到这个隐忧。在颁奖礼上又和宣传部的同事"火并"了一场，结果我自食其果。

车婉婉在经由歌唱比赛入行之后，Duncan 和她蛮熟的，她在环球的火速上位大家都有目共睹。车婉婉的妈妈通过 Duncan 和我接触，也挺聊得来。我还没想好车婉婉该怎么安排，于是在合作方面就以单曲的形式进行，费用由车

氏家族负责。环球负责的就是发行、推广和打广告。没想到的是，与我私交甚好的车婉婉却早已经和许志安谈好了要合唱一曲。

因为我的爱将 Duncan 的关系，车婉婉终于和环球签约。大家都觉得有段蔓延期会比较好，于是我们就先帮她试几首单曲，要是效果 OK，就再签长约。我做唱片起家的新艺宝是一家有追求的公司，故此来环球之后我也很留意公司制作的音乐。简单来说就是制作时要经过我的认可和同意。宣传部的同事一直都不明白而且不赞同这样的做法。我也试过放手让他们去做张柏芝的音乐，可张柏芝的唱片一张卖得比一张差。而且她的人也越来越难接触，我就慢慢收回了这个权力。我和车婉婉的妈妈谈好，连合约也签了，才发现原来车婉婉的歌曲她本人早已想好，而且已经在开工了。我非常不高兴，因为我觉得她是在利用环球的知名度，来做一些我未必同意甚至可能会影响公司品牌的音乐，但我忍着没说。当我收到她最新作品《恨太空》的时候，我一听感觉不对，就非常不舒服。我和 Duncan 聊天的时候才发现，

原来他们已经安排好了上榜和宣传的时间，连记者招待会都想好了。我觉得自己被欺骗了，因此极度不满。我觉得虽然我们做的是音乐，是为了娱乐听众，但唱片公司不是游乐场，不是说你给了钱，喜欢什么歌发过来我就要帮你宣传的，这样显得很不专业。

我决定不管车婉婉的事，没想到有一天 Duncan 来到我的办公室说："我知道你对于车婉婉第一首歌的安排是非常不开心的，可我认为这首歌会守得云开，应该会赢在 K 场的。"他说的就是车婉婉和许志安合唱的作品。这首歌听上去真的不俗，但他们私底下全部谈好，还要我和正东打声招呼，借人来用——非常擅作主张。我没有说什么，只是说："既然你们都想好了，就照你们的意思办吧，你们想怎么做就怎么做。"当年的 KTV 场很缺合唱曲，只要哪首歌红，唱片公司就会凑一首合唱版出来的。老实说这个做法我觉得一般，不过为了生意没办法而已。但是《会过去的》不同，它本身就是一首合唱曲，不出所料一上卡拉 OK 就成为热唱。车婉婉的确给了环球一首热门歌曲，但我没有因此太高

兴，因为还没想好怎样把车婉婉捧红。宣传部的同事在开会的时候还很急切地问我："车婉婉下一首歌什么时候出？"他们似乎想要乘胜追击。我回答说："车婉婉的合作应该要到此为止了，我们不会再继续了。"开完会后 Duncan 进来我办公室问我刚才说的话属实吗？我说："是的，我想不出要怎样再推车婉婉。跟我合作不愉快是完全没关系的，但还有新合约要继续的话，环球就要跟着合约做下去，制作费要由我们投放，就是说我们的资金会加大。这么多要考虑，不如趁歌还热，人还红的时候让她做其他的发展，这样对她也好。我是出自真心的，因为我相信我所相信的东西。既然我都没有信心去做，就不要耽误人家的前途。他日要是她红了，还会回来感谢我。"没想到几天后，车婉婉的妈妈打电话给我，满怀热诚地说要请我吃鲍鱼。

我知道她想要跟我说什么，我也知道 Duncan 应该已经告诉她我不会续约这件事了。她特意在店里弄好鲍鱼，然后拿到饭店让厨师加热给我吃，让我真的很不好意思。俗话说"吃人的嘴软"，结果如何？开吃不久，车婉婉妈妈就说恭喜我，《会过去的》的成绩不错。我

也客气地说："功劳是大家的。"然后
她就问我为什么这么辛苦做了首那么火
的歌曲，却在此时放弃？会不会太可惜
了？我很客气地表明了我的看法：大家
都是成年人，应该明白结果是不会改变
的。于是我们就把话题转到了鲍鱼上，
然后就告别了。

　　我从来都不记仇，当然也希望有些
迫不得已的事最好大家不要记一辈子。
我还记得当年 TVB 劲歌金曲年度大奖，
环球这么偌大的公司拿到的奖确实偏少，
而拿奖的歌手全部都不参与，《会过去的》
虽然得到了全年最佳合唱歌曲奖，但场
面有点尴尬。

二胡天后，狂人至爱

可惜此菲不是王菲，各有天命

很多网络公司由于在唱片公司拿歌不太容易，于是就建立了自己的唱片公司，大搞音乐、电影、演唱会等种种娱乐活动。虽然我们大部分的员工都被他们抢走了，包括我最得力的助手Duncan，但是他们旗下的一位女艺人我极为欣赏。我还希望能把这位朋友打造起来，她是谁？就是来自上海的内地唱作歌手丁菲飞。第一次见到丁菲飞是因为谭校长和陈百祥，他们每次见我都说要介绍一位多才多艺的内地女子给我认识，说她拉二胡很厉害什么的。终于一次通过音乐部的安排，丁菲飞来录Demo给我听。恰好我在公司，就去录音室看看这位他们极力推荐的朋友实力究竟如何。去到那里的时候我见她在拉二胡准备录音。我悄悄走进去，见她在一边拉二胡一边哼着旋律。结果我就被她吸引住了——吸引我的是她的歌声，而不是她的二胡演奏。

在她演奏完毕之后，我忍不住走到她面前做自我介绍。我问她："你唱歌吗？"她瞪大眼睛说："唱啊，为什么不唱？"她说着一口不正的广东话。

我大声笑着说："有没有搞错啊，你公司的人告诉我说你只是拉二胡的，没有人说你是唱歌的！"很快，我就和丁菲飞签约，让她当了环球的歌手。我曾经帮一个从北京到香港的小女孩创造了一个乐坛奇迹（我指的是王菲），所以我对丁菲飞这类的歌手充满了信心。不过最后却没有成功，没想到作为 Dr.Music 的我也有失手的时候。

我记得和丁菲飞签约不久，我的团队都跑到她的经纪人公司去了。这一行本来竞争就很激烈，经纪人那边也是做娱乐的话，彼此间就会有很多的矛盾。要是唱片公司捧红了她，然后她跟你说一声"谢谢"就拍拍屁股走人了，那就太得不偿失了。不过这之间有谭咏麟和陈百祥做保证，我本人也把丁菲飞看得太好，所以一诺千金全力以赴。未正式录歌之前有一个东南亚的作曲比赛，我带着丁菲飞一起去马尼拉参加比赛，还记得跟我们一起坐飞机的朋友都说很看好丁菲飞，说她一定能拿奖，我非常高兴。在比赛前一天，大会突然公布特别加设了一个新奖，还很隆重地在记者招待会上介绍这个奖。结果当晚丁菲飞的演出不俗却三甲不入，到最后说这个特设的大奖花落谁家的时候，突然间"丁菲飞"三个字出现了，我们一群人开心得不得了。我还记得王菲未出唱片前也参加过这种作曲大赛的，唱的是监制人梁荣骏的作品，从而打开了成功之门。前车可鉴，我马上回到香港为丁菲飞的音乐开会、筹备出唱片。可惜同人不同命。当时所有人都关注着我，因为大家都知道我想做一个"王菲二代"。你问我有心理压力吗？当然是有的。可我管不了那么多，因为我信心十足。不过万万没想到，踏入二十一世纪新一代的香港歌迷对待大陆歌手竟然比二十世纪八十年代更加歧视。

我满怀希望的丁菲飞小姐第一张

EP，不算是滑铁卢，但却和我的预计有颇大的距离。我心中那股不忿又出现了。我偷偷去找了几位电台里的好朋友还有媒体朋友出来聊天，想了解究竟问题是出在哪里？他们没有给我明确的答案，只是都认为是大陆味重了点，歌曲不够本地化。我回到公司，想了好久，做了一个很大的决定——或许我真的应该下放权力，比如把歌手的形象，甚至是音乐全交给下属去办。我本来的团队都走得七零八散了，趁这个机会，也好好重新整理一下我处事的方法。之后就找了很多圈中的知名人士，来帮丁菲飞改善形象，例如剪短头发，穿皮衣、皮裤，歌曲也尽量简单接近群众，而谭校长也肯在他的音乐中尽量帮一下她。在这个行业中，大家都知道谭校长喜欢提携后辈，还记得和谭校长为那张《千禧大碟》选歌的时候，我对他说：谭校长直到现在为止依然是翻唱歌的歌手，特别是唱英文歌。谭校长听后大为赞同。是这样的，英国乐队"Assembly"有一首英文歌叫 Never Never，我们把它改编为《自选角度》，还特意请了个编曲有点特色的朋友，让他在这首歌里衬托菲飞的独特二胡声以及和唱声。就这样，2000 年有不少的大演出，谭校长都带着菲飞一起出场唱《自选角度》，为菲飞来增加了不少人气。

虽然打造丁菲飞并不如我理想的顺利，香港的歌迷一直都不大接受。大家都知道，我们公司是一家国际公司，每年都有很多会要开，在开会期间是要把自己投放了资源的歌手拿出来汇报的，特别是新人。老实说，我们所谓的中文歌曲其实很多都是洋曲改编。可每次我提到丁菲飞的时候，大家立马就会精神起来，因为她的歌曲很有地方特色，加上她的二胡，很多外国人都没见过。其中有一位洋人老板见我那么卖力捧丁菲飞，却销量一般般，他竟然在休会期间打了一张"好牌"给我。那时候环球的大老板，除了搞电影、音乐、娱乐之外，还是一位大酒商。做酒的生意比做唱片的大很多，因为他们的生意大，所以广告费也是一个天文数字，真是有花不完的钱财。他叫我找一下那边的朋友，看看可不可以在菲飞身上花点钱，做多点广告。他还跟我说了一句话："这个歌手我觉得有机会的。"哇，我真的很高兴，就真的拿了一笔钱出来去帮菲飞做宣传，而且还搞了个东南亚的巡回演出。我们在不同的酒吧、夜总会，不同的场地唱歌、拉二胡，现在想来还是非常开心以及兴奋。与此同时，我也了解到我手上这位歌手是可以走国际化路线的。但是，这条路要怎么走呢？

当时，香港唱片的广告热点在哪呢？就是在尖沙咀东急百货公司的停车场那里挂了一幅几层楼高的唱片海报，真是羡煞旁人。可销量依然一般般。正当我头疼的时候，有一天我的助手就跟我说：他经常和人家邮件来往，因此在网络上认识了很多不同国家的乐手以及不同国家的DJ。他说有一个乐队叫做"Way Out West"的二人DJ团，在Disco界很吃得开，只要他们当班，就会有上千群众去那里喝东西跳舞，听他们打歌。他说这两位朋友听了丁菲飞唱的《月亮忘记了》之后表示有兴趣做一个Remix，问我怎么看。我当然是快速地答应了。几天过后，我的助手就跑来跟我说："老板啊，

那个混合歌曲有试听啦。"结果听完CD后，我觉得自己真是落伍了，我不大明白他表达的是什么。我的助手是个年轻人，他说："这是很典型的Remix风格呀，老板。那些老外肯定喜欢，放出去播肯定行的。"我说："哦，那就看着办吧。"

隔了没多久，我的助手很高兴地跟我说："老板，菲飞的Remix在英国的权威跳舞榜上有名，而且一上就二十几名，很棒哦！"我半信半疑。说真的，我对那种Remix真的不懂得欣赏。打开网络一看，哇！不到三天，我英文部的年轻同事满脸笑容地跑过来跟我说："老板，伦敦那边有人想要拿丁菲飞的歌出跳舞杂锦CD，可以吗？"我说："那当然可以，怎么不可以呢！以前只有我们向伦敦的人拿歌出杂锦碟，现在是破天荒，伦敦向我们拿，这是之前从未出现过的。"就算丁菲飞的唱片在香港销量不怎么好，我也虚荣心十足啊。老实说，《月亮忘记了》这个Remix版在我看来跟Beyond、王菲、张国荣、"左麟右李"一样重要。

而最有趣的是，老外竟然以为菲

飞在香港很红，整天问我有没有机会合作。而香港的歌迷和媒体对本地歌星扬威海外这件事，竟然是一副事不关己的态度，令我非常愤怒，可是我又能怎么样呢？我深深明白，香港人真的活得很自我，除了钱以外，对于香港文化能推广到国外是完全没反应的。同时我也明白，坚持不下去了，丁菲飞这位歌手我要举白旗投降了。当约满的时候，我不能再和她续约了。万万没想到，在最后的阶段，我收到一封外国的电邮：一个来自荷兰的乐队会在亚洲区开始他们的演出以及宣传，想与菲飞合作。结果这个叫做"Secret Garden"的二人乐队

真的来了香港与菲飞录了两首歌，而且同台演出了。大家还说玩得非常开心，希望能再度合作。我听到后整个人呆住了。就这样，环球与菲飞最后的唱片，我们干脆走 World Music 路线，管他是不是曲高和寡。而 Secret Garden 这张有菲飞合作的碟其后诞生了一首全世界超级流行歌曲 *You Raise Me Up*，是本港女歌手 G.E.M. 的挚爱。还有，事隔一年多之后，日本的流行榜居然出现了首张中国乐手的冠军唱片，是什么？就是十二个"丁菲飞"——女子十二乐坊，哈哈！

第二十九章
Chapter Twenty-nine

一飞冲天，我行我素
玉女歌手化妆狂野？

　　我之前说过，不知道是不是命运的关系，我签的歌手大部分都超有性格的。大牌的不说了，偶像派的都不听话。话说张柏芝，她推出了两张唱片后，人气的确疾升，成了当时年轻人的新一代偶像。上电视做宣传当然是没有困难，难的是她要拍戏，去赚大钱，没有档期。我记得当时是 TVB 的台庆，宣传部很辛苦地帮她在台庆中争取到一个很大的表演机会，是什么呢？要是大家有印象的话应该记得，就是飞车表演。她的经纪公司第一反应是问有没有危险的？我们说："不会的，和电视台谈好了，做好安全措施，又不是表演夺命飞车，放心吧！"谁知道向张柏芝说明的时候，她竟然二话不说就答应了："好玩啊！"

听到电视台会做好安全措施，她就放心了，一有空就去练习。这个演出为她争取了不少的版面报道，没想到在万众期待之下，在演出那晚，她开车没多久，整辆车"啪"地倒下了，想不让报道都不行了，其他东西不会上头条，这些新闻肯定铺天盖地。结果张柏芝躺了快一个月，当时的报章杂志还很夸张地说："柏芝伤势严重，可能一辈子都不能生育！"不会吧！你看现在，想生多少就有多少了。我才是最可怜的人，天天要和电视台的人联系、开会，商量对策。

出院之后张柏芝需要长时间的调理，重活都不能干，手上的工作都得停下来。当时张柏芝手上有五六个电影合约，六七个广告，那些电影人凶起来不好对付的，每个人都过来要求赔偿，有些人还狮子大开口。另外还要谢谢媒体，因为他们在报纸杂志上一直说："哎呀，事前买好了保险，肯定要赔几千万什么的，保险公司怎么看呀？"其实老实说，这是危险动作，而且是名人，哪里有保险公司肯做，保险公司首先是要保自己的。电视台怕被人敲一笔，也尽量避开，

结果整个担子就落在了我的肩上。没办法啦，反正都要我面对的，总之环球到最后也要赔钱，而且还使我和电视台的关系搞得非常恶劣，还被人恶意中伤。我本来出面把事情摆平就OK的，结果所有Party都在埋怨我，我无辜当了坏人，真是哑巴吃黄连啊。这件事之后，TVB台庆就再没有飞车表演了。

虽然最终这件事被我摆平了，可无形中却得罪了不少人，真的是有苦自己知道。万万没想到的是，张柏芝因为这件事，除了人气继续下跌之外，唱片的销量更是一张比一张差，她对我的成见也越来越深。老实说，我也知道只此一约，续约是无望的。可是老天就是爱作弄人，忽然有一天，我的大老板郑先生跟我说："台湾有家公司对张柏芝挺有兴趣的，想帮她出一张国语唱片。"我问了好多遍："这是真的吗？"他说："台湾环球真的很有兴趣。"我看了看公司与柏芝的签约，才发现原来合约中所剩的唱片数目不多，故此，要是我坚持帮她出粤语歌的话，销量也不会怎么好，反而给台湾的同事，用我的Quota是一个不错的选择。可是，要在台湾出唱

片是不便宜的，我自己也不怎么看好。于是我找了一天特意飞去台湾，和那边的同事沟通了一下，终于，他们肯出录这张唱片的费用了。我很好奇，问了一下："怎么你们对她这么有兴趣的？"他们说："因为《星语心愿》红了那么多年，有发展空间！"OK，你们那么有自信，又肯花钱，我没理由说不愿意的。然后我就把柏芝在环球香港的一切事务都交给了台湾的同事打理。

就这样，台湾的同事就开始与张柏芝直接联系，排期录音、宣传，为柏芝首张个人国语专辑而努力。老实说，《星语心愿》是老天爷赏赐给她的大礼，是一个奇迹。柏芝的国语说得不怎么好，可因为电影、因为歌曲、因为她当时的人气，《星语心愿》几乎成了当时每一位少女的心爱之歌。开始录制没几天，台湾的同事跟我闲聊之际，说他们终于领略到了个中滋味。比如说安排好了录音的时间，但是柏芝到场的时间却很少，而且是一个一个字地录音，靠后期制作来补救，不过最后处理得还不错。到了宣传期间，柏芝是卖人气卖形象的，可第一首歌居然是摇滚风格的作品。他们解释道：柏芝应该从清纯转到较反叛型，这样才有值博率！

柏芝的台湾宣传期终于到了，由于她是一名知名的演艺人，所以台湾的媒体几乎都到齐了。再加上之前的《星语心愿》很红，这又是她第一张国语专辑，以至于记者招待会不仅是与记者见面，她还要演唱几首歌，因此公司订了家很漂亮很豪华的五星级酒店来进行。台湾的同事当然邀请了我这位香港老总过去撑场面，虽然之前我说过我跟柏芝的关系一般，但碍于工作的关系，我还是得过去的。在记者招待会开始之前，我们都习惯在咖啡厅里喝咖啡聊聊天，没想到台湾老总一见到我就问："你跟柏芝怎么了？"我说："没事啊，只是关系不怎么好而已。"然后张总就说："柏芝希望记者招待会上你最好不要出现，她不想看到你。唉！你们两个是怎么搞的？"我说："这没什么，小妹妹而已，这样也好，她不想我进去，我也免得进后台了，我坐在下边安心地看她表演好了。我来到台湾充人

气，这是我的工作，我不会感到不开心
的。"不过很好笑的是，直到最后一分钟，
很多公司高层都不让进，张总干脆陪我
坐下面，都不愿进去打招呼。我原本以
为是他人好，愿意陪我坐在这里，谁知
道张总向我坦白说："柏芝说除了台湾
宣传部的两位同事可以进休息室，其他
人一律谢绝！都不知道这年轻人搞什么
的！没办法，我们两个老人家安心看她
的演出吧。"

　　当主持人说道："有请远道而来的
香港艺人张柏芝。"在场灯光一亮，现
场每位朋友都"哇"了一声，原来柏芝
不仅是一身摇滚装扮，还化了一个"独
眼女侠"妆。张总说："搞什么啊？"
当然，媒体第二天用了很大的篇幅大肆
报导，公司拿了很多宣传机会，但其实

内容都
很负面，
歌迷都不能
接受。更严重的
是柏芝要去电视台接
受访问却迟到了，结果遭到
电视台的大人物排挤，张小姐又哭又抱
歉的，"好戏"连连。

　　柏芝第二张专辑的成绩如何，大家
都有目共睹，我用"平平"两个字来评
分也不为过分。如果没记错的话，这是
她的第一张国语专辑，也会是最后一张，
同时也正式结束了我和她的宾主关系。
如我所料，张柏芝没有再追求她的歌唱
事业，因为唱歌的回报确实无法与电影
相比较。

第三十章
Chapter Thirty

如出一辙，一夜成名
付出沉重代价，望早日回头

　　我公司旗下的另外一名歌手，他的成名与柏芝一样，也是一鸣惊人的，但他一直认为唱歌才是他的第一选择，而电影永远是第二选择。相信这与他家底丰厚也是有很大的关系，我说的正是我们口中的"太子"，老板的儿子——郑中基。红得太快很容易让人产生优越感，以及他年纪太小，失控的机率是很大的。郑中基在台湾火速上位，"小天王"的美誉令他就像脱缰之马一样。这无形中造成了郑中基对香港公司无论是当年的宝丽金，还是后来我掌控的环球，都显得信心不足。还有一个好笑的点，我的姊妹公司——正东唱片的掌权人黄柏高Paco是他的经纪人，所以这之间的关系很复杂。当时我很清楚，只要做好郑中基的音乐足矣，其他的事情我都不用操心了。因为我越操心越会使事情变得复杂化。忽然有一天，我真的想不管都不行了。我的手机响个不停，原来郑中基在去台湾的飞机上闯下了弥天大祸。

"太子"郑中基在飞往台湾的飞机上醉酒闹事，由于事出突然，再加上人在台湾被扣留，故此消息非常混乱。我弄了好久才终于明白，原来他在飞机上闹事时，被机组人员打伤了头。说到这里大家都明白了，我们这边的新闻主题是："太子"醉酒闹事，在一片混乱中被打伤头，血流不止。他的父母也很紧张，我和他的经纪人 Paco 在香港忙于奔波，想办法令媒体把重点放在被人打伤这件事上，而不是他在飞机上喝醉这件事。过程太复杂了，由于这件事在台湾发生，而且台湾执法标准与香港不同，人也在台湾被扣留了，如果我们香港这边新闻炒作过于夸大，怕会得罪台湾那边。除了要保持"太子"的形象，最关键是要把人领回香港。搞了很久才终于把郑中基带回了香港，下一步就是精心部署，约见香港媒体。

郑中基在机舱里醉酒闹事，事态有多严重，我想只有在场的人才会了解。再怎么说他都是一位知名人士，整件事的处理手法会不会太过分呢？首先飞机马上转变方向，找个空地降落，通常这是发生很严重的事情才会这样处理的；其次，机组人员用一个电筒把郑中基的头打伤，使他头破血流，这是一种正当的控制手法吗？这个有待争议。最糟糕的是，在台湾发生的事，台湾的执法手段我们无权干涉。要是把人捉回来香港，什么事情都好办了，毕竟在别人的地界，我们不大方便发表意见。几天过后郑中基就释放出来了，我和 Paco 第一时间商量开记者招待会，很多召见记者的部署，我也只是听指令行事而已，不会发表意见的。例如把他头破血流的照片夸大，又或者说在机舱喝酒其实是乘客基本的权利，反正就是要把"闹事"这两个字盖住。郑中基还是个年轻人，喜欢喝两杯也是正常的。当记者招待会开始的时候，不知道是谁出的主意让郑中基从正门进场，致使场面非常混乱，连我本人也被挤到一边去了。Paco 他很忙，忙着全场走动，还有台湾公司的高层特意坐飞机过来看，可想而知"太子基"在公司的魅力到底有多大。

其实郑中基在机舱里醉酒闹事不是第一次发生，记得在从美国飞往台湾的飞机上已经有前科，不过那次没有这次的"长荣事件"影响大。这件事一出，他推出唱片的时间就遥遥无期了，我也乐得清闲。直到2004年我离开环球唱片的时候，郑中基一直没有再跟我合作出过唱片。没想到，一曲《还以为》是我们第一次也是最后一次合作。印象中，"长荣事件"之后，郑中基回港疗伤，好像也没回过台湾，连最后法院的裁决，他也没有去。裁决的结果是判定郑中基有罪，要罚钱。郑中基到最后都没有再踏入台湾，究竟是怎么回事，相信只有当事人才清楚。还好，郑中基只是沉寂了一段时间，其后从歌转影再一次走红。

一厢情愿，美丽的误会
Hello 和 Goodbye,
谢霆锋

第三十一章
Chapter
Thirty-one

　　大公司在合并收购之后，接下来新公司的企业文化肯定会起很大的变化。1999年宝丽金正式除牌，环球和 Universal 正式上场。记得我当时还心事重重，知道被收购，身边很多的朋友都安慰我说："少宝你不用怕，你是个人才，公司不会辞退你的。不过，日后你要学做电影哦！"又有人说："哎呀，做电影你在行吗？"很明显，大家都知道环球是做电影的，但没人知道有音乐这个部门。除了财务总监一定要是环球公司的人以外，宝丽金的精

英也是需要留在环球的。最麻烦的是，旧的员工和新的老板已经建立了互信的关系，可以算是心腹。到最后该如何处置呢？偌大的一个集团肯定有办法的，在这里减一下，那里裁一下，就像小孩子玩方格子游戏，在格子里跳来跳去，结果像是摆好了阵形，然后交给我们这种主管来收拾残局。我明白的，受人钱财替人消灾，这个世界是没有免费午餐的。不过，许多匪夷所思的事情陆续地出现了，我无缘无故当上了"拆弹专家"。是为什么呢？刚开始

的时候，我们台湾的老总他对我非常客气，经常和我聊电话，聊聊彼此的生意。忽然有一天，他打电话给我："喂，我有一个好消息要告诉你，我快要签到一个巨星了，到时开记者招待会的时候你一定要飞过来台湾支持我！"我说："好，是哪位巨星呀？"他回答说："谢霆锋。"真没有搞错，是谢霆锋！

台湾公司的老总是当年环球的人，是新老板钦点的人，不过这位兄台似乎对于本地音乐的概念不大清楚，一上场就要做本地歌手。故此他左思右想，忽然被他发现了，原来英皇娱乐在台湾没有分公司，当时英皇的谢霆锋人气十足，他认为这是上天赐给他的良机，便一心一意想要签下谢霆锋。大家心里都清楚，无论是环球还是宝丽金，我们都是国际公司，地区与地区之间应该有默契而且要站在同一条阵线上。当时的英皇娱乐刚开业，又是容祖儿又是谢霆锋的，我们这些香港仔在这边几乎每天都在打仗，他竟然说要和谢霆锋签约并让他在台湾全力发展，真是不知死活。有趣的是，原来大人物们没有一个是知情的。这位兄台在秘密进行了一段时间，直到十拿九稳的时候才打电话给我，满怀希望地说："谢霆锋开记者招待会的时候，你一定要飞过来台湾支持我哦！"我听完之后整个人愕然了，第一时间问老板知道这件事不？老板气定神闲地对我说："好啊，等我问一下台湾的领导了解一下。"结果是老板在最后一分钟阻止了这件"伟大"事情的发生。想不到这位老总不仅不了解公司的结构与运作，还生了我的气，当我是打小报告的人。我以后还要跟他合作的，现在关系弄成这样，还怎么跟他相处呢？

第三十二章

Chapter Thirty-two

一朝天子一朝臣

慈父望子成龙——何润东

1999 年，环球一定要放自己人在不同的地方，就像下棋一样。不过台湾这颗棋子似乎力有不逮。由于台湾没有英皇娱乐，故此他要签谢霆锋，弄得我们很麻烦。一朝天子一朝臣，他对宝丽金留下来的歌星显然很没有信心，这也是可以理解的，做音乐本来是非常主观的一件事。不过你也得先通知其他人吧。话说，陈晓东是一个不容易处理的人，公司驻台湾的同事都很希望捧红另外一个"东"，这个"东"就是何润东。这位年轻人无论样貌还是身高，歌唱路线都很像陈晓东，还有一样就是这个"东"非常听话而且很好合作，加上他的广东话讲得很好，因此是一个理想人选。我和同事们开了几次会议，都对何润东有好感，于是决定花时间来投资这位歌手。

同一时间，我们收到消息说，台湾这个老大认为何润东的前途不大乐观。我问过他好几次，他都支吾以对，直到我在香港这边宣传都准备好了，快要录音的时候，他告诉我说他不要签何润东，我整个人都惊呆了，觉得这位先生真的很不专业。但这时候不是该讨论他究竟专不专业，最重要的是做好眼前的事情。何润东那边收到消息后回复说要是台湾的环球不与他续约，他还有很多公司可以签，但是香港这边的工作可以交给我。唉，这是在找我麻烦。说到这里，大家都知道我有多生气，我们这边对何润东是很有好感的，认为他是可造之材，当年还找了最红的张柏芝和他拍 MV。可见我们对他的重视程度。事实上那歌曲出来后反应是不错的，环球上下也觉得有机会值得一试。正当香港这边很努力在做这件事的时候，我台湾的这位好兄弟一声不响，忽然告诉我说"我不要跟他续约"。也不知道他是有心还是无意。还有，那张合约剩下的时间仅有六个月而已，我整个人都要气得跳起来了，他早不说晚不说，等我花钱开始运作了他才说。过后我想通了，台湾还有两家公司呢，除了环球还有福茂，还有刚成立的正东。于是我用最快的时间联系这几位好兄弟，没想到大家提起这位台湾环球的新老总都很有意见，不过大家都只是放在心里。这时候大家忽然很想跟他赌一口气。很快地，何润东的新合约就被我们香港续签了，令这位不知天高地厚的新老总非常没有面子。当然了，我跟他的关系也变得非常恶劣。有趣的是，不到一年，这位兄弟就自己离开了环球。我和何润东合作了一段很短的时间，当我知道有公司要重金礼聘他，我决定放他走，提前解约。何润东的爸爸为了答谢我，请我吃了一顿丰富大餐，以此感谢我之前在香港对何润东的关照。

学友跳槽？公司内乱
宝丽金（香港）内忧外患

　　许多事情仿佛是有天意的，我入职香港环球后，当时最重要的宝丽金歌手就是张学友先生。简单地说，张学友到了今天也是唱片销量的保证。我做了香港区的老大，最关键是要懂得抢生意。当年张学友签约在我手中的时候，其实他已经签了台湾环球。他的唱片销量非常惊人，再加上他在2000年以后，经常回到内地做全国性演出，全线挣钱。

　　张学友重新推出的粤语唱片其实真不多，有意无意之间仿佛变成了台湾歌手。相信有可能是我签了哥哥张国荣之后，学友觉得我跟他疏远了很多。后来也没有一个好的机会可以跟他再次合作出粤语唱片，现在回想起来真是一个遗憾。在我做远东区业务的时候，传闻张学友想推出一张英文唱片，当时因为我的工作岗位的原因，我与老外有很多关系，于是唱片的联络工作就落在了我身上。人选已经开始接触，还有一位美国人负责为我们打通国外的联络线。可惜当时张学友有太多其他唱片要推出，所以这张我本来有份参与的唱片最终无疾而终。还记得那位老外追问我好几遍，究竟什么时候开始工作。我跟他说歌手这边真是遥遥无期。后来他给我发来了一个电邮说非常感激我，原因很简单，因为他啥都没做，就收了我好几万美金。

相反，粤语 CD《有个人》之后，张学友一直没有给我们香港环球出过粤语专辑。自然这对我的生意是有影响的，在 2000 年之后，公司 CD 的销量持续下滑，最可怕的是深不见底。当时我和张学友的关系并不好，其中一个原因是台湾的公司实在是把他抓得太紧了，我和他之间的距离越发拉大，再加上我当时的脾气很倔强，我觉得他不肯出碟我也不会求他，我还有很多歌手。也因此造成了很多误会，就仿佛我眼中只有张国荣没有张学友似的。其实根本没有这回事。

老实说，谁的唱片销量好谁就是我的老板，我哪会偏心谁呀？当我低声下气地追问台湾那边有没有机会让我做张学友的粤语歌时，台湾的朋友才跟我说："可以啦，将会有一张销量很好的唱片，你放心吧，快了！"不久，我们开大会的时候，轮到台湾的兄弟上台做工作汇报的时候，我突然看到张学友，然后瞄了一眼"张学友 English Album"几个大字，我真的要晕倒了。

从我 1999 年正式主管环球唱片业务，第一张有表现的唱片，也是替我这个新官争取到不错生意的就是张学友的《有个人》大碟，销量有十万张。今天大家听到这个数字是不是觉得很惊人呢？其实一点儿都不惊人的，张学友有十万张是意料之内的。由此可见，张学友对公司的生意有很大帮助，不过之后我台湾的朋友一直缠着他出国语专辑，当然张学友的国语唱片销量也不差，但对于香港的生意，当然是粤语专辑更重要一些。台湾那边的兄弟，我又劝又求又拜的，都给不了我一张张学友的粤语专辑。虽然那份合约是台湾给我的，但我也有将一份天文数字的订金给了他们，里面有约定说要推出多少张粤语唱片。

可惜自《有个人》之后，我就一直很难见到张学友了。终于有一天，台湾的同事跟我说："张学友肯在这么密集的唱片期里，腾点时间出来多推出一张唱片，让大家多赚点生意。"大家都以为是粤语唱片，哪知道开大会时候一看是"张学友 English Album"几个大字。我又晕了。这张唱片虽然销量不错，可是和粤语唱片相比，还是有一段距离。没办法，我也只能忍着不出声，还要跟大老板们装作很开心地说："哎呀，张学友真是好人！在 2000 年还给我们出一张专辑，真高兴。"我因为是听英文歌长大的，就忍不住问了一句："这张唱片准备怎样录制？"他们说："找找有什么好听的英文歌，左拼右凑一下就可以给张学友听，要是他认为 OK 就可以开始工作了。"我心想：这样就是给天王出英文唱片？原因何在？品质何在？我真的搞不懂。

结束 17 年宾主关系

狂人孤身上我路，危机四伏

　　回想起 1978 年我误打误撞进入香港电台当 DJ，当时是 FM 立体声启播的年代，我还在播爵士音乐。工作两年的时间里，我在有幸偶遇了一位当红 DJ 俞铮的得力助手。当时我在香港电台的工作不大如意，这位广播界的同事竟然在几分钟的闲聊过后问我说有没有兴趣到商业电台工作。我的答案是："好啊！好啊！"没想到在 30 年之后，在我游手好闲之际，又让我重遇了这位广播界的

人物。他已经从当年的节目监制晋升为台长。他依然问我有没有兴趣回到电台工作。我的答案也依然是："好啊！好啊！"就这样我回到了新城电台播音。更巧合的是，当年我有个外号叫"唱片虫"，而今天我变成了大家熟悉的 Dr.Music。在我不如意的时候，一次又一次带我回电台的，就是我们今天的台长朱明锐先生。也是每一次新城劲爆颁奖礼中歌星必定会感谢的香港锐哥。现在回想起来，

好像这一切都是上天注定。

我在 1978 年正式成为全职 DJ，在商业电台播音，有幸成为当年广播红人之一。当年的"六 Pair 半"是一个无心插柳之作，竟然写下了不可磨灭的香港广播界传奇，真是有趣之至。由于我对音乐的热诚，加上我比一般人多一点点的音乐知识，红极一时的二台台长俞铮小姐为我开设了一个广播界从未有过的工作岗位，就是 Music Superviser。当时很多 DJ 在享受可以随心播放自己喜欢的歌曲的时候，有一位广播经验不足，还乳臭味干的陈少宝，要弄个播放列表限制大家播放歌曲的权利，此举当然惹来很大非议。我记得每星期我到电台开 Playlist 大会的时候，都像是如临大敌一样，各位 DJ 对我的推荐都充满了火药味，就好像现在立法局要通过新条例一样，争议半天，也曾有人中途离开，总而言之是非常不容易的。现在回想起来只是游戏一场。由于我间接拥有歌曲的生杀权，唱片公司的那些公关人员当然紧紧抓着我不放。还记得在一个非商业的情况下，二台竟然因为我喜欢的那首歌，出了一个推荐宣传带，加上俞铮的感性独白，自然令唱片大卖，加速了我与唱片公司的紧密关系。就这样，我有机会认识了唱片界的大人物，也就是我的恩师——唱片公司的郑东汉先生。

2001 年我排除万难，稳定好公司内部以及让歌星们逐个稳步上扬的时候，传来了我的恩师郑东汉先生有可能不与环球续约的消息。而我与环球签的合约也即将到期，当然我不担心没有工作，因为我相信我的表现是可以的。但如果郑东汉走，我接下来怎么办呢？这个问题困扰了我一段时间。我跟了他这些年我很清楚，郑先生没到适当的时候是不会做任何表示的。我还是有些心神不定，在一大堆的猜测之后，上天给了我一个极为奇妙的安排。就是以前很重视郑老板的大老板，那个我眼中视

为疯狂的法国人——以前在宝丽金做到最高的职位，也因为宝丽金瞒着他卖给了环球，因此愤而辞职的 Alain Levy。Alain Levy 辞职之后，回到了他的旧公司 EMI 做掌舵人。这样我可以肯定，在环球工作的郑老板一定会跳槽，去跟这个法国人去打天下。我硬着头皮在开会完以后问道："老板，你会离开吗？"他说："不会，你努力工作吧，我知道你担心什么，你的合约也快到期了，没事，还有时间，你做得很好，不要想太多了，安心工作吧。"他说完这话之后我的心顿时安定下来，离开了他的办公室。不过传闻一天比一天厉害，原来郑老板在密谋组织他的班底，准备离开，真的要去 EMI 另起炉灶。当然他在香港找班底不一定需要我，为什么呢？大家不要忘了，我还有一个好兄弟在正东，他就是 Paco。一想到这里，我感觉很难受。

知道郑东汉先生一直在环球工作得不开心，一切好像是上天的安排，但我的命运将会被如何处置呢？似乎没有启示。而且当时 Paco 也是郑先生儿子郑中基的经纪人，论关系，似乎比我这位追随他年月较多的陈少宝更加密切。我考虑许久，终于得到了答案：既然我都跟随郑老板十几年了，所在的香港环球也上了轨道，自己也拥有一群班底，这是一个千载难逢的机会让我自己去打天下。就像小孩子长大了，不需要在父母护荫下生存一样。我早点表明立场也好，就不让他烦恼了。他带走谁？带走 Paco 呗。OK，我就开始主动跟郑东汉说我在环球续约的事情。只要是他在

● 1970 年代初的陈少宝

位，这份约还是得由他来签。聪明的郑东汉先生虽然知道我的用意，可是他拖了我很久，都没跟我提到半个字他要去哪里。就这样大家拉锯了很长一段时间，直到我的合约马上要到期了，终于有一天，郑老板才叫我到他房间说续约的事宜。我带着战战兢兢的心情去敲他房门，听到他在里面回答道："Come in。"

● 六啤半，香港广播史光辉岁月

进房间以后，他没有叫我坐在他堆积如山的办公桌边，相反地让我坐在一张较为宽敞的会议桌边。他手持一叠文件走到我面前坐了下来，显得很没有耐心的样子，对我说："少宝，你要的合约在这里，你看看。"我迅速地看了下划重点的合约，觉得没问题，就点了点头，表示我满意。然后他让我签名，同时他也在相同内容的另一份文件上签了名。就这样，我跟环球续约了。郑先生不是说话滔滔不绝的人，相反他说话很精炼，不会说多，也不会说少。我很清楚记得，当他把合约交给我的时候说："少宝，我很开心，这份合约依然是我给你签的。"我忘了当时说什么，不过可以肯定的是我有点头，表示感谢。然后我就离开了他的房间，在关上门那一瞬间，我就知道，我和他十六年的宾主关系，就此画上了句号。

非国际的英文唱片，天王的个人选择

在台湾同事一片好消息的重压下，香港公司录制了一张本该很多年前发行的英文唱片。我有一点儿失望以及不理解，为什么不需要外援呢？一群黄皮肤的人制作一张英文唱片，我记得唯一有个老外，但是他在香港住了几十年，已经跟广东人没什么区别了，他叫 John Laudon（学友第一首英文歌曲 *In Love With You* 作者）。我是好心办坏事，主观认为像张学友这种天王级人物，推出英文唱片一定要有一定的国际水平。不然要来干吗？讨债吗？要讨债的话还是推出粤语唱片或者国语唱片比较好吧，那能销售更多。我忍不住通过欧丁玉找到张学友，才得知张学友很想完成这个心愿。因为他是听英文歌曲长大的，至于有没有外国的味道他并不介意，如果要找老外制作，这样的话时间不够，他这次纯粹是为了过把瘾而出唱片。可能是我想太多了，过于认真，一张原本可以拿来跟国际级的歌手比拼的唱片竟然变成了"唐人街出品"。最

可悲的是张学友竟然觉得没问题。我当然知道歌星红的时候，他就是你老板，他肯让你出唱片，你照单全收就好了，还啰唆什么呢？结果一张纯粹是为了兴趣，又或者说是应付我们唱片公司讨债用的张学友英文唱片出炉了。这张唱片在东南亚的反应还不错，至少直到现在我也没听到消息说有人不喜欢的。唉，可能真是我想太多了。张学友作为四大天王之一，他的国语唱片销量是非常惊人的，受他的影响，连香港公司也要把国语专辑当成是发展目标。

管弦乐的风波

李克勤竟成环球一哥，狂人俯首称臣

当时新加入环球的李克勤，之前在宝丽金红了很长一段日子。当每个人都录制国语专辑打算冲出香港之际，李克勤却为了他的香港歌唱事业踌躇，最终的决定是与环球签约。我曾说过很想改变他的音乐取向，但后来才发现李克勤其实没有改变的需要。重要的是坚持他的歌唱风格，然后听天由命就可以了。他最大的转折点，是有一天我收到消息说李克勤答应了与香港管弦乐团同台演出，而且还挑选了红馆作为演出场地。我很诧异，也很失望，因为全公司都在为李克勤的音乐路线在想办法，他居然在我眼皮底下去唱那种很成熟的歌曲，还要翻唱《蓝月亮》《红日》那些旧作，我觉得他跟我的想法背道而驰。

当然，我明白艺人也是要靠登台演出吃饭的，但我决定这次的演出我不会帮他摄录。这个消息很快地传到了李克勤耳中。有一天晚上在饭局上见到谭校长，他把我领到一边说："李克勤的唱片你不打算帮他录制吗？这样不太好吧，你可要好好地想清楚啊，那个演唱会的门票销量很好的。"我当时的立场非常坚定，校长也是无功而还。2001 年我公司整个宣传部的人都走了，我忙着公司重组，所以对没有兴趣的事情根本不用考虑，就连李克勤的经纪人张国忠致电我也婉拒了。挂了他电话以后我要去开会，没想到几位同事还有新来的经理都劝我改变初衷，我开始思考：这个决定错了吗？最后我说："既然大家都那么热衷这个项目，好啊，制作部重新计算预算，会计部也要重新做一个 P&L（赚赔报表）给我看看。还有，找人去跟李克勤和香港管弦乐团谈好，让他们收费便宜点，以上的事情都可以搞定的话，我才做！"说完之后我气冲冲地离开会议室。不到两天，会计部的同事就来敲我的房门，把新的 P&L 拿给我看。哈！我从未见过一份这么好的数字报表，卖出 15000 张唱片就可以收支平衡。市场部的新经理也跑来跟我说："既然我们录制管弦乐团，预算就不用那么多了，现在很多人都想减价，不如我们弄一张发烧唱片，可能会带来更多的市场，更

大的效益。"

由于各方面的配合，整个成本降低了很多，连李克勤本人也赚了不少。有那么多的好处，我们就有更多空间可以尝试做一张发烧碟，而且是鲜有的现场录音管弦乐团。整个录音过程很顺利，我也破例坐在红馆台下完整地看李克勤的演出，感觉不俗。有一天我回到办公室，同事马上把混音完成的演唱会带子送了过来。当时的唱片市场不像今天那么萧条，我们一般是先出 CD 再出 DVD。没想到第一天我们收到 CD 订单的时候，营业部的经理喜上眉梢地跟我说："老板，我们现在手头上收到的订单已经可以封上赔本的门了，再加上明天的数字，肯定会有好消息。"对于我来说，最重要的是能赢生意。就这样，我们这张 CD 推出的前几天销量非常好，等 DVD 一出，肯定能带给全公司一笔可观的生意。

李克勤与香港管弦乐团成功合作演出后，有几个好消息是带给我以及环球上下员工的。首先证明了从歌手转型为讲球员的李克勤未来还有很多好日子。其次是我极力反对并不看好的这个演唱会录

音，无论是 CD 或者是 DVD 竟然都能销量惊人。这些数目加起来，在 2001 年市场低迷的情况下竟然销售了十万张，还成为了全年最畅销的唱片，容祖儿、Twins 什么的都要靠边站。这是新宣传部的第一炮，我最艰辛的内部换血终于成功了。正当我享受着这一刻的快慰时，忽然间传来了一个噩耗：很多客人拿着 CD 回到唱片店要求退货！搞什么啊？原来 CD 厂出错了！这张 CD 竟然出现了很多重叠，即是两张光盘的内容竟然是一模一样的，没有了 CD 的 B 面，都是 CD 的 A 面。我们当然慌张，卖唱片是卖人气的，这样下去很容易会令歌迷们不再买单。我们赶紧召开紧急会议，叫上 CD 厂的兄弟过来质问。作战了一个星期，把没问题的唱片重新推出，还好销量没有受太大的影响。同时 CD 厂也赔给了我们一笔钱。

其实 2001 年才是真正的"陈少宝环球时代"的开始。郑老板不再续约环球，这个消息令我非常震惊。1985 年郑老板带我入行做唱片，给予了我无尽支持，在他的声誉以及人脉底下，建立了我的人脉关系和事业根基，如果没有郑老板，我相信不会有今天音乐界的陈少宝。

音乐狂人，任性，自大
自食其果

第三十七章
Chapter
Thirty-seven

　　自从在商业电台得到俞铮小姐的器重，任命我管理电台的音乐之后，虽然惹来很大的争议，但我还是慢慢地站稳了脚跟。因为我的工作可以操控歌曲的生死，所以我与唱片公司的关系越来越密切，也因此认识了许多唱片公司的高层领导。还记得我们有空的时候很喜欢跟唱片公司的朋友应酬一番，棋局、牌局之类是不可缺少的。说起来，"六Pair 半"名字的由来也是和我们经常打牌有关系。牌局是商业电台最喜欢的饭局，当然我们赌的金额并不大，但是玩起来就是几个小时，从晚饭开始一直玩。也因此在这些场合上，宝丽金的大老板郑东汉先生偶尔会出席，跟我们玩几把。相信也因为这个缘故，郑东汉就对我有了点儿印象。大概是 1983 年，传出俞铮不再续约商业电台的消息，我们这群下属当然是很忧心。不久，这个谣言变成了事实。不见得我会幸运，因为我是她直属部队的伙伴。奈何播音界的世界很小，我在香港电台是因为工作不开心才离开的，我在商业电台没有俞铮撑着，我的日子也不会好过。可我能去哪儿呢？除非我不做广播这一行！可是我不做广播，我还能干啥呢？没办法，只能走一步是一步了。

俞铮离开了商业电台后，自然地我变成新管理阶层的眼中钉。当时的我年纪轻轻，做人经验不足，被新台长欺负，工作非常失意。前路茫茫的时候，突然有一天我接到了宝丽金老板郑东汉的电话，我想他没有理由会打电话过来约我去打牌吧？接着，我真的听到了这位在唱片界成功人士的声音，他问我有没有时间出来碰个面聊一下天。我当然是没问题的，就这样，在某天下午我工作完之后到达约定的地方会见郑东汉先生。

● 商业电台 DJ（六啤半第二期）合照

我们闲聊几句，他就问我有没有兴趣做唱片。我说："我什么都不懂。"他说："没关系的，我教你！"有聪明的人指点，再加上我在商业电台那边干得不怎么愉快，我就答应了。可当时我与商业电台还有合约，一想到要错过这个千载难逢的好机会，我就觉得很沮丧。郑东汉说："没关系的！我帮你想办法。"还补充说，"大家都属于宝丽金，应该很好说话的。放心吧，有进一步的情况我会再约见你，不过你一定要保密，因为这家有宝丽金股份的唱片公司还有其他老板，天机不可泄露。"我点了点头。眼看公事繁忙的郑东汉四处奔波，我既开心又担心。如果台长不让放人，我找到好工作却不能做，那就真的太遗憾了。

后来我也见过郑东汉先生几次，新工作聊得非常顺利，美中不足的是与商业电台的合约问题没有解决。我打算向台长请辞，试探一下他的态度。一如所料，当我说我要辞职的时候，他就询问我说新工作是什么。我告诉他："这是不能说的秘密，不过你放心吧，我的新工作与电台毫无关系的。"就这样，我们纠缠了一段蛮长的时间。由于唱片公司是新建立的，因此台长到处打听也问

不到什么。有一天我又进了台长的房间重提旧事，希望他能高抬贵手放我一马。殊不知他交出王牌说，要是我不告诉他我要去哪里工作，他一定不会放我走，而且还会起诉我。

电台再不放我走，那份好工作就要泡汤了。有一天我硬着头皮去找了当时商业电台的总经理，没想到高层的人还是比较有智慧的。当我表明来意的时候，他竟然说我与台长不和的消息他早就知道，他还认为我是一名好员工，要是我不在电台就太可惜了。然后他接着说："要是员工有更好的发展，公司愿意伸出援手。"他问我在哪里高就？我想了好久不知道该不该告诉他，毕竟我答应了郑东汉不能说的。总经理见我很为难，又说："要是连我也不知道你去哪儿，那这件事就不好处理了。"这个情况下我只好和盘托出了。他气定神闲地答道："这真是一份好工作！你要好好干，不要错过这个机会。"谢过他后，我走出房间，忽然觉得我把郑东汉不让说的秘密说了出来，会不会因此没有了这份好工作呢？反正那段时间我是茶饭不思，睡不安宁。

我打电话告知郑老板我当时说了什么做了什么，高兴的是他没有生气，还跟我说："我们还有时间，看看接下来怎么办吧，见机行事。"有一天我做完节目后，台长找秘书打电话给我说要见我，我便有了心理准备。进到房间以后，他第一句就问我去向是哪儿，我依然回答道不能说，希望他能放过我。不过他马上就告诉我说公司打算起诉我违约，叫我等着收律师信。当时年纪轻轻的我，从来没试过被起诉，心里害怕得要死。我呆呆地走出台长办公室，当时很多同事得知消息都过来鼓励我，叫我不要害怕，说天理还在的。

过了几天，商业电台总经理潘先生又要见我，堂而皇之地叫我去他办公室详聊。我介绍一下当时电台的设计吧，每个老板房间都有一面大玻璃，台长的房间也是，我这样路过不就全世界都知道了吗？我只好打电话给台长的秘书套一

下话，我问她："台长在吗？"她说没见到，那我就安心了，赶紧上楼到总经理房间坐下。潘先生很慈祥地跟我说："你的合约没有太大的问题，你想什么时候结束就什么时候结束，可是你要留一点时间出来让大家与你交接工作。还有你要好好干新工作，有空的话多回来见见大家。"我高兴得想哭，有种想上前拥抱他的冲动。但我却冲口而出问了一句："要跟台长说一声吗？"潘先生气定神闲地说："不用。"我飞奔着跑出房间，同事们见我面带笑容，都凑过来问我发生了什么事。我说事成了应该事成了！于是我第一时间打电话给郑东汉告诉他这个好消息，跟他说我随时可以去上班。我记得那晚我兴奋到彻夜没睡。

我有一件事记得很清楚，在一个星期六中午大约 11 点，我的 BP 机响起来了，是同事发来消息说有急事让我马上打电话回电台。究竟是什么事呢？于是我回了电话，同事笑着跟我说："他被炒鱿鱼了。"我问谁呀？他又笑着说："台长今天忽然被炒了，收了大信封，现在收拾东西走人了。"

1985 年下半年我正式踏入新丽宝唱片公司担任总经理。从 DJ 转为管理阶层。我记得当天在办公室里忙个不停，一直都在打电话，真的非常不习惯。当时我的办公桌上放着三台电话，一个是老板的专线，一个是歌手的专线，还有一个就是普通来电。我还开玩笑说："其实做管理阶层的人跟做 DJ 差不多的，同样是不停地说。唯一不同的是，做 DJ 是拿着麦克风的，做管理阶层的是拿着电话的。"这份工作我做到了二十世纪八十年代最后一天，那天也是哥哥张国荣决定归隐，风再起时。最不舍的是王菲、Beyond，还有我一帮同事。就这样，我从本地的唱片公司正式踏入到国际级的宝丽金的大门，在郑东汉先生麾下当了十几年的中坚分子。没想到 2001 年环球买下宝丽金之后，人事上的转变、回归之后的经济状况、盗版猖獗等原因之下，郑老板最后一次在我的合约上签名为我续约，象征着我跟他十几年一齐共事的缘分结束。

在这十六年里，有很多美好的回忆。譬如说当初我什么都不懂，我们二人肩并肩，他做好人我当坏人一唱一和，一起哄许冠杰唱歌出唱片，上台表演；他认定了王菲是可造之才，也肯定了我在唱片界是可以大展拳脚的。他一直给予我很多机会，直到他儿子要出来唱歌，他身边出现很多我认为不友好的朋友……不过没关系，当是做了一场梦，还蛮过瘾的。记得有一天，我在大陆工作的时候接到了郑老板的电话，当时车上很吵闹，信号接收得不好，我断断续续地听到他说："少宝，你一直都听到很多关于我去向的消息，现在我清楚地告诉你，我不再与公司续约了。"我记得很清楚，直到最后一分钟他还是没有告诉我他的去向，但我知道选择不说是他的权利。他还说："我走了之后，有一个人将顶替我的位置，我会给你介绍的，是一个年轻人，你也认识，还蛮不错的。我不会那么快离开，我还有几个月的过渡期，你还在大陆没关系，等你回来我们详谈吧。"然后他和我说了"再见"并挂断了电话。印象中我没怎么回应他，因为电话信号实在太差了，我仿佛听到他像在读一篇辞职宣言。挂断电话之后我的心情久久不能平复，毕竟与他共事十几年，亦师亦友。但有一件事令我不得不佩服，就是他临走依然很慎言。唉，其实大家都知道你要去 EMI 的。

大家都非常好奇，这位接班的年轻人究竟会是谁呢？谁有这个能力可以坐上郑东汉的位置？有一天老板叫我到他的房间，除了汇报生意之外，他还说："少宝，你认识 MTV 电视台的 Harry 吗？"我点了点头，因为宝丽金在九十年代中期要扩大规模，故此我们的总部搬到了纽约，还投资了电影，买了电视台，其中一家入股的公司就是 24 小时播放音乐的 MTV 频道。适逢当时美国 MTV 很重视在亚洲的市场，因此我与这位亚洲市场 MTV 总经理 Harry 相识了。我看了一下郑东汉，他说："没错，Harry 就是要顶替我的那位年轻人。"我听了觉得这是天大的笑话！一个完全没有做过唱片的人，竟然可以坐上这个如此重要的位置。难道会说一口

流利的英文就可以了吗？我离开房间之后觉得这件事简直就是荒唐！

当然，我知道上层领导在政治角力，我不知道他们葫芦里卖什么药，只是觉得好笑而已。回到房间后，想着以后没有了郑东汉的照顾，以后会有怎样的发展呢？同时我在想：只要我工作表现好的话，其他的没必要多想，做好自己就行了。不久我桌上的电话响起来了，是台湾那边的老总打来的，他第一句就问我说："少宝，你知道 Harry 的事情吗？"我说："知道，刚从郑东汉的房间出来，他什么都告诉我了。"这位朋友勉励我说："只要我俩好好合作，反正搞不懂上头要搞什么，我们做到工作目标就好。"我说："知道了。"很快，Harry 这位年轻人不断出现在我们各个小组的会议中。他很圆滑，不过回忆起来我犯了一个大错，就是我没奉承过他。后来我才知道他很喜欢这份工作，喜欢到没有安全感，很想把他用在 MTV 的工作手法安在唱片公司上，从而一展身手。可以理解每个人都需要适应期的，包括他在内。不过有

件事实在受不了他，就是他老是要约见我的歌星，不是张国荣就是谭校长，又或者是张学友。我跟他说："不好意思，张学友不是我签的，是台湾那边的。"我和他不太能聊得来，我觉得他把自己当作是这里的明星了。

在旧老板郑东汉和新老板 Harry 的工作交接期中，大大小小的会议让我感觉未来的日子不好过。新老板不知道我们这个行业是干吗的。再说，我手上的歌星每个都是大明星，不喜欢与管理层人员交际。故此这新老板就觉得是我不听他的话。几个月过去了，郑先生在不同的欢送会上出席，我看他春风满面地与他身边多年的伙伴一一请辞，就知道他肯定是在另起炉灶，建立自己的团队。我对我留下来的这个决定完全不后悔，因为是我自己选择的。有一天连 Paco 也辞职要离开了，我才开始感到有压力，因为香港一向都有两家公司，我处理的环球是大公司，但正东唱片的业绩和歌手都不俗，再加上我和 Paco 是好朋友，大多数时候我们俩是相互配合，甚少相互竞争。不过 Paco 要离开，新的人选在市场上不多，我心中有数，新老板肯定会找一些人回来掣肘我。我忽然间觉

得自己是在孤军作战，没办法，只好再想点好办法，挣多点生意回来好交差。

新老板跟我意见不合，在工作上自然就有压力。幸好压力是可以变成动力的，当时是 2001 年，1997 年之后的不良效应陆陆续续地出现了。卡拉 OK 的生意尚算不俗，在广告上甚至是拍摄方面，他们对唱片公司都有大力的支持。2001 年整个唱片行业就靠着卡拉 OK 的广告来支撑，而且还出现了前所未有的新玩意儿叫"独家试唱"。因为唱片公司是没钱的，每个人都伸手向他们拿钱，明知道是不好的，但还要接受这个现实，去迎合新的游戏规则。我一直是一个很反叛的人，在听到刚签下的张燊悦新歌《上帝爱我》的时候，或许是因为工作压力，我感觉这个行业越来越差，忽然间"上帝爱我"这四个字给了我很多的思考。当时我还没有宗教信仰，想了想我手上有这么多歌手，要是我能做一张类似 We Are The World 那样发人深省的歌，应该是可行的。于是在开会的时候我就把我这个想法讲出来与同事们分享，大家都认为这个主意不错。但是生意在哪里呢？单曲能卖多少？这又得总动员了。奇怪的是我认为这首歌很

有使命，可以鼓
励整个行业，甚至是当
时的香港。有一位同事见我一意孤
行，就跟我说："这么大寓意的一首歌，
我怕我们没时间弄啊！现在是年底，每
个电台都在为他们的颁奖礼忙着，没空
闲的。"我说："环球总动员不可能不
行的，没时间的话就用《上帝爱我》这
首歌找人重新填词就好了。"就这样，
这首歌正式开工了。

很快我与当时还是新丁的填词人甄
健强通了电话，把我的想法告诉了他。
不到三天，歌词出来了，连同新的编曲
也出来了。我们马上订了录音室，给环
球的每一位歌手发了通告，奇迹般没有
人拒绝，大家都非常支持这个提议。我
们利用一个下午加一个通宵，就把这首
叫做《同步过冬》的作品完成了。果然
是人多力量大。

这首歌完成后，一开始带给了我很
大的压力。因为媒体对这种有使命感的
歌曲反应不一。在我穷追猛打之下，电

台才有那么一点儿的反响，同时是否要
筹款的问题又出来了。老实说我从来没
想过做一首励志歌曲是要筹款的，还好
当时我有一位朋友的公司大搞宣传，于
是我们在电视台的一个大型筹款节目
上，让他出钱给我们首播《同步过冬》
的 MV。那时候我太投入，也不管卡拉
OK 市场是否要独家试唱，一律都可以
播放。KTV 的老板们都以为我傻了，但
我当时的口号很鲜明，就是：好的信息要
传播至广，这一刻请大家先放下你们的"武
器"。我们还制作了很多《同步过冬》的
T-shirt，开了一个大型的记者招待会，
找来两位 KTV 老板共同见证当时的大
市场，先声夺人。不过这首歌是在年底
推出的，点播率还有上榜位置肯定就远
远不如其他。年底的颁奖礼别说要拿奖，
就连出席都是个问题。这么多人怎么出
席啊？仿佛在刁难我，不过没关系的，
人在做天在看。

有情有义，人在江湖
黄伊汶和《惩戒男》

　　有天江湖大哥给我来电："喂，少宝，你是不是要签我的干女儿？"我问："谁是你的干女儿？""黄伊汶啊。"我说："是有谈过，但没有下文了。原来她是你的干女儿啊！"接下来江湖大哥就跟我聊了几十分钟，给我解释他与干女儿的关系，我略略感觉到是江湖中人的女儿，还蛮有背景的。老实说我签歌手就是要为了能捧红她，她的背景怎样与我无关的。我胸前挂上一个"勇"字，从来不管她背后发生的事，最重要

的是她能成为巨星，我认为可以拼就行。这个通话之后不久，又有一位大哥给我来电。他问我说："江湖大哥是不是有打电话给你？你是不是要签黄伊汶？"我忽然觉得有点压力，便赶紧给那位富贵朋友致电，了解一下他们在搞什么。不久我和富贵朋友出来吃饭，在这个美酒佳肴的夜宴上，当然要聊聊黄伊汶。我问他："这女孩究竟是什么人？"他这才清清楚楚地告诉我了。很有趣的是，原来大家都以为我一定会签下黄伊汶的，

其实我还没决定。而且是我朋友先说要拍戏，接下来才搞唱片。现在事情本末倒置，戏都没开拍就要我先做唱片，没搞错吧？！

一堆安排过后，我终于听到黄小姐的歌声了。还不错，可以尝试。加上新老板的出现，我也想争取表现，多签几个新人也无妨，而且很多人说要帮忙，值得一试。就这样，黄伊汶在2001年正式成为环球的新人。签约之后当然要帮她筹备新歌。消息一传开，李克勤就说义不容辞，一定要和她来一首合唱曲。要是大家还记得的话，当年的李克勤真的有种点石成金的魅力。这是好事，可每个人都说要帮忙，说这首歌一定要红，不可以输。然后他们就给了我很多很多的建议。他们讨论出来说一定要专攻KTV，要做一首一流的合唱曲，希望能让黄伊汶

红起来。我在旁边没发表什么意见，只是说了一句口头禅："陪大家玩一把，看结果如何吧。"

虽然有能够点石成金的李克勤先生帮忙合唱一曲，但实际反应并不理想。我明白原因在哪里，我知道用黄伊汶的背景说她从国外回来，要走纯情路线，其实不大行。黄伊汶需要的是个性！因此我在做第二张大碟的时候，终于大胆地跟他们说，让我来想办法吧！还好，上次很多人给了大堆意见，发现没反应，于是现在都闭嘴了，这样我工作起来会顺畅很多。不过，英皇那边知道我们要重新包装黄伊汶再战歌坛，他们就用同一个形象同一个内容去包装郑希怡来对抗我们。对方死缠烂打，咬着我们不放，我们上电视宣传他们也上，我们上哪个节目他们也跟着上，找人排

舞他们也找相同的，招数挺高的。市场如战场，我们只做好自己的。我很有信心，因为黄伊汶的确有自己的台风，很少有歌手能在台上表现得如此淡定，如此有信心。

为了与郑希怡竞争，我们只好把黄伊汶重新包装，不仅要有舞步，同时还要让她散发出更多的性感，突出女孩子的性格特点。我们与制作部开了个会，弄一首快歌，跳舞是肯定要的，连歌词我们也写得像是在教训男生的霸气。那个录音室很贵，排舞费也不便宜。我亲自出马，肯定价格不菲，因为不能输！最后曲词都定好了，我们挺满意的。黄伊汶也很投入，有一天她跑到我面前说："少宝，我很喜欢这首歌，不过歌名改为《惩戒男》可以吗？"我觉得她的想法挺棒的，最后宣传部的同事担心歌名会影响上榜，于是用了简单点的名字《戒男》。我原本是反对的，可是同事们已经被歌曲弄到压力很大，这首歌上了电台有什么不测我也担当不起。心软的情况下，我只好接受了"戒男"这个名字。没想到这首歌播出没多久，"惩戒男先生"真的出事了。他的新闻闹得很大，最后还被判有罪。我们损失了一个很好的宣传点。

我们还为这首歌拍了个MV，租了一家戏院来播早场，顺便召开记者招待会，场面非常热闹。大人物们也打电话过来问我要帮忙不？我说："当然要，你们多叫些朋友过来看就好了。"我记得一清二楚，这个早场除了很多朋友到场以外，还有很多朋友睡眼惺忪地过来捧场。我看到这场面很开心，同时我也觉得对所有人都有所交代了，接下来就是希望这首歌能畅销了。

天姿国色，她俩（2R）来自新加坡
管理层明争暗斗，你死我活

当我正在为这个青春系列奋斗之时，有一天晚上，新老板突然约我去喝东西。他是 ABC，自然约在尖东的顶楼见面。当时的陈少宝是很没有耐心的人，印象中等了他蛮久，终于等到他来，跟他客气地聊几句之后开始讲重点了。他说无论何时都很看好香港这边的表现，虽然他是负责主管东南亚市场的，但香港对于他来说是最重要的市场，尽管现在唱片难做，他也要把办公室继续设在香港，还要付很贵的租金，租了北京道一号。

很多人叫他转去新加坡，他不肯。我心想：我也当过区域主管，我明白这是什么心态。你想要办公室豪华一点，你想要北京道一号，就让我去争生意。没办法，谁让你是我老板呢。不过之后的气氛就急转直下了，他竟然跟我讨论目前歌手的状况，例如谁能赚钱，谁在赔钱；谁可以扩大发展，谁可以放弃等。我感觉他是做了许多准备而来，听了很多他的片面之词，见他对消息一知半解，却一直在装很懂的样子，真的令人生气。

在他说了一堆废话过后，我气定神闲地对他说："我现在准备做一个年轻人系列，希望能用最低的成本多签几位年轻的歌手，其实我自己也察觉到旗下歌手有点老化的迹象。"我把我的计划全部和盘托出，最后还揶揄他说，"要是你以后想要多了解香港的业务，不如你直接坐下来问我就好了，不用去打听那些不齐全又没有更新的消息。我在这个圈子里很多敌人的，每个人都想我死，你向他们套消息，间接是在害自己。"最后这位 Mr.Know it all 笑着跟我说："哦，这样的话我就放心了。"

经过这个饭局，我跟新老板的关系更"进一步"，意思是说关系更恶劣了。由于我告诉了他那个青春系列计划，故此我工作的进度得再加快点。忽然我想起几年前有位好朋友在跑马地的酒吧，我们喝东西的时候，他带来一对明艳照人的姊妹花给我认识，印象挺不错的，不知道时隔一年，她俩怎么样了？在开会的时候我问了我的同事们，看看有没有人知道这姊妹俩近况。席中有位同事跟我说，这两位美女跟我那位朋友正吵着要解约呢，现在想跟她们签约是千载难逢的机会。哇！我听到当然很高兴，立马打电话给我的好朋友问个究竟，答案是可以的，说签给环球是最好不过的了。

在这一拍即合的情况下，我再次见到了 Rosanne 和 Race ，她们依然是明艳照人，而且很青春有活力。当然了，我需要跟这位好朋友兼经纪人坐下谈条件。在行规中，多多少少总得给些转签费的，价格不算很高。可是其中我们出现了小误会：这两位小妹妹以为这一笔钱是要自己家人付的，大为紧张，亲自过来跟我说，为了她们从新加坡到香港的明星梦，家人已经花了不少钱，她们不希望这笔钱安在她爸妈身上，想以这张新合约当作预支，等以后赚了钱再在里面扣。我看她们那么乖巧，只好再和这位好朋友兼经纪人谈谈，同时叫会计部同事计算一下，究竟这数字该如何分担。

很多数字上的问题，经过我和这位朋友坐下商讨过后，原来是可以打平的，所以到最后我们不用花一分钱，她们就成功转签了。这位经纪人也同意这对姊妹在无条件的情况下大家签个名就可以转给我。我把这个好消息告诉她们俩，她们都喜出望外，同时我跟她们也建立了牢不可破的互信。我们做这一行的，对人比对事多，与歌手之间建立起互信便是成功的开始。就这样，我的青春系列又多了一队新组合，蛮不错的。有香港年轻女歌手黄伊汶，还有一对未命名的姊妹组合。我们宣传部的同事偶尔会带她们出去客串一下，赢尽了口碑，也受到很多媒体朋友的关注，包括现任台长锐哥。还记得当时他给我打祝贺电话，说他很看好这群孩子，仿佛给我打了一支强心针。

　　姐姐 Rosanne 和妹妹 Race 正式与我签约，虽然没有正式开工录音，可每次替我们公司出席活动的时候，大家都一致看好。还记得她们在香港买了新房子，很漂亮。我去拜访她们的时候，Rosanne 很开心地告诉我已经有粉丝写信给她们了。大家要知道当时是没有 Facebook 等社交媒体，手机最多只是用来拍照而已。所以我也很替她们高兴。粉丝见到她俩一直在呼叫"2R、2R"的！所以我们在公司准备给她开唱片录音的时候，我决定替她们组合取名为 2R。没想到姊妹花听到我取这名字的时候反应很大，问我能否有更好的选择。我非常坚持地说："要是不想叫 2R，那就叫R2 吧！"当时是 2002 年，我觉得唱片公司不能光是靠卖唱片来赚钱，故此我对乐队组合的名字、形象抓得越来越紧。开心的是，我的青春系列陆陆续续有好的"新血液"加入，公司和经纪人公司的关系也因新合约逐渐鲜明。2R 新的上榜歌曲我听了之后非常满意，电台的播放率也相当不错。

　　2002 年新老板正式上任之后，你问他对我如何？其实他一直把我当摇钱树，把我当作是可以生金蛋的金鸡。表面上看似很重视我，但实质上我跟他的不和越来越明显。正当我埋头在推这些新签约的孩子们的时候，他整天在说要帮我增加生意，问我有什么策略。我没有完全告诉他，原因很简单，自从 Paco 离开以后，正东请了昔日 EMI 的总经理江迪，明显是他的人。江湖上有很多传闻说唱片生意很难做，生意不好，等我合约到期了，他就把两家合并，逼我请辞。对我而言，我不能对他说太多策略性的东西，要是他放在正东那边用怎么办？我不敢想得太远，最重要的是把自己手上的事情做好，有成绩他也就不敢说我了。

新老板要在新加坡开个大会，东南亚每家公司都派了十个八个同事出席。香港当时的地位举足轻重，故此我也去了新加坡开会。三天的大型会议，我是最后一天才知道有一个上半年最佳表现奖，要颁给生意最好的地区，分为冠亚军。我知道后马上问新老板："这样颁奖有帮助吗？现在的员工，唱片生意如此难做，大家都在拼命，你颁这些奖可能连原来的士气都破坏掉了。"哪知道新老板一意孤行地说："香港做得那么好，有机会的。"我当然想说免了吧，不过既然你是老板，你爱怎样就怎样呗。结果吃完最后的晚餐，第二天大家就回到不同地区的公司继续开工。香港当然是什么表扬都没有，最糟糕的是同事们认为不公平，胜出的竟然是最小的新加坡。不知道新老板怎么想的，好好一个销售大会被他弄得气氛全无。我很清楚地记得，在新加坡机场待机的时候，同事们非常埋怨，还跟我说："老板，他摆明就是不给你面子！"我说还好啦。虽然我嘴上这么说，可我的心有点不想留在环球工作了。回到香港之后，有几位同事心平气和地跟我说："老板你千万不要走啊，你一走就是正中下怀了。"

第四十章

Chapter Fourty

父子合作团加盟环球

麦浚龙一跃翻腾，天下大乱

　　在新加坡开完大会，回到香港我唯一能做的就是埋头苦干。埋头苦干什么呢？那就是我策划的这个青春系列。有一天开会时有同事提到，城中一位有钱人爱子心切，安排了儿子到日本受训，要进入香港歌坛当歌星，还自己灌录了三首歌曲到处找唱片公司。闲谈期间我发现这位朋友有可能适合我这个青春系列。于是我大胆地叫同事去找他的歌和

其他资料给我。原来当时他的经纪人就是我在宝丽金的旧同事，那就好办了。很快，这位小朋友的歌和 MV 出现在我的桌面。感觉他的父亲真的帮他安排得妥妥当当，似乎只欠一家有经验的唱片公司推广了。我一听，觉得还蛮不错的，挺喜欢，可以尝试。再看了一下 MV，就已经忍不住了，我马上致电给那位同事问："他有人签了吗？要是没有的话，

我有兴趣！"这个圈子里，"陈少宝"这个名字还是有点名气的，再加上当时我是国际公司香港环球的代表，很快我就收到信息说这位父亲想要约见我。一个饭局就这样定下了，我忘了当时吃饭的时候环球有多少同事跟着去了，不过我很清楚地记得，当天这个饭局是在一个大酒店的中餐厅里，我还记得我找了一大圈才找到这间包厢。因为是用他们公司的名字"中建"预订的，不是用姓麦的。有钱人的确排场大，包厢大不在话下，他们那边还有很多人也在，但那晚他的公子没有出席。还没吃饭之前麦先生就叫他的手下预备好音响装置，向大家介绍他的公司在东莞有多厉害，有上千员工，厂房又如何的大之类，彻彻底底告诉我他是干大生意的。做生意的人说话喜欢拐弯抹角，我就单刀直入地告诉他，我很欣赏他的儿子，听过他的歌，我们公司现在在做一个年轻歌手的音乐品牌，问他有没有机会合作。这位生意人表示可以考虑，在介绍完他的生意之后，就接着展示他儿子的才华，说他儿子怎么刻苦耐劳，现在在日本干什么……这顿饭终于吃完了，回到公司我就开始想合约该怎么写，想大家能否合得来。回头再次听了一下这个孩子的歌，

还是觉得真不错。跟同事套一下消息，了解了一下这个生意人究竟是什么来头。我觉得他在没有唱片公司的情况下都能投放这么多时间与金钱，而环球多的是做唱片的丰富经验，签约的话怎么看也没有坏处。故此我迅速弄好合约，再次约见了这位慈父，也顺便见了这位公子本人。在麦先生的办公室谈合约问题时，终于第一次见到了个子非常小的麦公子。这位小朋友从头到尾都没怎么出声，我和他爸爸讲解这份合约的内容，说完后便离开了。我还提醒了一句："我们这行业时机是很重要的，要是快点签合约，我们就可以马上把歌弄上榜了，你们做的那三首歌其实已经足够了。"很快，麦先生一句话都没有改就签好字把合同递回给了我。我蛮开心的，原以为他是生意人而且那么疼他儿子，肯定会找律师把合约改了又改。没想到竟会照单全收，这样就表示大家都有了信任，是一个很好的开始。接下来我和宣传部同事第一时间坐下来商量整个计划，自此青春系列又多了一位猛将加盟。麦先生对我的信任度很高，连我要找人帮他儿子改个艺名也没有阻挠。往后各电台DJ在介绍歌曲的时候说："这是《爱上杀手》，是新晋歌手麦浚龙的作品。"这

首歌上榜三四个星期反应很"不俗"，同时平面媒体的反应也是非常"不俗"，不过是一致的负面反应。当然，我签麦浚龙的时候也有考虑到麦爸爸和刘德华的关系，自然会引起很多对他儿子的恶评，不过我真的没想到会差到如此程度。其实2002年平面媒体已经开始报忧不报喜，对于我来说都是新闻，无伤大雅。但没想到麦浚龙双亲，特别是麦妈妈完全没有这个心理准备。我们在一次聚会中，她对儿子在报纸上被差评这件事，简直是热泪盈眶。除了安慰她，我也建议麦先生那边原先打算做的铺天盖地的宣传攻势，可以稍收敛一些。我还告诉他："你看，香港那么多红的明星中很明显没有谁是富家子弟，因为有一部分人的确有仇富心态，所以打广告一定要适可而止。"麦先生听完后点了点头，我想他应该知道怎么做了吧。

麦妈妈在聚会中提到儿子被恶意抨击，哭了出来。也对，父母爱子心切，怎么忍心看到儿子被人无故欺负。相反麦先生越战越勇，他跟我说出唱片的时候他愿意付大部分的广告费用。我跟他说："我会适量安排的，你有钱也没必要乱花，不然群众的仇富心态会越发严

重，弄巧成拙，对你儿子没好处的。"麦先生点头示意，我以为他是明白了。没想到有一天我在公司开会的时候，从宣传部的同事口中得知麦先生打算承包一整条红磡隧道的广告作为他的第一步。我听到的时候整个人都几乎要跳起来。开完会之后我马上打电话给麦先生，可是没人接。不久他的助手就给我来电，听那语气是志在必行。我听到后很生气，因为当时我已经开始启动他儿子的项目，这样不也把我给连累了吗？经过多番沟通，麦先生终于同意不那么隆重，可是广告一出来，红磡隧道没有被全包，却还是包了一半，平面媒体再次大肆抨击。每次公司开会，麦浚龙就成了我们的大议题。两小时的会议几乎大半个小时都是在说他。现在看来还好，不过当时我的同事们为此事可谓筋疲力尽。

麦老先生铺天盖地的宣传攻势，别以为我们唱片公司一分钱都没出。只是到了大制作的时候，麦先生都会亲自重锤出击。平面媒体的报道是有点夸张，说什么500块叫人追车，又叫工友买唱片增加销量什么的。现在我们谈回麦浚龙这位小朋友吧。对我来说他是一位很寡言的人，不过他很听我的话。通常在

演出过后的第二天我们会召开一个检讨会议，他就算很累也会出席，我提点他的东西他都放在心上。记得有一次表演完之后，他坐在一辆有天窗的汽车里，车子被歌迷围住了。他看到这么多歌迷，小孩子嘛，当然会很开心。于是他打开天窗，伸了一半身子出来和歌迷们打招呼。第二天就被媒体报道说他在装领导。事后我跟他说：你看到歌迷高兴是正常的，但毕竟自己是歌手，反应不能太大，别显得忘形了。再加上当时报纸的针对性报道，我提醒他应该反省一下。自此之后麦浚龙就没再这样做了。还有他曾试过要上台演讲，大家知道我这人没什么优点，就是说话能力比较强，我往往会在后台教他什么是该说的。他听完之后到台上讲得头头是道。说真的，这位小朋友是一位不错的歌手，他的品格也相当不错，自小出道就要承受这般压力，算是很厉害的了。

麦浚龙在平面媒体上的负面报道频出，自出道以来几乎无人不知，作为唱片公司自然就要出来说话解救。记得报章说我们的金唱片数字是造假的，我和麦浚龙出来见记者，并且拿了一张数字证明书，上面有会计师事务所的盖章，以示清白。但媒体依然不相信，说是我们自己拿钱买回来的。这些对于我来说都习以为常了，不过他的父母却持不同的意见，希望找自己的写手，写篇好一点的报道，还他们一个公道。谁知道这样一来又被讲坏话了，越抹越黑，我当时真的觉得好累，但没办法。我和麦先生开始出现摩擦，关系没有初期那么好了。神通广大的麦先生，我在公司内部开会的时候说了什么他都一清二楚，这使我感觉不太好。我觉得公司里有人被他收买了，专门做"间谍"。当时我们录制了一首歌叫《奥玛》，因为预算问题，麦先生认为要投放大量资金拍一个好看的MV。我当然没有反对，因为大部分的钱是他们付的，我们只是付小部分。但我坚持的是：MV的内容要拍得谦虚一点，因为麦浚龙真的是树大招风。后来去看片的时候才发现，原本的谦虚变成了嚣张，麦浚龙在银幕上简直就像史泰龙。我非常生气，我说："我叫你们不要做的事你们偏要做，那你找我当顾问干吗？"慢慢地因为这些小事累积，我跟麦浚龙的爸爸在合作方面就出现了不愉快。

由于麦浚龙的爸爸很有自己的一套

想法，一开始我对麦浚龙很有兴趣，我也知道接下来会有很多磨合。我也尝试了配合，麦浚龙每天的新闻不管是正面的（当然这个比较少），还是负面的都闹得满城风雨，自然我也成了话题成员之一。我们双方都不能被打败，因为已经有很多新闻了。

签了麦浚龙之后，我的青春系列又多了一名猛将，真好！2R是美女偶像组合，像Twins那种；麦浚龙是偶像加实力派；黄伊汶也是实力派女歌手，有着模特的身材，就是鼻子大了点儿，不过没有太大影响；还有值得一提的是余文乐，帅气歌手，是纯粹偶像派。在准备开始做歌之前却发现余文乐拥有所有偶像派歌手的缺点：不勤奋还不听话。叫他唱歌他嫌这嫌那，一定要唱乐队唱的歌，但是他的声线和歌唱技巧根本不适合。记得有一次上台是要对口型的，他居然唱着唱着都掉了。我既生气又紧张，因为当时他一出道就已经有好几张电影合约在手，比出道时什么都没有的歌手要幸运很多，故此我只好和他的经纪人国忠投诉。我们这行业是这样的，像教孩子似的，怕他不红，红了又怕他学坏。那时候麦浚龙已经有很多新闻了，

这个小朋友还到处惹人生气。还记得萧正楠，他是李进那边的人，整天都黏着我们公司的这两个孩子，在平面媒体上搞宣传为求上镜不说，有次还传真过来说要和他们两个唱歌一较高下，我当然跟他翻脸！不能让他沾我们的光。总之我们当老板的每天都要"拆炸弹"，而小朋友又不懂分寸，结果被平面媒体称他们为"是非三人组"，我真是要疯掉了。

我和国忠（即余文乐的经纪人）一起吓唬他说要雪藏他，小朋友就听话了，从"冰箱"里出来后就温驯如羔羊。当年环球做流行曲很有办法，我们做了一首蛮奇怪的歌叫《还你门匙》，这首歌很快面世了。我记得当时还嫌他唱得不够好，要他重复录了好几遍，让他明白当歌手不是穿件漂亮的衣服，化好看的妆，乱叫几句就可以的。当然对于我来说，如果余文乐有收益也不错，因为我的青春系列又可以多一名成员。在我还没做《还你门匙》之前，我还做了一首更奇怪的歌给他，有首合唱曲是跟张燊悦一起翻唱当年许美静的名曲《明知故犯》。我不敢说这首歌很流行，但成功介绍了余文乐给很多歌迷认识。之后他不合时宜的举动以及负面新闻令他的好开始付

诸一炬。还好有失便有得，除了《还你
门匙》以外，这首歌也成为了一首热门
歌曲。

肖邦王子

第四十一章

Chapter
Fourty-one

新一代才子钢琴家——李云迪

2001 年，我们公司已经有另外一个部门在做歌手或者乐手年轻化的项目了。当年的钢琴王子李云迪，大家应该有印象吧？他是一夜成名的传奇钢琴手。当年他大概只有 18 岁，来自内地，参加了一个举世闻名的肖邦钢琴大赛。在前几届都没有人拿到金奖的情况下，李云迪当时的演出技惊四座，虽然年少无名，

却得到了金奖的殊荣，一跃龙门。由于环球拥有全球最著名的古典品牌 DGG，于是我们在没什么对手的情况下签了李云迪。当然，香港的古典音乐市场很小，按道理来说我们是签不起他的。但当时我的恩师郑东汉先生还没有离职，故此我们用整个地区加上日本这个庞大销售量的市场为筹码，和他签了一纸合约。

有趣的是，我这个古典部门的同事仿佛签了一位本地歌手那样，不时带他过来香港这边做宣传上电视。简直就像运作偶像歌手一样，过瘾之至，不亦乐乎。

2001 年正式为环球出唱片的"钢琴王子"李云迪，在地理上很有优势，因为他住在深圳。再加上大家都是中国人，他还是一名一夜成名的年轻人，故此连我们公司最稳定但又仿佛遥不可及的古典音乐部门，也忽然变得年轻有活力起来。李云迪非常喜欢香港，不时会应邀，差不多是随传随到。当时他的风头很劲，很多的宣传都倾向于把古典钢琴王子包装成了流行歌手。还记得他第一次带着肖邦钢琴金奖的荣衔来到香港演出，公司给他安排了一个大型的商场演奏会和签名宣传。他的家人疑惑地问："我儿子那么厉害，有必要到商场演奏吗？"在我们力荐之下，来商城观看的人非常多。李云迪就是一个小朋友，那时才 18 岁，从未见过世面，开心地跟我们说："哎呀，他们俩老人家不懂，在商场做挺好的。"他对环球百分百信服。这点我在之前也讲过，歌手艺人对公司

信任，就是公司无形的业绩。李云迪还有一种意想不到的魅力，因为他的缘故，全港的达官贵人对古典音乐都变得非常欣赏，因为这是权贵们的社交活动。他使我这个老板从中认识了不少上流社会的名人，由终审法庭的大法官到名太太再到名医，我偶尔还会跟他们开个会议，商量一下李云迪的演出和怎样帮他们的团体宣传和筹款，我也与董太太（董建华夫人）开过会，现在回想起来都觉得有趣。老实说我很害怕这种事，尤其是要出席晚宴的演出，要穿得很正式，讲话都要小心翼翼、字正腔圆，这样的活动真是可免则免了。不过我有位好同事却恰恰相反，他对这些场合非常感兴趣，他就是我那位又年轻又英俊的新老板。自从他出现以后，很多权贵都向他靠拢，要李云迪做这做那的。因为他是我老板，他当然指使我去安排。不过这些没有钱的义演，艺人做得多也会想避开。而公司这边又一天到晚地要去求艺人参加，久而久之，公司与艺人之间的良好关系也会因此受损。不过不知道某人是真的不知道还是在装蒜，反正就是因为这些事，我跟他的关系越发僵化

了。我越来越觉得他公私不分，也很怀念以前的宝丽金，怀念郑东汉先生管理时的环球。有一次李云迪应邀参加一个大型慈善晚会的演出，大型的程度不是几千人那种，而是筵开数十席。城中的有钱人物，你能认出来的肯定都到齐，可谓倾巢而出。我和老板也有被邀，我跟他坐在一起。后来他应邀上台致辞（他上台说话还是很有气场的），看到他说完之后下台的唯瑟模样，我也不知道该生气还是好笑。来这种饭局之前最好先在家填饱肚子，不是说饭菜难吃，而是每次都很拘束，吃起来也一点儿都不开怀。大家都知道我喜欢喝两杯，肚子里有东西垫底再去享受他们的美酒，多爽啊！过了没多久，我这位老板春风满面地去主持会议时，突然说有好消息要宣布，我猜肯定不会是加薪这种好事，那会是什么呢？他告诉我们他将要结婚了。本来听到这样的喜讯很值得高兴，但不知道哪个"马屁精"突然出主意说："哎呀，老板，这么重要的人生大事，要找些嘉宾出席，在婚礼上唱两首道贺一下才像样！"他微微笑着说："其实我已经想好了，少宝，你叫李云迪过来吧，我想他适合我的婚礼。你请他到来，最好能表演一两首歌，我太太很喜欢听古典音乐的。"

我说："好啊，没问题，看他的档期如何吧。"他说："是啊，真要尽快拿个档期回复我，我的婚礼在芬兰举行，到时候要是你能请假，你也过来吧。"

老实说，长途跋涉去参加一天的婚礼，坐飞机又久又累，人家哪来的兴趣参加你的婚礼呢？要不是你是老板，谁会理你呀？我和李云迪商议之后，年轻人还是蛮听话地答应了，我也觉得挺为难他的。不过算啦，能交差就好了。我呢？当然是不会去的，你说我不识大体我也认了，真的没有空。我用这点时间去争取生意不更好吗？最终公司颇多高层都有出席参加，这位老板当然是高兴的，他的大喜日子有这么多朋友远道而来，还有著名钢琴家为他演奏，很有面子。但没想到几个月后他居然离婚了，千金一刻的盛会我没有参加，现在想起来真是可惜啊！

时来风送滕王阁，李克勤荣升一哥，

自从启动了青春系列之后，一直以来我的压力都很大。其中几位新秀算是略有成绩，不过2002年唱片行业的确步入艰难期。眼见销售数字一天比一天低，我的心里很不好受。我和新老板的关系逐渐僵化，他除了带给我麻烦和压力，实际上他并没有帮助过我什么。他连唱片生意是怎么一回事都不懂，怎么帮呢？有一天我和一位经销商谈生意时知悉，原来台湾剧《流星花园》卖得很好，数字惊人，连同CD也卖得很理想，使我心生羡慕。不过香港的环境不同，电视台又是一台独大，没什么机会给一众歌手拍电视剧。忽然我灵机一动，我手上有这么多年轻歌手和金牌歌手，为什么我不能自己拍一部电视剧，试试卖给内地的电视台？香港只卖DVD好了，让环球做一个"环星花园"玩一下。一说到这里，我的销售商说："少宝，你的想法不错，值得试一下。"我和他道别过后马上回到公司跟同事们开会。

《流星花园》是校园青春剧，而环球最大的好处就是有一位众所周知的校长谭咏麟。我们还有李克勤、李云迪、2R、麦浚龙等等，似乎剧本方向都定好了，就是差钱。国际唱片公司的规矩很严，我们拿钱投资的话就一定要放在音乐或者唱片上。要是我们提出的想法是其他方向，就要先得到大老板的支持。我和同事们聊完以后都觉得不妨一试，资金可大可小，于是做了一个简单的预算。我看完以后觉得可以推行，甚至可以尝试自己去跑一下业务，看能不能找到赞助商。另外也跟新老板汇报一下想法，他听到之后大赞说很棒，不过就是不赞成公司出钱。他说："满街都是赞助，不如我也帮你找一下赞助吧。"就这样，大家一找就找了三四个月，并没有收获。我在开会的时候旧事重提，他依然说："公司不会拿这笔钱出来搞这个计划的。"我觉得很没意思，结果怎样？泡汤了呗。不过当时我也在想：我在这家公司待不下去了。

李克勤在 2002 年有着意想不到的强劲走势，但他的新歌 CD 在我主管环球的日子里面，销量始终没有太大的突破，这个问题至今我还没找到解释。似乎他的歌迷就只是喜欢他唱旧歌，可没有理由一辈子都只唱《红日》《大会堂演奏厅》吧？事实确实如此，铁证就是2002 年《情情塔塔演唱会》的 CD 和 DVD 继续大卖。还是那些老歌，真搞不懂。总算有一丝安慰的是，终于有两首新歌大热，在 2002 年为李克勤杀出了一条新的血路。李克勤为无线主持世界杯的足球形象，使他有机会唱主题曲了。当年我们英文部总公司指定要推一个全女子弦乐团，故此一曲 Victory 成为我们的主打歌曲。开会的时候我们听了一遍，有同事建议说：不如用这首歌改为粤语歌词作为世界杯的主题曲吧？我心想：音符这么绵密，能唱吗？就算能唱也未必好听吧。没想到李克勤听完后觉得可行。我没有跟李克勤争辩歌曲的可行性，因为他似乎有一种特异功能，我那套理论没有办法套在他的身上。没想到录音出来的效果还蛮不错的，那种急速的唱法竟然成为当年卡拉 OK 的热门试唱歌曲，真的要再次向李克勤先生写一个"服"字。

记得为他的新唱片选歌的时候，不知为何李克勤突然说："不如问一下梁咏琪有没有作品？她写的旋律蛮好的。"就这样，梁小姐就做了个小样给我们听，是很简单的旋律，只有钢琴的弹奏。李克勤说："挺好的，我自己来填词吧。"通常他填词的，都会有不错的效果，因为没有人比歌手本人更清楚想要唱的是什么。有一天我的同事 Simon 跟我说："老板，你听了李克勤那首歌了吗？梁咏琪写的那首。"我说："没有啊，没人给我听。"他说："还不错哦！今晚把东西弄好，晚点有机会给你听听。"没想到那晚我喝了酒有点醉，Simon 说载我回家顺道在我车上播放李克勤这首歌。听到开头几句我已经觉得蛮不错了，直到中间那段，唱到"我没有六呎高，我却会待你好"，还用想吗？这个高妹当然是很厉害。

后来作曲人梁咏琪也写了一首《高妹正传》作为回应，同样很受欢迎，皆大欢喜。李克勤的气势没有停过，加上他的干爸爸谭校长的推波助澜，李克勤全年的成绩都不俗。当时李克勤还被誉为"TVB 的干儿子"，风靡全港的世界杯用他当主持人，人气当然是直线疾升的。紧张刺激的事情在这个时刻出现了，大家要帮他争取 TVB 年度最佳男歌手奖，因为他入行十六年从未得过此奖，现在天时地利人和，所以适合一起完成这件事。我们开了几个招待会宣布李克

勤当年的销量，促进他成为"销量之王"。而他的经纪人方面，也做了很多功夫。在其中一次记者招待会完毕后，李克勤给我打电话说校长在记者会的问答中，冲口而出回应说他们俩即将合作开演唱会，问我的看法。因为他刚做完《情情塔塔演唱会》不久，现在又开演唱会好像频率太高了。我说这不是坏事，最重要是有好的想法。隔了一天他又给我致电说，谭校长坚决提议他们俩合作的演唱会一定要叫"双龙出海"。我回答李克勤说："短时间再开演唱会其实问题不大，最重要是有想法，你们俩在台上做什么、唱什么歌很关键。'双龙出海'这名字当然不行，尹光都可能嫌它土。"没想到他早已心中有数，马上问我："那要是改成'左麟右李'，你觉得如何？"我说："这个好，接地气的同时也特别。"他接着说："那你有空就给谭校长打个电话，说服一下他吧。我和国忠在另一边也有在说服他，劝他用这个名字。"我说："好，包在我身上！"我马上打通了谭校长的电话，校长说："好啊，我们回去商量一下吧！谢谢你的意见。其实'双龙出海'那两条龙就是指……"他不断地给我解释，反过来想说服我。但

我很清楚，谭咏麟这人是会听取人家意见的，要是大家一起说服他的话，问题应该不大。果然隔了几天就看到李克勤面带笑容地回来开会，跟我说："你好像和谭咏麟谈过吧？现在都定好了，就叫做'左麟右李'！"

记不清是李克勤先向观众公开《左麟右李》这个演唱会，还是他先获得劲歌年度最佳男歌手奖，不过可以肯定的是，2002年对环球来讲很重要，因为李克勤的CD销量连同DVD销量是很大一笔进账。在公在私，他人气鼎盛的这

● "左麟右李"：到我的饭店捧场

一年让我们有机会帮他争取年度最佳男歌手奖，当然不会手软。当年我们与商业电台有太多不和，商业电台播放李克勤歌曲的次数真的跟他该有的成绩不成正比。故此，在缺少了一个媒体支持的情况下，能有机会在 TVB 获得大奖（当时 TVB 奖项的公信力还是蛮高的）当然要拼了。当时平面媒体制造了很多有关我和李克勤的负面消息，经常说我们不和，故此电视台答应要为李克勤拿奖拍片的时候，我主动请缨说一定要访问我，因为都是正面新闻啊。我还记得我是用"临门一脚"去鼓励李克勤拿这个奖，没想到谭校长更夸张，首次对全世界表白说李克勤是他"儿子"。我很少去看颁奖礼，特别是那种从头到尾看完的。当晚的劲歌金曲颁奖，虽然我心里知道最受欢迎男歌手奖很有可能是李克勤获得，但也难保不会出现变数。我坐在那儿，心里一直忐忑不安。当我知道谭咏麟也来了，我的心顿时安定下来。为什么？因为他不会拿奖的。那他能来干嘛？肯定是来颁奖的。那颁奖给谁？当然是给他口中的"儿子"。

当年商业电台见李克勤的人气越来越旺，也曾和我们打招呼，想向我们示好。

但因为之前实在有不愉快的合作，故此我坚持李克勤不能让步。这个圈子的风气都是这样，整个游戏对于我来说就像放风筝一样，要有收有放才行的，有来有往才是实际。话说回来，当颁奖大会宣布最受欢迎男歌手是李克勤的时候，每个人都喜上眉梢，尤其是李克勤本人，毕竟这个奖他等了十几年。当然，凭着这股气势，对接下来的"左麟右李"演唱会肯定有很大帮助。没猜错，演唱会在新年期间推出，凭着这股人气加了一场又一场，好长的时间没有这般卖座又有口碑的演唱会了。整个演唱会的设计也很特别，像是一个 T 台，跟观众距离很近。当时上座率非常高，几乎不剩一个空位。我从头到尾看完了全场，也算是罕见。两位都是我旗下的歌手，演唱会成功，总算对他们有了交代，特别是李克勤。不过，除了演唱会推出的 DVD 卖得好以外，CD 已经不复当年勇。有这样的人气，CD 的销售数字算是失败的。当然也让我领略到卖唱片的最艰难时刻到了。

第四十三章

Chapter Fourty-three

久休复出，一山不能藏二虎？
晚秋中的黄凯芹

2002 年是从我 1985 年加入唱片行业以来，真正觉得唱片艰难期已经来临的年份。环球的前身是叱咤一时的宝丽金，好多老一辈的歌手开演唱会要发行 CD 或 DVD 都会找我，因为最红的歌都在我这儿。李克勤回巢的成功就是一个好例子，大家有目共睹。所以许多旧歌手都会向我招手，想要做第二个"李克勤"，黄凯芹是其中之一。我和他没有正式合作，可根据市场上的消息，我知道他阔别了香港多年，想回香港开演唱会。很自然地我们就坐下来碰面了，聊了一下合作的事。黄凯芹是一个很小心的艺人，在与他对谈期间，他一直强调只是回来开演唱会而已。要是演唱会开得不理想，他会回加拿大，甚至不再回香港。虽然事前我没有跟他合作过，但他的最红的歌几乎都在我公司里，应该说是绝大部分都在。故此和他聊了一下录制新歌，拍摄他的演唱会出 DVD 事宜。虽然他多年没有跟香港歌迷见面，但反应也不俗。CD 的销量一般是正常的，可 DVD 应该是有不错销路的。黄凯芹为人斯文，对我也很客气，但他是一位很有要求的人，不是说钱的方面，而是拍摄的品质、发行的时间等，他对整个宣传期都是事事关心。这是一件好事。合作期间奈何我们的人手分配真的不够，加上我还有其他旧歌手，还有青春系列，手头上负责的歌星也越来越多，说实话未必可以事事照顾到他，黄凯芹对此略有微言。不知道谁在无中生有，借记者来放话说环球很偏心，只照顾李克勤，签了黄凯芹却不懂得他的好，把他晾一边去。小事化大，到最后还是要我来处理。新作品推出之后气氛总算缓和了，这张 DVD 卖得不俗，可以跟各位交代了。我希望趁着与这位歌手还能互信，大家从这个好的起点再签一张长期合约，两年就不错了。不过他拒绝了，说有些私事要回加拿大，还说有可能不回来了。

风继续吹到风再起时，最终篇一切随风

张国荣，这世界留不住你，
狂人也流着泪

　　新老板看我 2003 年上半年的生意飙升，趁着这势头要完成他的伟大构思。我知道年轻人坐在一个这么高的位置上，为求把公司推上高峰，肯定有一大堆的创意，可惜他将做电视台的手法用在唱片公司上了。环球唱片的资产无论是中文歌曲、欧西歌曲，甚至是孤单歌曲都是非常厉害的，所以上海有家大型的媒体公司早就对我们垂涎欲滴。新老板完全无视公司的品牌价值，降低要求与人合作，我真的挺生气。坐飞机回香港途中，

他一直问我对这个合作怎么看。我敷衍地说了几句，很明显他很不满意我的回答。他的言语中表示这件石破天惊的事一定要做，并且不断地想说服我。我当时十分不看好这次合作，觉得会有损公司的利益，但又对自己说：想那么长远干吗？见机行事吧！道不同不相为谋，我对留在这里工作的意欲真不大，还是多想一下自己的后路为妙。当时和麦浚龙的爸爸也发生了小小的不和，沟通没有以前那么顺畅了。谁料之后就出现了

我人生当中最大的打击。

哥哥属于老一辈的歌手，对于那时候刚刚兴起的狗仔队文化，他非常反感。也因此掉进了狗仔队的圈套中，成天被当做炒作标题，双方关系真的很一般。他曾经多次向我表示：他为香港演艺界做了那么多，为什么媒体要抹黑他？为什么不往好的方面写呢？我也多次安慰他，建议他用耍他们的心态来看待，这样的游戏才精彩。不过他完全不接受。当时报纸的报道真的很刻薄，令他非常不开心。因此，他和记者开始划清界限。唱片公司只能在当中做缓和的工作。哥哥每隔一段时间都会爆出一些石破天惊的消息，正是狗仔队最希望看到的，因为可以写很多乱七八糟的东西。每天哪有这么多大新闻可以写，记者朋友都是为了交稿生存。你帮他们制造新闻，不就正中下怀了吗？

哥哥和我再度合作是在 1999 年，这是一个很好的回归。我用"回归"这个词来形容，是因为后期他在滚石做的事情我不太认同，因为我合作多年的好拍档梁荣骏，哥哥决定离开滚石，想重组我们这个铁三角。开始的时候环球运作得很好，《左右手》、

电影《日落巴黎》续集、《路过蜻蜓》……想到这里真的是百般滋味在心头。我是一个不愿回首当年的人。他重返环球后事业搞得有声有色，自然要借着这个势头开个演唱会，挣钱之外可以再上高峰。还记得有一天他很高兴地打电话跟我说："我要开演唱会了，老板你要发财了。"他偶尔会这样称呼我的。我的回复当然是："谢了。"他说："你一定要来看啊。"我说："当然，一定到！"他说："你会喜欢的，我的造型你一定喜欢，记住多卖点唱片，我要收多点版税。"

其实歌手就像小孩子一样，越孩子气就越容易红，因为具有活力和想象力。当然，也是最容易受到伤害的。在陈淑芬口中得知张国荣的演唱会有名师帮忙提供衣服和各方面的饰品设计，看起来蛮吸引人的。当时是

2000年，欧洲的大师级人马愿意把他们的品牌提供给艺人作演出，真的不是小事情。现在不一样了，祖国崛起了当然不能与之前相提并论。提前去了几次探望彩排，张国荣都搞得很神秘，没有把他的造型在彩排中展现出来。直到开始表演的那天下午，我去探班，看到他彩排才发现他编了长头发还贴了胡子，很有男人味，像欧洲的猛男，非常不错。他十分自信地在化妆间里问我："可以吗？"我说："OK。"他接着问："只是OK而已吗？"我立刻改口说："肯定能迷倒全部女孩子的。"然后他就笑了，把饰品和衣服拿给我看："这都是特地做给我的，是不是超正？"他的样子开心得像个孩子一样。不过大家都没想到演出开始之后……

　　哥哥为了这个演唱会挖尽心思，一出场令全场粉丝们震惊尖叫。在演唱会中段他还穿了一条中性裙子，大家开心到极点。我要是没记错的话，他在滚石当红的时候，还穿了高跟鞋呢，不过现在这个比之前更夺人眼球。因此又符合记者的胃口，每家媒体都用哥哥来做头条标题。可是却半点赞美都没有，既说他"搞基"，又说他变态，所有恶心的字句，能想到的都写了。原以为会好评如潮，期望得到媒体赞美的哥哥一看到这些字句，生气到了顶点。我还浑然不知，第二天照常去探班。见到他脸色发黑，正打算安慰他一下。谁知道他一见我就发脾气说："那群人没有品位！不识货！"又问我为什么环球与记者的关系如此恶劣。其实这跟我有什么关系呢？不过算了，看他心情那么差，我也不想多说。第二天晚上我还是照常去看演出，观众们依旧尖叫，很疯狂。见一切照常，我就宽心了。

　　其实他编长发这个造型还蛮辛苦的，因为编上去和拆下来每天都要来回搞好几个小时。再加上演出那么多场，真的很累。报章评论还那么差，可想而知张国荣的心情是多么恶劣，当时简直生人勿近。还有期间他穿了一条短裙，被记者写成是变态，实在过分。最糟糕的是当时林夕先生帮他量身订造写了一首《我》，歌词很露骨，又惹来了很多非议。MV是他本人执导拍的，从头到尾要找个放大镜来看才能看到哥哥。当时卡拉OK那边的老板也有出钱给我们拍MV，他们见状当然不肯收货。但试想一下在这样的气氛、这样的心情之下，我怎么好意思开口叫他重新拍 MV 呢？唱片公司的老板真是不容易。还有他实在太喜欢那首歌，于是要求说一定要在全部电台拿冠军。本来这不是一件难事，难的是他觉得国语版的歌词比粤语版要好，一定要把国语版捧起来。这样就不是同一个处理手法了，我跟电台聊到口水都干了，国语版的成绩还只是勉勉强强。

大家都清楚，国语歌和粤语歌在电台的打法不一样，而且播国语歌的次数一定不及粤语歌，所以成绩出来不如他的预期。再加上媒体对他的演唱会造型大作文章，令哥哥相当生气，雪上加霜的莫过于时装设计师 Jean Paul Gaultier 那边也表示很不满，还说以后不会替香港任何歌手设计舞台服饰，当然包括张国荣。这真是大麻烦！接着哥哥继续在内地开"热·情"演唱会，可长发造型就没有再出现在其他的演出中。因为觉得不适合内地的观众，还是说一时气愤下取消了？缘由不得而知。我很清楚地记得，在"热·情"演唱会里发生的一切令张国荣的性取向公之于众。其中有一场是在广州，我旁边有几位内地的师奶一边很高兴地听哥哥唱歌一边慨叹地说："哎呀，真可惜！那么帅，可是喜欢男人。"

张国荣又做了一件石破天惊的事，就是替他的性取向来了个宣言。报纸杂志又多了个送上门的头条。此后哥哥的行程，"唐先生"这个名字就成了报道中的"孖公仔"。哥哥到了忍无可忍的阶段，曾试过向记者竖中指，也曾向记者骂脏话。狗仔队的朋友是要回去社馆交差的，你反应越大他们越开心。总之演唱会过后报纸上有关哥哥的报道全都是不好的传闻，没有半句好话。我有个机会可以和哥哥坐下来谈这个问题，但他似乎不屑回答，还把心事藏得更加深。他越故作神秘，狗仔队越像猫咪般好奇，他们日以继夜地躲在哥哥家门口，令哥哥很不开心，情绪也开始受到影响。我尝试跟大报社的总编谈谈，得到的答案是："很简单，你叫哥哥出来澄清一下，到时我们写好一点就好了。"那不是无功而还吗？哥哥怎么肯出来呢？结束了内地的"热·情"演唱会之后，哥哥一直是深居简出的状态，想要避开记者。但是他的新闻依然络绎不绝，还开始传说他有病。

我和哥哥的关系其实是君子之交，基本是有事我才会找他，他平常的消遣我甚少参与。因为他很喜欢打台湾麻将，而且一打就是几天几夜的，我却不会打。因此我们闲时极少碰面。在"热·情"演唱会之后，他和记者的关系如此僵化，我曾经好心提醒过他几次，但他似乎认为没必要改变，故此我没有再和他联系。但新闻越写越离谱，已经写到他有自闭症、抑郁症，所以我在构思《同步过冬》的时候，力邀他一定要来参加。除了这首歌很正面以外，也可以使他光明正大地走出来见记者，打破谣言。还好因为我和哥哥的关系，加上这首歌词很有意义，没多久他就答应我了。但烦人的事接连又来，例如安排他唱哪几句呢？首先我和他的音乐监制梁荣骏先生要商量好，后来大家都说好了，定了是唱开头两句，我告诉他："你要带头啊！"这样一来他就开心了。还好谭校长一向都是无所谓的，只要适合他唱就可以了。

一首群星合唱的正能量歌曲，大家当然很高兴。当歌曲开始进入录音阶段的时候，我就找机会跟哥哥聊天。我说："到时肯定有很多

记者守在录音室门口，不如出来拍照和他们聊两句吧。"想不到他的答案是："有什么好聊的？拍照？他们拍得到就拍呗。"我见情况不妙，就马上转移了话题。不过哥哥竟然出了一招来逃避记者：他刻意把录音时间改了，公司的同事不敢跟我说，更不敢通知记者，结果成功闪避。在 TVB 劲歌颁奖礼准备合唱《同步过冬》的时候，哥哥曾经以躲避记者为理由跟我说他不想出席，结果我用尽办法才劝服了他。在彩排期间，他又用记者当作挡箭牌说："可以不来吗？"可他越躲，记者越不肯放过他。彩排当晚，哥哥喝了两杯酒才来，记者见势又说他有异样，反正就是咬着他不放。

哥哥录音的速度非常快，是我见过最快的歌手。他在跟我合作前是怎样的我不了解，但我们的合作大多是他唱两三次就可以收工了。他不喜欢补唱，更别说在一首歌里有两三个字唱不好而逐个音去唱准，他不会这么做的，大不了他会从头再唱一遍。故此大家在听哥哥唱片的时候可以发现，他的歌曲就像在听现场版一样，绝大多数都是一次过录的。他有时候会像个孩子，在录音之后打电话跟我说："老板，我又帮你省了

一大笔钱，我昨天一晚上录了差不多半张唱片，录音费都省下不少，你要请吃饭哦。"又或者录完整张碟他会和我说："老板，你这次发财了，这张唱片肯定大卖，记得要多给我版税。"我回想当时的情景、他的神态表情，我真的有些难过。但也解释了在记者天罗地网的部署下，他第一时间进入录音室录了《同步过冬》，很快又可以完美闪避开所有记者。虽然如他所愿，不过也酿成了往后更大的问题。

哥哥的性格过于执着，导致他终日闷闷不乐。为了躲避狗仔队，他把自己藏在一处，结果被狗仔队乱写，更加影响他的心情。真没想到这样会导致他整个人处于抑郁状态，杂志报纸开始抓住这点写文章，说他患上抑郁症（和其后郑秀文的很类似），而且越写越夸张。我收到消息说他开始去看医生，不过我没有太在意，因为我是天生乐观派，没有把事情想得很严重。由于哥哥和我在合作上还有唱片没发行，也拖了不少时间，我知道他这些状况后和同事们开会看有什么解决办法。在会议中有同事提到：哥哥和黄耀明虽然在《同步过冬》中只有几句的合作，但外面还是有口碑的，

要是他们俩合作应该会有噱头，问我有没有机会撮合这样一个搭配。我觉得不错，于是去和梁荣骏商量。就这样，一次历史性破天荒的合作马上开始了。

哥哥和黄耀明合作的唱片，在媒体不友好的声音中紧锣密鼓地开始录制。大家都觉得能擦出火花，再加上黄耀明的音乐张国荣从未试过，一定会有新鲜感。不过录制过程却一点儿都不容易，黄耀明跟哥哥的沟通很吃力。一方面是因为第一次合作，哥哥有点不习惯，其次是哥哥当时完全不在状态内。音乐部分由黄耀明一个人完成，在做这张唱片的时候他的创意很多，所以音乐部分很快成形。但哥哥的录音时间经常改期，跟他以前很兴奋去录歌并且很快录完的状态完全相反，我给他打电话偶尔也不接。好不容易录完了，唱片的名字也用了哥哥喜欢的英文名字"Crossover"。说起来，我和哥哥合作的专辑绝大部分都是以英文来做唱片名的。我对歌曲极为满意而且抱有很大的信心，当然也要还黄耀明一个公道，希望能卖一个好的数字，因为他真的厥功至伟，熬夜完成。

哥哥那边说他只会做非常有限的宣传，简直就是一盆冷水泼到我头上。我想了好久觉得这样不行，我要亲自出马。对哥哥劝了又劝，他才终于肯答应出来和我谈一下宣传计划。

在《同步过冬》见面过后就一直没有再见到哥哥，这次在他的工作室见他时，我看到他消瘦了很多，没想到他一张口和我说话，声线非常沙哑而且没力。他带有歉意地说他身体状况一般，故此能做的宣传真有限，只打算出席一个电视演出、一两个访问，还有一个MV。我当然觉得不够，但是看到他的现状，我无话可说，只好这样了。还跟他闲聊几句叫他多点休息多多保重。就在此时有人走进来，神色慌张地看着我们说："哥哥，外面有狗仔队在电梯口。"哥哥看了看我，好像有点怀疑。我急忙说："别这样看我，不是我放消息的，记者真是神通广大。"他的心情明显不好，连再见都没跟我说就匆匆走了。

有时真的很佩服那些记者，只要他讨厌你，藏得再隐蔽都能找到你。自此以后，哥哥连环球包括我在内都不再相信了。他以为是环球放消息给记者跟踪以后，时隔几天他才给我回复，说除了拍一个MV，其他什么宣传都不做了。我当然很不高兴，可我什么都做不了。记者把我和哥哥的关系搞得这么差，有点像当年我签了叶倩文，由于报纸大肆猜测，说得像真的一样，结果叶倩文以我不能守秘密为理由解约了。狗仔队和粉丝一样，喜欢你的时候可以使你很high，讨厌你的时候恨不得你die。Crossover推出没多久，市场销量就停了下来，简直是浪费。同时我与哥哥之间的不和成了娱乐新闻的焦点，认识我的人都知道我是不会出来解释的，哥哥更加不会，总之当时是谣言漫天飞。

我在巴黎休假的一个下午，坐在路边的咖啡馆正享受着一杯宁静、与世无争的咖啡时，手机忽然响起来。由于出国的关系，号码没能清楚地显示。我接听，电话里传来一个非常陌生且沙哑的声音。我听不清楚他在说什么，我问了几遍你是谁。结果大吃一惊，他说他是张国荣。我怀疑是恶搞电话，正想挂断的时候对方说："我是张国荣！我因为病了声音才变成这样！"我连忙解释说：

"因为我不在香港，信号接收不好，听不清你声音。你没事吧？"他说："OK，没什么的，只是有点不舒服而已。"然后他很感性地和我说了一番话，相识多年的张国荣从未试过这样跟我说话。

他的声音简直可以用"烂掉"来形容，我无法相信跟我通话的是哥哥。寒暄几句之后，哥哥很冷静也很感性地问我，有没有因为他没办法做 Crossover 的宣传而生他的气？我说："当然没有，没事的，真的。要怪就怪这首歌生不逢时，你都生病了，肯定没办法的。虽然销量的确一般，但没什么大不了的，唱片这东西要不就爆红要不就滞销的。"他说："这就好了，外面谣言四起，说我生你的气。"然后他颇为激动地跟我说："我们是好朋友，不要被人中伤。"我说："张国荣我认识你那么多年，怎么会有这样的事发生。狗仔要拿新闻来抢饭碗，不用管他们。"他没再说话，我就让他好好休息，回港再联系。就这样，我们挂断了电话。我认识哥哥那么久，从未听过他这样跟我说话，似乎真的有人在他身边说我坏话。算了，答案怎样无所谓。回到香港，我们还在他最喜欢的半岛酒店里享受下午茶。他的样子没什么变化，不过声音依然沙哑和虚弱。他说是因为胃液倒流导致他声带发炎，然后他主动问我说是不是还有一张唱片合约就完了？

其实我们在和黄耀明合作的 Crossover 的大碟中已经发现他的声音有点异样，不过我们在录音室可以调控，勉勉强强还是可以的。但他和我谈话时的声音真的跟以前很不一样了。他突然打电话给我讲心事，这样的情况也从未出现过。在半岛酒店里他竟然主动问唱片的事，这些事他从来是交给梁荣骏办的，不会自己开口。奇怪，我真的搞不懂他在想什么。虽然只剩一张唱片，但合约时间挺宽裕的。哥哥只字不提和我续约的事，可在言语中也表明他不会跳槽。可他养病一段时间，声音一直没见好转，眼看进录音室的时间越来越急迫，忽然间连我都有点焦急了。

日子一天天地过去，连我的手下都开始追问我说哥哥的唱片怎么办啊？合约快到期了，要是续约的话，公司要提前准备一笔钱，哥哥肯定不便宜的。着急的我只好追问他的唱片监制梁荣骏，他的回复是正在录制，不过状态不太好，录一下又停一下，但肯定能如期给我的。他还叫我放心，说 2003 年一定有张国荣的新唱片推出。就这样，按照这个时间表走，公司的生意还不错。由于"非典"的关系，杂锦唱片销量不错，公司在数字上不太担心，也不用追目标追得太辛苦。但梁荣骏跟以前的做法不同了，以前是录了多少就会给我多少，这次相反，我追问他说这么久了都没东西交给我听吗？他说没关系，一次过录好了再给你。由于这个安排从未曾发生，所以我真的开始觉得不对劲了。

眼看合约期只剩下四个月不到的时间，大家都非常着急。公司没理由扔出书面通知这么不近人情。再者我和哥哥的关系的确良好，大家都是一诺千金的。而且他是生病了，要是我们这样做实在太没有人情味了。可是生意归生意，我们开会的时候已经开始有备案了。领导当时很紧张哥哥的合约，加上我这位新老板跟我的关系不好，自然会借题发挥。他看似很关心，实际上是在给我压力。我只是默默地等待，偶尔打电话给哥哥问候一下。梁荣骏跟我说这唱片一定能在合约期内交给我，让我放心，但也千叮万嘱地跟我说不要去探班。回想我跟哥哥自 1987 年开始一起工作，他的歌唱事业在最高峰的时候就是电影《英雄本色》的主题曲《当年情》。我们从 TVB 的华星手中把哥哥抢过来新艺宝，然后就是一曲《无心睡眠》火爆热销，但在一张合约后他告诉我要隐退。难道环球这次的合约又是一次性的吗？没理由吧？

清楚记得 4 月 1 日晚上，我难得那么早回家，平常肯定会去 Happy Hour 或是有晚宴饭局之类的，这天却只想自己安静地待着。忽然间手机响起，是一位主编朋友打来的，他问我有没有听到关于哥哥的消息。我问他什么事？对方还用一些试探性的语气问我有没有收到消息。我说没有啊，什么事？他说有人在文华酒店跳楼，当场死亡，消息传来说这个人就是张国荣！我惊呆了，半晌才回答道："我这边去求证一下，我们保持联系，毕竟今天是愚人节，还要问清楚是不是有人恶作剧。"之后我的手机就响个不停，我赶忙与其他人联系，第一个联系的人当然就是哥哥的拍档梁荣骏。他说也有人问他，但他也不确定，他打电话给哥哥却没人接听。我记得我当时的心情还蛮平静的，就这样一直等电话。第一时间打开了电视机、收音机。大概过了半小时，电视屏幕播出特别消息：文华酒店有人坠楼身亡，而这个人就是著名艺人张国荣。当时整个香港都像疯了一样，这个消息不停被传来传去，我的手机也响个不停。难以置信的事实铁一般地摆在我们面前，张国荣就这样走了。

虽然我在这个消息被证实以后感到很难过，但我是很平静的，因为他一直就喜欢做一些让大家意想不到的石破天惊的事，不过万万没想到的是这次要付出生命。当然我也想过他是不是因病厌世呢？我知道他受胃液倒流的困扰，这是他自杀的原因吗？后来的传闻更离谱，说哥哥患上了艾滋病，简直是缺德的报道。我公司的同事除了关心这个消息之外，也问我剩下的这张唱片该怎么办？还能推出吗？我说我要问一下梁荣骏。我记得他是录了几首歌，相信应该有一两首遗作。我打电话跟梁荣骏沟通，得知只要经过细心处理，我们是可以做出整张唱片的。我收到这个消息之后，都不知道该给什么回应了。

我请梁荣骏尽快开工，要趁这个时间节点尽快推出。在我多年的唱片公司生涯当中，也遇到过好几次巨星身亡，每一次情况也差不多，关于出唱片这件事，唱片公司跟家属会有不同观点。因为家人仍处于伤心期，不想谈出唱片的事，但在这些不开心的事发生之后，合约一般还是要跟家人继续谈的。唱片公司把唱片推出得太迟的话，又会因为时机过了，很难再做宣传。所以唱片公司也会有一定程度的着急，就往往会跟家属的意见相反。最麻烦的是如果唱片公司一直强调事件热度和销量的话，家属一定会说我们不近人情，发死人财。我有这方面的经验，所以在某种程度上我催梁荣骏尽快完成后期制作，另外也咨询哥哥身边的好朋友或者亲人他们对这张遗作的看法。简单来说就是静观其变，小心处理。

我的老板忽然要当好人，不但提出说哥哥的碟可以改期，还要和我一起去见哥哥的亲人，大家面对面坐下来谈这张遗作。我没有立刻回复他，只是说要再想想。离开后我一肚子火，在这个紧张的时刻，香港环球的员工上下一心，赶工推出哥哥这张唱片，他作为老板竟然插手当老好人，真的"无心睡眠"，气死我了。没想到回到公司后，哥哥这张唱片的包装就出现在我的桌上，真是巧合。既然样板都出来了，唱片也印好了，就没理由再改期了。整个设计下了很多苦功，很漂亮，一点儿都不丢人。我不如趁这个机会拿这张唱片去见他们家人，当是一个机会，也当是正式打个招呼，因为我真的问心无愧。就这样，我拿起手机打电话给老板，我肯定没有记错，当时电话是转到留言信箱。我很冷静地留言说："老板我考虑清楚了，我答应和你一起去见他们。"挂断电话后，我拿着唱片不断重复地看，心里想的是："我这个决定有错吗？"

我们将哥哥最后的遗作用一个绒面的盒子装起来，里面有画和CD。名字是由我改的，因为哥哥生平主要的音乐历程都与"风"字有关。开始时是《风继续吹》，在跟我合作的新艺宝年代唱得好好的突然说要暂别，我们就做了一首歌叫做《风再起时》。故此第二次合作，我替这张成为绝唱的唱片起名叫《一切随风》。我觉得更伤感的是，以前我们合作的习惯是一边录歌一边交给我听，但到了这张《一切随风》，由于他的身体、状态问题，在整张唱片完工之后，他人也走了，我才真真正正地听到他的歌声。还有我们第一首主打歌曲是《玻璃之情》，多讽刺的歌名，就像玻璃一样，看上去很坚硬，实质很脆弱，一旦破碎再也无法重来。我有很多的感触，现在回想起都觉得很感伤。

我的那位好好先生老板收到我的留言后很高兴，第二天一大早就打电话跟我说了很多遍"good"，然后说他定好时间再通知我。我觉得每个人都只顾自己的立场，虽然在这样感伤的时刻我仍然想着出唱片，但我也是人，毕竟我和哥哥相处了这么长一段时间，他的音乐高峰期和我有关；忽然间说要暂别，又正好是我做唱片的黄金日子；之后我重返香港做环球的总裁又再次跟他合作擦出火花，他却这样走了。难道我没感觉吗？只不过没有人顾虑到我的感受。这张《一切随风》我不需要任何掌声，但起码当我是一个有血有肉的人，稍微尊重一下我。可是并没有！仿佛我做了一件错事，要负荆请罪一样，我越想越觉得没意思。我们上了车去哥哥家的时候，我一句话都没说，心里打定了主意：待会儿我不说话，我要冷静，等我这个老板讲，他在这件事情上那么想做一位面面俱到的Mr.Nice。总之我不出声，我不说话！我就一直在心里提醒自己。

到了哥哥家，上楼后见到了哥哥的好几位亲人，我们和他姐姐聊了一会儿，我们这位"英明神武"的老板就进入正题了。我在他的指示下把唱片拿出来放在桌面，准备讲解，但发现大家好像对这件事没什么兴趣。这时有人拿了个东西放在桌面，应该是一部打字机，感觉像要"录口供"。我再也按捺不住我的脾气，没说几句我就说："不好意思，我先走了，再见。"然后飞快地冲出了门。我很生气地走向街口，准备找的士的时候，没想到我这个好老板也飞快地追出来跟着我，他看着我说："少宝，我也

没想到会是这样的。"我用一种极为不高兴的眼神望着他。然后我们两个人就很机械般地上了车。

老板在车上语带歉意地跟我说："我也没想到会这样的，其实我也不开心，所以看你走我也就跟着走了。"他还问我这有问题吗？我说："老板，我是为你而来的，既然来了，事情就结束了。也是因为你，我才会这么做。"回到公司我哪还有心思干其他事情，坐下来安静了一会儿，依然觉得悲愤，就打电话给一个同事问他有没有时间到附近的Happy Hour酒吧。等到了酒吧坐下了，心情依然没能平复。我简单说了一下刚才发生的事，我说环球这张合约到期之后，我应该就不干了。这位比我年长的同事停顿了一下跟我说："老板，你要想清楚，不要一时之气，还有很多员工在跟你混呀。"我忘了我回答他什么了，但很清楚我已经有了离开环球的想法了。

《一切随风》在和哥哥的家人有很多误会的情况下如期推出，这期间所有艰辛和不快都不用多说。不过没想到的是，由于绒盒包装超级豪华，因此要提前去定制。而因为数量大的关系，一定要在

内地印制。

2003 年是翻版唱片铺天盖地的年份，对这张如此重要的唱片，我们做足了准备功夫。很可惜道高一尺魔高一丈，出唱片的前几天我们收到消息说内地有一家地下公司说可以同一时间收订单，意思就是跟我们在同一天推出唱片。我们感到很奇怪，怎么会这样呢？侦查后发现：原来印盒的厂家说再庞大的数量都能印，其实他一声不响地交到了其他的下线公司印制。这个绒盒做得那么豪华，就是故意想用来避开劣质盗版，没想到还是被盗版了。不过期限定了，订单也收了，不可以改策略，也不可能改期了。如果他们比我们先出手怎么办？这个情况导致我们阵脚大乱，虽然第一趟出货影响不大，但第二次还是遭遇了滑铁卢。

同事故意在街上找了盗版给我看，连我自己都区分不出来，这是时至今天我依然觉得遗憾的事。遗作毕竟是遗作，销售量虽然没有完全达标，但数字依然惊人。2003 年因为"非典"令公司在内地卖了很多杂锦唱片，加上这张哥哥的遗作，上半年的销量早就达标了。老实说我没有因此骄傲，相反我只是觉得安心，没有太大的喜悦。难道我希望再有"非典"，再希望我旗下有歌手离开吗？记得那时《一切随风》出版，很多人想访问我，我都拒绝了。我深深觉得基本的宣传已经足够了，何必把伤心的事变得商业化呢？反正该卖的一定能卖，环球有那么多唱片那么多销路，不如想一下其他的事。

公司当时手上有三个演唱会 DVD 的发行权，包括少有的"出炉影后"叶德娴的演唱会发行权都在我手里。当售货员向行家散播这条消息的时候，一位朋友故意约我吃饭，夸赞我说："谁也没有你厉害啊！"我当然很开心，不过没想到某天一位只做影视生意的行家打电话跟我聊天，问我肯不肯出来喝茶。我在朋友圈打听了一遍之后，才知道这位影视大亨刚刚集资一笔巨款。当时演唱会 CD 已经不再畅销，相反有号召力的演唱会 DVD 很吃香，我知道他一定是对我手头上这三个演唱会感兴趣，为了生意，为了友情，当然要去赴约。坐下不久，这位刚刚拿了成功商业家大奖的朋友二话不说就进入正题。他说："我收到消息说你们环球手上有很多好东西，咱们有机会合作吗？价钱方面绝对不是问题，少宝哥你肯开价就好了。"

我告诉他："你一直做影视生意，我们是做唱片的，要怎样合作？而且唱片现在那么难做，刚刚看到 DVD 演唱会好像有一线生机，我就把它卖给你，好像有点说不过去了。我也不想在这种情况下，抬高价格要你给额外的费用。不如你让我回去想想吧。"我说这番话不知道有没有令我这个朋友生气，但也顾不上那么多了。因为当时环球的生意的确不错，不需要这样来赚钱。不过我这人最失败的地方就是重感情，拒绝朋友的合作要求对我来说是一件困难的事。为了避免尴尬，我决定不和对方聊电话了，而是回公司叫了个下属去婉拒了他。

新瓶旧酒

昔日宝丽金歌手逐一回巢，

千千阙歌

陈慧娴和江湖大哥一起找我聊合作的事情，聊得蛮
畅快的，因为我和陈慧娴不仅认识，而且她的名曲都
还在环球公司，很明显她是想出张专辑，然后可以
推销她的个人演唱会。当时唱片市场的环境已经是
很恶劣的了，但还不至于像今天那么差，我相信
是可以试一下的。当然了，预算一定要非常精
准。同时这张唱片是不可以失败的，毕竟这
是我和陈慧娴的第一次合作。以前在宝
丽金做唱片时，陈慧娴的歌曲我没有
直接插手，我做了一个小小的预测，

作曲兼监制人陈辉阳当时是个大红人，每首歌都很正点，最适合与陈慧娴合作。也得知陈辉阳一直都当陈慧娴是他的偶像，他非常渴望与她合作，有种粉丝心态，那是最好不过的了。但陈辉阳当时的价格肯定是很高的，所以我就战战兢兢地约了陈辉阳坐下聊一聊。当时江湖上有传闻说我在车婉婉高峰期（与许志安合唱的《会过去的》）的时候没有乘胜追击，而且还没有和她续约，所以陈辉阳对我意见颇大。为什么？因为那首歌是他写的。和他约好之后，我挺忐忑不安的。没想到陈辉阳非常客气地说："万事都能商量，价格也可以商量，最重要的是要和我的偶像陈慧娴见个面，让大家相互了解一下。"

和陈慧娴、陈辉阳约好了喝东西聊天，没想到同时我又遇到了一些好朋友。所以我说了些开场白之后就借口过隔壁桌聊天，让他们俩可以单独地详细聊聊。我记得我们做唱片工作的时候，经常在大酒店里的咖啡厅一聊就是一个下午。同时也会约几个不同台的朋友，聊完一台又一台，整个咖啡厅就像我们的办公室一样，相信很多的行业都未必这样做。不过印象中陈辉阳和陈慧娴的这场聊天

算是破了一个记录，因为他们俩极为投契，一直聊不完。当时我也不自觉地这里喝一下那里喝一下，喝了不少咖啡，他们才算是聊完了。在这里我也要衷心感谢陈辉阳，因为他很用心，而且给了一个我们接受得了的价格，去给陈慧娴做一张完整的唱片。没记错的话，陈辉阳很少要求唱片公司做一整张唱片的。这张大碟《情意结》算是我在环球工作四年当中，我个人最喜欢的唱片了。

《情意结》这张唱片录好以后，就马上放在了我桌面，我听了又听，非常喜欢。我觉得应该不会丢脸的，毕竟我是和陈慧娴第一次合作，一定要做得漂漂亮亮的。不过我也是第一次和"演唱会教父"——"爸叔"合作，但是感觉一般般。"爸叔"把整个演唱会推得太急（我指的是宣传方面的），我都没有派歌，他那些广告就出来了。到我派歌的时候，他却说演唱会的反响不太好，要减少点广告。总之就是我前进他就后退，他前进我就后退，两个人不能携手向前为这个唱片或者演唱会和谐配合。老实说，我录一张唱片是要本钱的，而且这个价格不便宜。而他的演唱会也一样，花那么多的钱，要是做得不好，除

了大家没有面子以外，最终伤心的会是谁？就是陈慧娴！因为陈慧娴不是等着开饭而登台赚钱的那种人。其实她的意愿就是见李克勤和我合作那么成功，她也想做个"女版的李克勤"。我也是这么想的，不然就不会花那么多钱帮她做一张新唱片了。让陈辉阳录两首歌，出一个新曲＋精选不是更简单吗？可惜唱片出来后成绩并不太理想，唱片公司的宣传费也用得差不多了，后期就没有其他的精力去宣传，整张唱片就这样浪费掉了。没办法，就算是再不高兴，毕竟我是唱片公司的老板，她开演唱会我怎么都得去探班的。我记得第一次去的时候，我下午很早就到了红馆，哪知道被她的手下拦住不让我进去。他说陈慧娴在做一个天下无敌的造型，所以我不方便进去。我问为什么。他说她在染发，才做了一半，我看到了会被吓到的。我就在那里等，结果等到开场都未有机会见她，只好对工作人员说："算啦，我先回公司工作，今晚再过来吧。"他们说："好的，我等下会告诉陈慧娴说你很早就来了。"我说："OK，今晚见吧。"我晚上吃了点东西回到红馆，收到消息说陈慧娴的心情不太好。搞什么呢？都快要开 Show 了。等我见到她的新造型时，哇，真的吓了我一大跳。原来她染了一个粉红色的卷发，化了个芭比娃娃妆。我脱口而出说："怎么了这是？"忽然间见到陈慧娴双眼发红，好像要哭了似的。我急忙补上一句说："还蛮漂亮的。"见气氛不太对，急忙说了声"Good show"就打算走了。陈慧娴突然问："你今晚是不是会来看的啊？"我说："我当然要来看的啊，不然我过来干吗？Good show，待会儿你好好地演出。"

这场演唱会是一个大家都希望会成功 Come back 的项目，成与败就看今朝了。没想到唱片卖得一般，演唱会也普普通通。正式开 Show 的第一场竟然来了个很夸张的造型，我个人觉得完全不适合陈慧娴。不过我们管理层的人管不了什么，也给不了什么意见，怪就怪歌手太相信形象设计师了。演唱会都快要开始了，那个造型无论同意与否，她都要出场的，The show must go on。我坐在观众席上看到陈慧娴卖力地演出，有少许力挽狂澜的感觉。就这样我看了大半场 show，然后就回到后台，把我全副的精神放在了我们的录影中。大家都希望这场 Show 有个好口碑，DVD 能卖得理想些。就这样，陈慧娴的三场复出演唱会很快就成为了过去，有关人等也再没有回来和我谈之后合作的事。我相信大家都心知肚明了。值得安慰的是这张 DVD 卖到最后还算是蛮不错的，算是一个不俗的剧终。

树大招风，满城风雨

麦浚龙埋下伏线

陈慧娴的复出演唱会过去了，与此同时，麦浚龙的新助手又开始经常找我和我密谈，看看麦浚龙有没有机会离开环球。

这位新助手Ａ君是麦浚龙的爸爸派来的，自从知道我对公司有离心之后，

他就一直锲而不舍地和我加强联络，想多了解一些我的动向。因为我和新上司非常不合，再加上有很多不愉快的事情发生，我不和公司续约的意向越来越强。而在Ａ君的劝阻之下，有次真的是一杯在手，聊得深入了些。原来麦老板之前邀请过刘德华为他开设一家叫做"天

幕"的大型娱乐公司，但在合作上一点儿都不愉快。而同时，麦老板又觉得合作了差不多两年的环球，对他儿子关照得不够全面。所以就找了 A 君过来和我联系，希望可以把麦浚龙做好点。没想到聊着聊着，A 君就问我有没有兴趣跳槽，去帮麦老板管理天幕的工作。我表示可以考虑，就这样，我人生的一个大关口就形成了。很多错综复杂的事集中在一起，竟然让我卷入了廉政风暴。在 2003 年 7 月的某天，I 记（香港廉政公署 ICAC）一大群人登门拜访，找我回去协助调查，结果把我的生活弄得一塌糊涂，这就是著名的"舞影行动"。在被拘留的 48 小时里，我回家才知道原来有四五十人受了牵连，这件震惊娱乐圈的大新闻一发不可收拾。

当我离开 I 记的大堂的时候，我就知道我和环球的合作将会告一段落，因为我的新老板肯定会认为这是个千载难逢的好机会——不和我续约。我带着失落的心情继续上班，虽然和我一起共事多年的同事依然鼓励着我，但我还是很心灰意冷也很无助。事实上，由于有官司在身，我的工作和之前就不一样了。很多我以前要决定的东西不再出现在我桌面，同时大型会议也都没份参与。另外还多了一些像侦探一样的人在公司向我取报告，我感觉很没有安全感。同时我也了解到新上司由于坐上这个好位置不久，为了明哲保身，肯定要和这件事撇清干系。我没有怪任何人也没有呼天抢地，但仍然非常失落无助，整个人失去了方向。

一直习惯了忙碌生活的我，忽然闲了下来，加上官司缠身，自然心里不是味儿。同时老板利用这个机会找了些外人过来和我做了些上班记录，尽量证明有很多工作上的事情都是我自作主张，很多事情他都不知道，这样就可以置身事外。和我一起工作了很久的同事忽然间把我当病毒一样敬而远之。我毕竟是一个成年人，发生这么大的事难道我要怨天尤人吗？在做好自己分内事的同时，最紧要的是要向法律界的朋友请教这件事怎么解决。我从来没有犯过法，长这么大连罚款单都没有收过一张，面对这么大的一件事，真的很难捱。还好身边还有一两位好朋友，每天还没下班就打电话给我说要陪我吃饭，在我身边尽量鼓励着我，我真的很衷心感谢这几位朋友。

惹上官司后有几件事真的很接受不了，首先就是要定时去报到，那些记者真的很有空，每天都去看着我，就算在街上碰到也要追着我拍几张照，都不知道该怎样回应他们。第二天还会有大大张照片刊登出来，文字内容写到你无地自容。唉，被人落井下石的感觉真的不好受，还好我生性乐观还顶得住。由于我在I记录过口供，我那位精明的上司对此耿耿于怀，故此想尽方法，想要我透露出我讲过什么。我心知不会续约的，还剩下五个多月我就要离开环球了，没必要把谈话内容告诉他。而且这件事也比较复杂，因为他的上司是伦敦的大老板，对我的印象一向很好，故此他就夹在中间，希望拿多点资料，可以想清楚该怎么处置我。我一天没被起诉一天就还是无罪的，只不过是助调查而已。没想到在此时我仿佛收到了上帝的Call，忽然间多了一大帮新朋友给我打气祈祷，为我的重生开路。

有一次我去看病，无意中认识了一位医生朋友，我得知这位医生由于病人问题有官司在身，从他的言语当中我感受到了他的无奈。这位医生有一个很特别的习惯，他是一个红酒专家，闲来喜欢买红酒来品尝。从几百块一瓶到几万块一瓶的都有，总之就是那种又会储存又会喝的人。我记得有一次看完医生，付完款后，护士在派药的时候忽然间拿出两瓶红酒说是医生请我喝的。自此之后，这位医生朋友和我的往来就非常密切，会不时地送一两瓶红酒到我公司给我品尝。我从报章杂志上得知他的官司不仅打不完，而且还越来越复杂。医管局告不到他，就不时会有一些新的控罪强加下来。我觉得他蛮可怜的，同时我也觉得他为人很好，脑筋转得很快，唯一不好的就是和我一样，口无遮拦，或者应该说是不会修饰自己的话语，所以很容易得罪人。

曾经有一次他在我面前讲一瓶红酒的故事的时候，他还念了一首杜甫的唐诗给我听。讲到西方的战场和这个红酒诞生的年份，还带上唐诗中的那句"醉卧沙场君莫笑"。看，这才是高手，他的学识、他的智慧使我很诧异，也很欣赏。是的，喝了他那么多的酒，我也要回礼的。有天当我走过HMV，在巡铺的时候，看到有一张《莫扎特传》的影碟，就心血来潮地买了送给他。同时在包装上写了张字条，大意是勉励他做人要慎言。现在回想起来挺好笑的，我自己也常常是祸从口出，真是五十步笑一百步。没想到这个人隔了几天之后又送了两瓶红酒给我，同样写了一张纸条，内容是感谢我送了张碟给他，让他可以有机会与家人共聚天伦几小时，一起看完了整张影片。我觉得很有意思，很少人会这样看待一件事的，起码换作是我一定不会以这样的角度去感谢。然后他还说莫扎特的才华他一点儿都没有，莫扎特的缺点他全都有。我当时很感动，把这几十个字看了一遍又一遍，看到我都会背了，以至于我今天还能一字不漏地写出来。

这位医生朋友这时候还没有告诉我他是一位信徒。当然了，即使他告诉我说他是一位信徒，也不会影响我们之间的交往。毕竟我也是在基督教学校里成长的，只是我一直没有信而已。直到我出事了，消息被报章刊登后，第二天我一回到公司，医生朋友送来的两瓶红酒又放在了我的桌面。除了那两瓶酒之外，他还给我写了张纸条。我打开信封，看到

他清楚地在上面写道：少宝，这是一个"巨浪"，你要跟着他走。第二张纸条，我不看还好，看了几乎要哭了——原来就是我之前写给他鼓励他的那张纸条。我当时真的哭了。感动之余，我心中的自责几乎没有停过，我相信他不是故意 Photo copy 的意思，他是希望用我自己说过的话来勉励我自己。隔了一段时间，医生的电话终于打来了，他约我出去吃饭，大家共聚互勉。我当然就答应了……

我们两个都被官司缠身，令我有了种同是天涯沦落人的感慨。他打电话来约我去吃饭，说是大家互勉，我当然会过去。点餐没多久，医生就问我介不介意待会儿有个新朋友会来 Join 我们。当时我最怕人少，又怎么会介意呢？最好多来几个新朋友，这样可以热闹点。当然我也会循例问一下是谁，我是否认识。他说等他来了再介绍。不久，一位似曾相识的男人走了进来，我不知道在哪里见过他，不过可以肯定的是他不是娱乐圈的人。我向他打了招呼，这位先生就坐了下来，医生介绍说他是苏牧师。牧师？医生随即就问我是否介意，同时也表明身份说他是一位很虔诚的教徒，只

是一直没有告诉我而已。他问我 OK 不，我肯定没问题呀。加上我那段时间因为不太幸运，生活也是一团糟，找多个人来聊一下也好。就这样，那顿饭让我有了第一个开餐前的祈祷，很奇妙，并没有不习惯的感觉。

自从认识了苏牧师之后，我就开始参加"茶经"。我解释一下什么叫"茶经"，就是一群人，牧师站在中间在圣经中抽一段，给大家讲解，当然也真的有茶喝的。第一次到那个地方还蛮奇怪的，因为是在一位医生的医务所开的——原来这群医生每个星期都会抽一天午休的时间进行这样的"茶经"活动。刚坐下时我有少许不习惯，除了苏牧师和医生朋友，这里的其他人我都不认识，而且他们都是医生，我觉得我还是蛮有"形"的，不过是"异形"的"形"。不知道和他们聊什么好，好像每个人都知道我这个官司新闻，我感觉很糗。而且是自己失败了才跑到这里，有点临时抱佛脚似的，反正就是浑身不自在。不过我记得牧师说过：教会就是罪人避难所，而不是信徒的俱乐部。

这 句 话在此时真的很适用，我看了一眼身边这位医生朋友，想着他也是官司缠身的，而其他的医生，或许他们也有自己的麻烦呢？这样一想，心理平衡多了。就这样，我开始了第一次"茶经"。

做人最难过的是哪一关？就是自己那关。一开始在宗教聚会中我老是觉得很不习惯，因为自己以前做唱片的时候是十分威风的，有种呼风唤雨的感觉。现在落败了，除了前路茫茫以外，无论走到哪里，特别是在有陌生人的地方，总觉得自己很丢脸。感觉每个人都知道我的事情，每个人都知道我碰壁了，以前的那种傲气没有了，说话都不敢大声讲了。但回到教会或者是茶经，那种感觉又慢慢地好起来了。还有就是这群教友每个人都对我很好，都很亲切，其实我和他们一点儿都不熟，可又觉得自己很受尊重。和他们聊天，发现他们大多经过了大起大落，又或者像我一样身处在人生的低谷中。就这样，我的情绪好了很多。不过可能是被记者跟怕了，那段时间，我总感觉身后有人跟着我。也因此，我有一两位好朋友老是怕我有事，每天都陪我吃晚餐。反正都要吃，干脆就每晚到公司隔壁那里吃火锅。不过每晚都吃火锅挺上火的，真不知道那时候是怎样熬过来的。

因为我在音乐圈工作时间有十八年之久，故此对那种见到地位高的奉承，见到地位低就贬的人性表现也已经见惯不怪了。我有官司在身，再加上大家都知道新老板会借故不留我，所以身边那些所谓的朋友越来越少。我说过我不会责怪任何人，如果我有个这样的朋友，或许我也会和他们一样的态度。况且I记最喜欢窃听，要是我也被窃听了怎么办？每个人都有隐私不想被人知道的。去教会真的挺好的，首先那些人我不是很熟，他们却很亲切，每个人都会热情地和我打招呼，还会说一句："愿主保佑。"我之前从未曾接触过这类群体，所以我真的相信世界上是有好人的。和他们相处时，我真的有种安静的感觉，如果感觉心情混乱，就低下头祈祷，好像真的会舒服些。总之就是既来之则安之。说到公司，自从发生了这件事之后，很多事情都不用我经手了，除了开例会，其他什么新项目，或者要用钱的事都全部交给财务处理。我还有用吗？还是有的，就是接受公司内部调查，一切责任我来扛，帮助他们撇清关系，让他们可以明

哲保身。我无所谓，最重要的是我觉得我是在做一件好事。

这件事我一定会尽力做好、尽力承担的，因为我不想有任何人牵涉其中。更何况这件事从头到尾我都认为是闹剧，我只是一个进了圈套的傻子。没想到老板见我那么干脆、那么合作，忽然间想给我一些工作，让我保持在公司的价值。当年是唱片行业最艰难的时期，但是公司的业绩还好，上半年推出的杂锦唱片救了整个市场。还有就是哥哥的遗作，有一大堆能卖的唱片，所以生意还能撑着。不过老板早就发出警告要未雨绸缪，一直说要 cut budget，反正就是要 cut。所以我还是有用的。而且我当时还是香港的 chairman，就是说裁员的时候需要我来签名，老板用我来当坏人，是最好的打算了。

有一天，老板又叫我去他办公室聊天，提到了香港区的裁员计划，问我有什么看法。我说我没什么意见，没想到他竟然说总公司对未来香港的生意很担忧，趁着快到年尾，要出一个裁员的方案给上边的人看。还说这一班都是我多年的员工，谁要留谁要走，我应该最清楚，要我列一份清单给他看。老实说，这次

走的肯定是我。在此时你要我裁走多年来的兄弟，我当然不会做，况且就算真的有这一天，这份文件放到我的桌上我也不会签名。于是我很婉转地说："不如你交给财务算一下能省下多少钱，再给我看，我再决定谁能留下谁要 cut。"这个就是标准的"拖字诀"。后来我也忘了跟他说过什么了，只记得很快地离开了他的房间。隔了没几天，财务处的人就跑来和我谈裁员的事情，我说："我现在都不能做什么了，很多东西都不能签，更何况这件事，还是留给上头去决定吧。"我还记得很清楚，财务坚持说要给我过目一下。我说："我现在的状况哪里会有心情？我这么不开心，不要让我的痛楚加深吧。更何况是他们拿主意的，他们想怎样就怎样了。"我一定不会让任何一份文件来到我桌面，使用到我那个橡皮图章的。

我有医生信徒在身边安慰我，又有整天不怕燥热的朋友陪我吃火锅，还有对法律认识比较深刻的朋友带我去找适合的大律师应对这场官司，他们都给了我莫大的支持。在我未加入教会之前，因为惹上这个官司，我到处求神拜佛去找"高人"。其中一位说得像模像样的，

跟我算了又算之后说我五行欠"金"，故此他日要是定案，就要找一个有"金"字的律师帮忙打官司。听他说完我就马上去做准备了，拿起那本大律师的名册，看了一遍又一遍。连英文中译有"金"字的律师名都看过了，其中一位大律师就有个"鉴"字，大家都知道，"鉴"字有带金的嘛，光是这个理由就足以让我请他帮忙了。所以他的名字我一直牢记在心。我硬着头皮去找一位十年都不见一面的社会贤人，由于他和大律师们很熟，要向他求助。没想到这位交情不算太深的朋友第一句就问我："少宝，你没事吧？我还以为你等了那么久，应该搞好了人选，怎么到现在还没定？我现在在内地，过两天就回来，我一下飞机就马上去见你。"于是我们就约好了在尖沙咀的喜来登酒店的咖啡馆坐下从长计议。

干大事的人就是有范儿，他很准时地出现，一坐下就很关心地问我："少宝，你怎么样了？"我说："不太好。"他马上安慰我说："没事的，我马上给你安排合适的人选搞定这件事，不用怕。"我除了感谢他，还问他："你认识这位'鉴哥'吗？"

没想到他居然回答说："他是我的好朋友，没问题，你想什么时候约见他？"我说要尽快。他马上就打电话给他的秘书，过了几分钟鉴哥的秘书就回电了。她说律师今天没空要上庭，问有什么能帮忙的吗？我们三言两语地表明了来意，就这样约了某天下午到鉴哥的办公室坐下聊聊。我忽然觉得自己有救了。

我这位朋友在律师界认识超多人，很快就帮我约到了那位名字中带"金"字的律师。到了他的办公室，我的这位朋友故意迟到，让我可以单独和这位"鉴哥"详谈一下我的现状。当一个人觉得很无助的时候，心里认为的那个救星出现在面前时，真的是百般滋味在心头。我把我的处境完完全全地告诉了他，他也用了些法律的观点解答了我的问题。就这样我们聊了一个多小时，终于我那位好朋友出现了。看得出来他们好熟络，相互打招呼，好像是很好的朋友一样，令我感觉心安。这位叫做"阿鉴"的律师叫我放心，说不妨等这件事自己发展，多点耐心，"敌不动我不动"。如果有什么大的变动，他又不撞期的话，他就会接这场官司来

打。他的话等于给我吃了一颗定心丸，让我整个人都放松了。不过人算不如天算，最终这位名字中带"金"字的律师并未出现在我的法庭上。世事真的很奇妙，不过这都是后话了。

我一方面筹备我的律师团队，另一方面我在环球的日子也进入了倒计时。我的这位律师好朋友，暂且叫做"H先生"，有次和他聊天的时候，我说起公司在香港将有一个很大的会要开，届时那些外国大老板全都会来香港。我说想要约见一下我这群大老板，向他们解释一下我的实况。因为其中有一个外国大老板对我的印象非常好，看能不能找到转机。我回到公司和我的上司研究，他当然没理由拒绝。就这样，我们一早在大酒店开了个早餐会。H先生为我做了许多的分析，也给了我很好的建议。我知道机会很渺小，不过让外国大老板清楚我这件事，就算没机会续约，起码可以由我讲述这件事给他们听，而不是让他们从其他人的嘴里去了解这件事。况且香港那个老板依然对我在I记录的口供很感兴趣，如果让他也知道了，那就安心多了。起码他对整个故事一清二楚，有什么事他都可以灵活应对。在未与H

君聊之前，我和所有的朋友都觉得这份口供的内容不应该公开，因为觉得没必要。同时我也觉得应该保留最后一道防线，这是天经地义的事情。毕竟我的合约也快到期了，都要没工作了，还说那么多干吗？不过 H 君的见解却不一样，他认为是可以说出来的，不过是要和所有公司高层的人面对面把这件事公开。这是一个很大的考验，我想了好久都没做好决定，没想到香港那位老板竟然跟我说，那群外国老板见完我之后都很想知道口供的内容，问我怎么想。我说这件事可以考虑。听完后他非常认真地跟我说："那你真的要好好地想想了。下个月我们在新加坡开大会，要不我们一起去开会？到时所有的外国大老板都在那边。就算人不齐，我们也可以开个视频会议。"我说："那这样我真的要认真想想了。"

我知道香港老板对于我不肯将口供内容透露给他这件事，一直耿耿于怀，而我只是在等一个公开的时机。所以当老板再次追问我口供内容的时候，我说："要是人齐了，所有老板都到的话，我可以考虑。"没想到他听完后很积极地去处理这件事，还告诉我说下个月新加坡有个大会，问我要不要一起去参加，人不齐的话，他还可以安排视频会议。我回复说："好！不过我官司在身，不能出境，你得帮我想办法。"他听完之后又非常卖命地做这件事，又出公司信又出律师信，终于有关方面给了我机会，我又可以外出了。就这样我终于上了飞机，带着开会的文件和一颗忐忑的心到新加坡的大酒店开大会。我看到不同地方的 MD 上前对我慰问，又目睹他们开会时的那种拼搏状态，回想起自己在这家公司干了十八年，现在将要离开，真的非常伤心。他们的会议快要开完了，但对于我来说，属于我自己的大会才刚刚开始。

音乐狂人，一生中一劫
由舞台到法院，饮恨离场

说是去新加坡开个大会，其实这和我有什么关系呢？怎么说我都是不可能留下的。眼见很多不同地区的同事走过来慰问我，大家都知道我惹上了官司，对我表示关心，令我非常感动。在开会期间，我看到他们都很积极，再加上目睹我香港同事的拼搏状态，我感觉自己像一头被人捆绑住的猛虎，动弹不得。我对自己说：陈少宝，你放手吧，不舍得也没办法，这是命运的安排，谁能逆

天呢？最重要的是待会儿开完会之后，我要面对那群高层，把那份口供一字不漏地说得清清楚楚，以此做一个完美的总结。要放手的东西始终无须再眷恋，不然就只会加深自己的伤痛。不知不觉间就开完了会，同事们都回房间稍作休息，而我的大会才真正开始。我起来去洗手间用冷水洗把脸，然后走到一个中型的房间里，那些外国老板陆陆续续地出现，而面前有个很大的荧幕。相信大

家都会问，为什么在开完会之后，大家都那么累了，还要开我这个会呢？因为有些大人物没有到新加坡，他们留在英国，我们要迁就他们英国的时间，开这个所谓的视频会议。其实我也很难过，过意不去，因为我的事牵连了那么多人。在一句"Good morning"之后，就开始了我的自我剖白。

我觉得很难得有这个机会可以约到全公司十几位高层朋友，我要在他们面前，一字一句地把全部的口供内容说出来，还是挺不容易的。因为除了有压力以外，我还得说英文，故此我越说越急躁，讲到上气不接下气。我还记得坐在我旁边的香港老板不停地递水给我喝。好不容易，讲到我声音都沙哑了，终于到了最后一句：That alll can tell。之后我就一口气把手上那瓶水喝完，轻轻地叹了一口气。接下来，不要想着能离开，因为另一场戏即将开始——大盘问！那些外国朋友你一句我一句地开始提问，很多细节都想问个清楚。

真的可以用"饱受煎熬"这几个字来形容整个会议。他们问我为什么想离开公司，还拿别人的钱，想要另起炉灶。我想趁这个机会说些不利于我老板的话，

但最终把那些话又吞了回去。就算我真的对他不满，我也不需要选择这个时候来报复。我只是说，我在这里工作了太长的时间，外面有公司想挖我过去，我也想有一个 change。就是"change"这个词，不停地出现在我的回答当中。之后他们又问起关于官司的事，总是重复地提问，而我要不停地回答，令我整个人都非常疲惫。

开完会之后，我回到房间，心情很失落，想要休息。看了下时间，他们开完会之后所谓的大聚餐才刚刚开始，我要不要去呢？后来我想了下，不如换一件衣服，去跟大家吃这顿晚饭吧。

我的香港老板是 ABC（美国出生的中国人，America BornChinese），故此他喜欢去那些看似很酷的 bar & grill 里面去吃晚饭。这个地方离酒店不远，本可以走路就到，新加坡能有多大呢？不过我最终还是选择坐的士，因为实在太累了。当我踏入这间餐厅的时候，每个人都已就位准备开餐，所以全场的目光再一次投放在了我身上，香港老板忽然站起来，示意我坐在他旁边，我走过去坐下，然后叫了一杯酒。喝完之后身体里多了一股暖流，我的心情也感觉好

了很多。我唯一记得的是这位 ABC 老板对我说："Alex，你今天做得很好，Come on, Let's drink, Cheers!"

我明白，他放下了心头大石，因为整份口供里面没有任何对他和对公司不利的内容。哎，算了，我正在面对人生的一个大挑战，我哪有心思去报复他呢？By the way, 这位先生在 2004 年我离开环球之后的一年也被公司裁了，没有跟他续约，所以说"退一步海阔天空"是绝对正确的。

那晚和老板用餐之后，循例去卡拉OK 场唱歌。我吃得很少，就喝了几杯。大家都知道，我哪有心情，哪有胃口呢？但是老板们都力邀我一起去放松一下，OK，去就去咯，为什么要愁眉苦脸的？坐了一会儿，当大家兴高采烈的时候，其中一个老外忽然转身望着我，对我说："Alex, what are you doing? You are a good man!"我向他举杯说："Thanks, Cheers!"不记得我喝了多少杯，只知道最后喝醉了。第二天跟香港的同事们在酒店集合去机场。到了大堂见到所有香港的同事，我忽然觉得同事们跟我很有距离感。原来昨天每个人都知道我开完 Forecast Meeting 之后，被几十位高层因为官司事件审问，所以他们认为我不会再是他们的老板了。

终于回到香港。新加坡那个很重要的自我剖白大会开完，我变得心安理得，还有什么可以做的呢？等收大信封咯。我走的话，我的团队，特别是多年来跟我一起共事的亲信，也会被裁走，真是树倒猢狲散。果然过了没多久，财务那边弄了一张"Cut List"过来给我看，我看完之后觉得：哇！非常厉害！同一时间，如我所料，香港环球不会再有正东，因为正东的老板会过来担任我的职位。当然，正东那边的整个班底都会转移过来环球，那我的团队自然要让步。我把这张 list 放下，并没有表态。事实上我还是觉得这时候不如利用时间找些律师朋友商讨，如果官司真的要来的话，我应该做什么？

无聊地过了好几天，终于有一天财务小姐走进来我房间，问我对那张 list 有什么意见，我回答说："没有。"接着她马上问我："那我们就开始执行了？"我点头说："好。"不过加多了一句，"不用再给我看了，我也不会签名。"这一张 cut head count list 中文译作"断头名单"，我是不会做刽子手的，既然是老板的意见，就让他签吧，我觉得合情合理。

很快，我最不想看到的东西出现在我的 E-mail 里了。裁员的消息一经发出，就必定人人自危。

公司大裁员的消息一经证实后当然是风声鹤唳，大家也都确信我这位官司缠身的老板不会再续约，不用再抱有任何幻想。1999 年环球收购了宝丽金，元气刚刚恢复，2003 年又来一次大变革，其实都是雷同的，都是小鱼吃大鱼。我说过了，环球当年在亚洲区的生意远不及宝记，结果他们收购成功，这不就是小鱼吃大鱼吗？现在也是一样，正东只是香港环球的一家本地公司，现在喧宾夺主，再一次重复小鱼吃大鱼的戏码，我是爱莫能助，也都自身难保呀！

同一时间，我的工作开始增多了，为什么呢？因为要开始跟不同的部门做告别，又或者说是公司要筹备一下我的 farewell tour（告别之旅）。那些秘书和财务小姐很细心，

为我这次最后的出巡做了很多准备，因为我们有货舱，又有不同的公司，而且在不同的地方，所以我们要定好日期和一条合适的路线，真是辛苦那帮美女们了。上天很懂得安排的，还有一点额外惊喜呢！在扣完一些假期之后，我在这家公司效劳了十八年，没想到最后一天就是 12 月 6 日，Hey! 那天是我的生日！真是巧合至极了。我当然不会选我生日那天做最后出巡，我决定在 11 月末一个晴朗的日子出发。首先去和货舱的同事说再见，然后再回来本地公司逐一告别。

当时我穿了一套我很喜欢的西装，精神抖擞的样子，坐着太太的车，大概 10 点到了公司在观塘的货舱。然后我打电话通知财务小姐："我到了，大家准备一下。"

先进去的是货舱，我逐一跟同事们握手道别。货舱的舱长是一位老臣子，他一看到我，除了安慰和祝福我以外，还送了我一份小礼物，祝我平安，然后大声地说："老板，连你都走了，宝丽金剩下的人，我相信一个都不会留的！"那一刻完全打动了我。我忍住眼泪，逗留了一会儿，就上去财务的办公室。不知道为何，到了那时候我才留意到，财

务那边几乎清一色都是女同事，而且每个都挺漂亮的。她们都上前跟我握手道别，也有一些女同事上前拥抱我，这是第二次非常打动我的地方。当时我已经双眼通红了。By the way，我是一个不肯哭的人，我这么大男子主义，怎么会随随便便流泪呢？不过等见到那位跟我开过无数会议、跟我打过无数胜仗的财务副主任时，还是忍不住了。回想当时的情景，又伤感又感动，我们两个哭得不行，还相互拥抱，这份如亲人一般的感情表露无遗。

拿纸巾擦干净眼泪，走出去，见到好几十位同事在外面等我。干吗呢？他们是等我说最后的一番话。我说："我很感谢大家多年来为公司，为我付出的功劳，我不会有事的，大家不用担心。努力做好这份工作，公司还很有前途，有时间我会回来探望大家的，再见！"

我用了一整天的时间，由货舱到自己的办公室，又去了老板的区域办公室，一一跟同事道别。回想起1985年从新艺宝开始我做唱片的生涯，想不到一次官司，一场莫名其妙的灾祸，竟令我在2003年的11月末要向所有的同事道别，结束我18年为这家公司服务的日子，我很失落，也很伤心。

余下几天上班做什么呢？当然是跟公司计算清楚，一刀两断。还记得有一天，我出去聊关于官司的事，把手机关了，直到会议结束后，我打开手机，哇，十几二十个未接电话！搞什么鬼呀？看清楚才知道是人事部的来电，原来他们发现我有一张公司的会员卡还没有交还，所以他们才追得这么急。听完这个电话后，我不免长叹了一声。我人都还没走，有必要那么急吗？难道我以前的汗马功劳就这样一笔勾销掉？不过现实终究是现实，看开点就好，还是提醒自己明天记得把卡带上吧。可我没想到，人还没到公司，电话又有了一些新留言，说有几张报销因为日期的问题，需要我自己支付。这样那样的一堆琐事！以前我在公司，是一人之下万人之上，今时今日，此时此地，这种痛打落水狗的感觉现在想起来还是不寒而栗。

2003年12月5日就是我正式离开工作了十八年的公司的日子。无论我在新艺宝做总经理，还是在宝丽金做Regional Marketing Director（区域营销总监），又或是香港环球的总裁，到了这一天终于要全部放下，挥挥手跟过去十八年说再见，那种心情不言而喻。我有几位好朋友怕我孤寂，怕我胡思乱想，一早安排好跟我吃晚饭，然后去卡拉 OK 庆祝，我决定用短暂的欢乐来冲淡我长期的失落。

哦，差点忘了，我的同事在我离开前送了我一张很大的生日卡，这张卡与平时一般的生日卡有些不一样，除了写着"Happy Birthday"之外，里面还写了些鼓励的话，说"没事的！"，又或者是"你是最好的老板！"等。我记得临走那天，我带了一个很轻便的袋子，将一些随身物品和这张卡一起放了进去，和朋友吃晚饭的时候我喝多了两杯，还特意把这张卡拿出来，大赞我同事对我这么好。当然，我丝毫没有表现出我的不舍，因为我是做大事的男人嘛，要拿得起放得下！不过话说回来，到了卡拉OK，当生日蛋糕推出来的时候，我真的忍不住了。其中一位朋友赶紧过来我身边，一边递纸巾，一边拍着我的肩膀说："你哭吧，哭吧，哭出来会舒服很多。"然后我哭了，大声地哭，哭到不能自已。

庆祝完我的生日，我就正式离开了工作十八年的公司，当晚可能是我一生中哭得最厉害的一次，记忆中那晚回家后睡得很好很沉。第二天一早醒来，那种不需要去上班，也不需要去追指标的感觉很奇妙。也因为时间多了，我可以多去教会参加活动。有了信念，精神有了寄托之后，我唯一觉得有盼头的时刻就是去教会，又或者是静静地阅读《圣经》。因为那位名字中有"金"字的大律师答应过会为我打这场官司，所以我可以做的事实在不多，唯一需要做的就是耐心等待。

记得有一天我坐的士去中环，跟一帮律师朋友准备去happy hour喝东西，的士大佬认出了我，他一开口就跟我聊关于官司的事，然后说："我知道你是谁，不然我怎么会跟你聊官司，你是陈少宝嘛！"接着不停地跟我说官司的事，好像自己很有经验似的。到了最后，这位好心司机竟然问我请到大状没有。他说："好的大状很重要，你找到了吗？"

想不到我搭的士都能遇到一位有心人。我当然知道大状很重要！老实说，大状的事我不需要告知你吧？没想到这位好心的士司机竟然说："喂，你一定要找清洪，只有清洪才救得了你！"我很无奈，只好回答说："多谢，我会考虑的！"临下车的时候我想用力关门，没想到他竟然还在里面顶住车门，对我大声喊："喂，记住，要找清洪，只有清洪才可以帮到你！"这个世界真是什么人都有。说到这里，我不知道这位司机朋友还有没有缘分听我讲这个故事，但我真的想趁这个机会衷心地感谢他，因为他这么唐突的热情，对我日后选择大状的确有了很大的影响。

日子过得很快，那天我刚好跟一位律师朋友在吃晚饭，有关当局竟然给我打电话，说想约我明天到他的写字楼，他的上司有事想和我聊一下。我坚决地说："我要知道是什么事，如果我不知道是什么事的话，我不会上去喝咖啡的。"

于是双方来来回回说了好几次，最终都没有说清楚为什么要我去喝咖啡。同一时间，我的律师也在帮我查是怎么回事。终于，我的手机再一次响起，是我的律师打来的，他说查到了，明天让我去的目的是要起诉我。我听了之后打了一个寒战，这日子终于还是来了。不过，回头想一下，早点开始就能早点得到答案。无论最终如何，速战速决，痛痛快快地走一趟，也比一直拖着要好。当然，

和我一起吃饭的好朋友也是相同的见解。

那顿饭我没有心情继续吃下去，我赶回家，我对我的另一半说："开 show 了！"她很平静，我记得她只是跟我说："没关系，我叫一个朋友，明天早上送你过去吧。"之后我选了一套我很喜欢的西装，拿出来检查它有没有皱。它还挺整齐，挺干净的，我就把它挂在衣柜门外，然后就入房安睡了。第二天睁开眼，洗了个澡，我的手机就响了，我朋友说："我到了。"然后我就下楼，整装出发。

大年三十的早上，我坐朋友的车到廉记总部报道，也正式接受被起诉的事实。

一切都来得很平静，因为我已经有了心理准备，律师也陪在我的身边。就这样，我在那边拍了一张我从来也没想过会拍的"靓照"。摄影师很好，不时提醒我："那块牌子提高一点，对，没错，就是这个位置，hold 住，hold 住。"然后继续说，"来拍一张侧脸。诶，这样太侧了，转出来一点……对了，好！好！"就这样，我拍完这张"靓照"后，盖好指印，签好了字。离开的时

候，我还俏皮地问律师说："我还要不要回来这座大厦呢？"律师说："不用，法庭见吧。"

这时手机里传来我太太的信息，她说她开了车来接我，叫我等她。出奇的是，竟然没有一个记者朋友来拍照。上车之后，太太说："今晚有一位朋友约了我们吃团年饭，你还去不去呀？"我想了想，唉，刚刚被人落案起诉，有的人可能很忌讳的，大年三十晚还要跟我这样背负官司的人吃饭吗？唉，还不如给他打个电话，把饭局推辞了。

就这样拨通了那位好朋友的电话，没想到，他一接电话就抢先说："少宝，你今晚是不是来吃团年饭？我买了很多好菜，还特意去菜市场买了鱼！"我说："我不来了，你都不知道，我刚刚被人正式起诉了，我就不麻烦你了。"没想到对方接着说："我知道，你没听电台吗？全部都报道了，大家都说你刚刚被人起诉！没什么大不了的，今晚你一定要过来！我现在先开一瓶好酒，等你来享受！"

原来，我在这边办手续的时候，另一边就不停有人放消息给报馆，难怪没

有什么记者在大门口给我拍照，原来大家早就收到这个讯息了。我的好朋友说不介意，还买了好菜特意跟我团年，真的很感动。我随手打开车里的收音机，真的，原来我的名字已经在电台里传疯了。

到了好朋友的家，我第一时间拿起他已经氧化了两小时、特别为我而设的一杯好红酒。我一边喝酒，一边有一种很奇怪的感觉。我看着新闻台不停重复关于我落案的新闻，记得当时我朋友还问我要不要换台，我说："不用了，很少有机会这样上电视，再看一下吧。"重播了三次之后，我太太终于忍不住站起来，一下把电视给关了，说："有什么好看的！"

其实当时我是在不停地自责，责问自己为什么会这么失败，会落到这个地步，我感觉像经历了一场噩梦，就如王菲的歌里唱的那样——"十万个为什么"。

Anyway，那顿饭吃得很愉快，我并没有被起诉影响到食欲，我相信是因为好朋友在身边，老婆也在身边，这份精神上的支持，确实有着无比的力量。几分醉意之后我就睡了，一睁开双眼便是大年初一，正如许冠杰的歌——《新

的开始》。

根据规定，一经落案接着就是所谓的"过庭"，如果在法庭上不认罪就意味着双方正式开战，准备要打官司。但大年初一怎么会开庭呢？没记错的话应该是大年初三正式开庭，真是大吉大利。那天我穿得整整齐齐，去到法院，一声"Not guilty"，就大胆走出来，被那些记者在法庭门外拍了一大堆交差照片，然后就上车回家了。

在农历新年，通常很多报刊都不发行的。不错呀，等到市面上发行报刊那天，我就是头条新闻！再者，一回到家里扭开收音机，或者打开电视一看，全部都是我的头条。这样特别的农历新年，真是要用上 Alan 的歌，要说一声"无言感激"！

正式被人"贺新年"之后，我也不用上班，就在家专心等着法庭排期打官司。当时可以做的事真的并不多。我记得很清楚，在那几个月里，我除了继续去教会参加活动以外，终于过上了人生当中没有音乐的日子。真的很奇怪，音乐原本是我的第二生命，但那段时间，

我竟然没有任何的欲望想听歌，连一张CD 都没有听过。

有时候我会去找 X 君，我把律师团队方面的事全都交给了他。而他也是大忙人，有饭局经常也会叫上我，说想帮我解闷，多认识朋友。幸好还有三两好知己约我出来谈天说地。我当时想得很简单，就是希望法庭尽快把开庭日期告诉我，让我可以跟我的智囊团好好坐下来，好好面对我人生的大战。

老实说，那段时间我经常会胡思乱想，有时候睡到三更半夜会惊醒，脑子里糊里糊涂，过得好不容易。当我一知道开庭的日子之后，我的情绪变得很不稳定，一方面我等这个日子已经等了一段时间，知道后可以全心作战；另一方面，又对前方的路有所迷茫，可以说是一种恐惧。但想不到，最让人感到恐惧的事情在这个时候出现了——我找到了"金"字律师，但他却无法帮我打官司。相反，一位的士司机好心地建议说找清洪大状，这位清洪大状竟然真的在我万念俱灰的时候出现了，他还答应帮我打这场仗。究竟哪位才是高人呢？真是天晓得了，正如我的好朋友 H 君说的，"好的律师还是有的，只不过时间不多，要快点决

定"，没时间想了，就那位清哥啦！

我抓紧时间去清哥的写字楼开会，在等他出来的时候，看到里面有一个很面熟的人。想了一下，很有可能是我多年前的朋友，名字我想不起来了。当我们四目交会之际，这位似曾相识的朋友慢慢地朝我走来，对我说："少宝，你还记得我是谁吗？"我说："您很面熟，但是对不起，我想不起来，您是？"他伸手出来跟我握手，自我介绍。噢！原来他是我的小学同学！和他寒暄了几句，他接着说，"大家都知道你这单官司被阿清接了，少宝，你走运了！""为什么？"他告诉我，阿清最擅长打这样的案件。就在这个时候，房门打开了，阿清大状从里面笑着走出来欢迎我。

世界真是小，万万想不到的是，我在阿清大状的写字楼里竟然遇见了几十年没见的小学同学！原来他在这里做阿清的左右手很多年了，大大小小的案件他也都见过不少，他很气定神闲地介绍完自己，说他是我的小学同学之后，还说我很幸运，因为他说

阿清最擅长打这样的案件，我听到之后就安心了。

清洪大状笑面迎人，在我小学同学介绍之下，我还没来得及跟他握手，这位大状就来了句英文，说："I know, you are Alex, the guy that top 45 minutes in ICAC!"哎呀，我听到之后简直想哭，我一生都以为自己口才最好，却被这45分钟的雄辩擂台搞成这样！进了房间，我逗留了一个多小时，开了一个挺长的会议，充分领略了清洪大状的分析能力和提问能力，我觉得眼前见到的确实是一位高手，自己终于有了一点希望。

Anyway，保持平常心吧，继续装备好自己，迎接这一场大战。教会的那些兄弟姐妹都很关心我，他们就像天使一样。其中一位大学教授，原来他在多年前也犯过官司，也是要去l记那种，这件事给他的人生带来了很大的改变，所以他偶尔也会跟我分享他的经历，给了我一些指导。

因为我忽然间转投阿清大状，我本

来的那个律师团队有了很大的改变。想打赢一场官司，所有人员都必须是精英，还需要大家的紧密配合。在大学教授的口中知道了当时他的官司中有一位副手非常出色，于是我就去联系了这个人，没想到他刚好有空。而且他曾经也跟阿清合作过几次，也就是说大家挺熟络的。就这样，我的团队又成形了。而且在不断地开会当中，我感觉到他们的专业，见到他们全心全意地和我一起去面对这场厄运，我心怀感恩。

打这场大官司的过程，现在想起来真是心有余悸。如果输了后果会怎样，相信大家都会明白，所以律师团队很重要，不要以为付钱请到一位很有名的大状就可以，未必！首先要考虑的是他适不适合打这样的案件，是不是一个适当的人选。例如你去看医生，找了一位名医，很有可能他不是治你这一科的，结果就很难把你治愈。还有团队成员也很重要。打个比方，一场足球赛，前锋是精英，但是后方大乱，守门员经常失手，结果可想而知。

多谢上帝，在这个乱打乱撞的情况下，竟然能让我有一个有阵势的律师团。还记得，每次开会的时候，阿清都说要"Burn the midnight oil"，也就是说大家开完会之后回去都要开夜班，查找书上所有的例证。眼见每个人都为了我这场仗如此卖力，我除了觉得有信心以外，我的自责感也越来越强。老实说，这么紧张的关头，却也是我最沮丧的时刻。首先，开庭的日子越来越近，那种恐惧也是日益增加；其次很重要的是，我觉得自己很没用，闯下了弥天大祸，搞成这样，心里很难受。

那位很不错的副手经常提醒我，要把对方交过来的证据和记录多看几次，还要记清楚，留意有没有什么地方是与事实不符的，以便他们上庭的时候多一点理据。但是我真的很没用，一看到那些东西，就很自然地伤心，又觉得自己很失败。结果，我就把那些很重要的录像带、录音带放到了一边。

就这样，那位副手律师不停地鼓励和劝诫我，因为如果我花一点儿工夫，或许我可以留意到一些关键证据，这些平常人觉得没有用的东西，在法律观点上却极可能令整个案件有戏剧性的转变。

可惜不管他怎么劝我，我都提不起劲，那时候的我真的很颓废。最后，那位副手提议说，不如大家一起看、一起听吧。

差不多花了两个小时的时间，才看完所有的材料，我都不知道是怎么结束的。当时副手知道我提不起劲，所以在适当的时间，他就喊停了。到今天我还是很感激这位朋友，真的是"皇帝不急太监急"，作为当事人的我，那一刻真的很不长进，幸好我有这么优秀的团队，不然这场仗还真的很难赢。

曾经听过一句至理名言："人是感情的动物，我们要懂得控制自己的情绪，而不要被情绪来控制我们。"看起来很容易，真的有事发生的时候就很难做到了。发脾气或许还能控制一下，但是放弃了自己之后，要重新下决心面对困难是很艰难的一件事。我觉得自己很有福分，在这么难过的关头，还有那么多人在我的身边。

大大小小的资料已经准备得差不多了，我和阿清已经开了几次会议，真的，只是几次而已，不算多。或许你会觉得，不是说他是一位好律师吗，开这么少的

会，真的好吗？不一定的，如果要说的话都说得差不多了，就不需要继续开会了，以免当事人越开越害怕。接下来让律师团队自己进行这些会议，不要再打扰当事人了。因为几乎所有的当事人在这个时间都容易情绪失控，很小的事情都会触动到他的敏感神经。进入最后阶段，最好的方法就是将自己抽离出来。对我来说，最好的抽离方法就是去教会，这是对我来说最佳的活动，可以让自己放松、安定下来。不知道你们有没有正在遭遇困境，或者是正惹上官司，我上面说的这些绝对是我在这场官司中学到的宝贵经验。

最后的阶段还有一件非常重要的事，就是等法庭抽签。为了公平起见，法庭使用了一种随意机制，即"Random Order"的方法，来决定哪一位法官来处理你的案件。这个非常重要，因为法官也是人，人人都有自己背后的故事，如果你遇到的法官刚好跟你气场不合的话，那你肯定会"没见官先被打三十大板"！以前我听过这样的一个故事，一个法官的女儿被车撞到，不幸去世了。如果你作为当事人刚好遇到他来审你的交通意外官司，哎，那你可以早点投降，

连求情都可以免了，省口气，对吧？

　　我试过去阿清的办公室看随机的结果，不过不知道是因为我心急还是其他的原因，一直还没公布人选。有一次，我有空又去他的办公室，很巧，阿清大状就在里面，和他打了招呼，闲谈了几句。他告诉我，有几位好法官放假了，所以肯定不会接受任命，我当场打了个寒战。他又紧接着说："唉，最惨的是有两位

'钉官'，他们都有空，而且在名单上看到他们的名字是'available'（可用）的。"哇！我又震了一下。我问了一个不仅 simple，还很 naive 的问题："那就是怎样？"阿清说："Hey，如果他们两个当中的一个名字滚出来了，那你投降吧，何必求情呢，我不赚你的钱了，算了！"哇，真的把我吓得几乎尿出来！

　　法官都是人，所以有好法官也会有

"钉官",一场官司中间的技术安排真的好像跨栏比赛一样,可惜不是人人都能当刘翔!唉,所以现在回想起来真是一额汗。所以说,做人千万不要惹上官司,如果身体稍微差一点,还没上法庭,就已经被吓死了!

这天,我到大状的办公室里看结果,看完松了一口气——不是那两位"钉官"中的任何一个做我的法官,Ok!阿清跟我说:"现在的这位仁兄是一位好官。"我就更加放心了很多。

就这样,2004年5月的最后一个星期到了,预算打这一场官司需要持续五至七天,只不过清洪大状有一个contingency plan,也就是我们所谓的"B plan":第一轮打不赢的话就直接进到"B plan"里面,有可能又要多花好几天。所以兵法中提到的"兵精粮足"这几个字,真是至理名言!而我自己也做好了一切准备,恐怕要陪他打到最后。

暴风雨前夕的晚上,我出奇地睡得很好。第二天一早起床,我穿上我最喜欢的那件蓝色外套、白衬衫,配了一条我喜欢的 Armani 领带,照一下镜子,挺精神的。就这样我坐上了朋友的保姆车,在陈太的陪同下向法院出发。

当保姆车差不多开到法庭的时候,由于时间尚早,就停下来买点吃的喝的。我从来不吃早餐,所以勉强叫了一杯咖啡。老实说,我一点儿食欲都没有,完全不知道那杯咖啡是什么味道。等了一会儿,我的车绕了一个小圈,正好停在了法庭的门外。不用说,当然有一大批记者朋友已经在门外等我。我下车后站稳,任他们拍照,拍了大概几分钟,然后走进了大厦里面等电梯。我感觉很不自在,因为总是觉得全场的目光都放在我的身上,现在想起来,其实就是自己过度敏感,有点草木皆兵了。

当时看到很多人拉着行李箱,觉得很奇怪,后来才知道原来这些人都是大状,他们有一套指定的服饰:宽松的黑袍,白色的衬衫,还有那顶卷卷的假发。他们就好像去旅行一样,拉着那个所谓的旅行箱,里面放着这些装备。大状在这个时间来到这个地方当然是上班了,我当然不是来上班的，我是"罪犯"嘛！想到这里，我的情绪又变得很低落。

时间还很宽裕，我坐在法庭门外的大堂，看着处理我案件的熟悉面孔，他们在我面前走来走去。我等了一会儿就看到了自己的律师团队，阿清一早就已经穿好了黑色长袍，样子有点傻，但又挺趣致的。他走过来，跟我打了招呼，然后马上把我带到休息室里，说："不要坐在外面。"就在这个时候，我忽然间看到一位朋友急匆匆地向我走来，喔，原来是我的那位医生兄弟。

没想到，我竟然看到我的医生兄弟出现在我的眼前。当时是5月的最后一个星期，香港的天气已经非常热，他此时热得满头大汗，一看到我，就很抱歉地说："我只能逗留一阵，等一下我还有事要赶回医院处理。"他那么忙，本来可以不过来的，却赶在早上9点就跑过来为我打气，现在想起来仍然非常感动。

接着，我又看到牧师出现在我的面前，他也是满头大汗，衬衫都几乎湿透了。就这样，他们两个握着我的手为我祈祷。我闭上双眼，心里很感恩。一句"阿门"之后，我张开双眼看着他们两位，一时不知道该说什么好，甚至连"多谢"都忘记说了。他们两个还赶紧说："我们知道你很忙，就不打扰你了，我们先走了，God bless you！"就这样我目送他们两位离开了。

之后，在休息室里面，我和好几位律师一起听阿清的指示，一向很淡定的他看上去也有一点儿紧张，因为平时他没有抽烟的习惯，今天竟然问有没有烟！

还没开庭之前，似乎大家都显得很紧张，相反，现在回想起来，当时可以用"傻乎乎"来形容我，因为我已经被特意赶过来的医生兄弟和牧师感动到忘记了紧张。阿清在向律师们嘱咐开庭之后要怎么做。老实说，我都不知道他们在说什么，法律的东西我又不懂，哎，如果我懂的话就不会搞成今天这个样子了。

时间到了，我很机械地跟着他们走进法庭。我坐在那个木质的围栏里面，掐了一下自己——究竟我是不是在做梦？还是我在演什么电视剧，什么《壹号皇庭》之类？看着阿清不停地向对方提问，一些我认为很细节的地方他都做得很足，包括先后次序、双方说话的内容、说话的地点等等，一大堆我完全觉得是无关痛痒的事。不过，我看到对方频频出现混乱，前言不搭后语，好像有点招架不住了。我觉得眼前这位为我辩论的律师果真名不虚传，如果说我是广播界的牛人，那阿清就是法律界的"五星上将"！

我记得很清楚，第一天的上午在法庭，对方被传召的人明显被我的大状问到阵脚大乱，很多人都前言不搭后语。中间更加有趣，像打篮球一样频频被叫停。我真心感觉到我律师团队的功力所在。

过程很难熬，但还是熬过了一个上午。吃完饭后，我再次回到法庭，像早上一样坐在大堂等入场。然后又见到一大群我的医生兄弟，这次连姊妹们都来了！他们利用吃完午餐还没上班的时间，六七个人一起过来支持我。看到他们出现，我除了很感动以外，不知道能说什么。他们分成两个一组，分别把我拉到不同的角落为我祈祷。牧师也再一次出现了，我还记得，他和我一起读《罗马书》，我带着有点颤抖的声音，好不容易才读完那段经文，然后他们就跟我道别了。

刚好，开庭的时间到了，我走入法庭，继续第一天的庭审下半场。很明显，再次应召来的证人不再像早上那么的不知所措，没有把握的问题他们一概回答"不记得"。顺带一提，在法官面前作供，的确是说多错多，最好就是简单地回答"是""不是"，又或者"不记得"，因为"不记得"是无罪的。这次庭审就是在这样一大堆的"Yes""No""Sorry"中结束的，整个下午我仅仅是坐在那里听审都很累，可见压力有多大！

好的律师团队，无论是在开战之前，还是对簿公堂的时候，都不会对当事人说一些充满信心的话，例如"肯定赢""一定没事"之类的。其实这些话是当事人最想听的，但是再想一下，怎么会有一定赢的官司呢？结果怎样还要看法官怎么判。如果你不幸遇上官司，而你的律师告诉你必定赢的话，我觉得你也不妨换人吧，信口开河的人怎么能做得成大事呢？律师就更不在话下了。

庭审结束后，我的几位好朋友第一时间来接我，然后一起去喝一杯，放松一下。他们很关心地问我第一天的情况如何，我说："阿清和他的团队很努力，像电视剧一样，应该说比电视剧还要精彩。"其他的我并没有说太多，席中有人问："那你的律师有没有说会赢？"我说："我的律师是不会说这些话的。"

后来我忘了有没有跟他们一起吃饭，我只记得那天回家之后睡得很好。第二天，我换了一套我很喜欢的西装，精神抖擞地再次出发，有一点像去上班，不过这天的庭审不太顺利，对方占了很大的上风。而同一时间，阿清提醒我做一件很重要的事，我居然忘记了！

因为对方在第一天领教过我律师的功力，所以第二天庭审请来的证人都非常地有备而战，不再像第一天那么混乱，同时对我们的提问也回答得小心翼翼。很明显我们失去了第一天的优势。

吃午饭的时候，清洪大状忽然问我有没有准备好求情信。他之前嘱咐过我要准备，说万一出现不理想结局就可以用上。我呆了一下，意识到自己把这件事忘了。清洪大状马上说："那就不要找那些大人物，也不要找歌星写了，没用的。其实可以找那些长时间和你一起工作的同事写！找老朋友或者是老同学

更好，让他们在信中说一下你的为人。"然后他又补充了一句，"抓紧！"我心乱如麻，这么短的时间，找公司同事写没有问题，旧同学旧朋友的话，要去哪里找？

离开餐厅，我边走边纠结：唉，这下麻烦了，要找谁写呢？抬头一看，咦？由于法庭离新鸿基中心很近，我一看到那座大楼，就想起有一位小学同学在新鸿基工作了很多年。嗯，他是理想的人选！接下来，我花了很长的时间去找他的电话号码，终于在傍晚打通了他的电话。

当时关于我的新闻每天都有，所以电话一接通，亲切的声音就在另一头传过来："少宝（上海话），你没事吧？"我也不客气了，直接回答他说："有事！情况不妙！有事相求！"然后我赶紧表明了意思。他听到之后，说："我现在马上写！你大概需要我写多长？中文还是英文的？……"又紧接着说，"那我明天中午 12 点送到你那里，有没有问题？"挂了电话之后，我几乎哭出来，朋友啊，朋友！

他当晚连夜帮我写信，第二天很早就把信送到了我的律师手里，这样的朋

友还去哪里找？他打电话给我，问："还有没有需要修改的地方，少宝？如果有，随时跟我说！"最感动的是，后来我没事了，再见到他们，和他们一群人吃了一顿"安乐饭"。他去洗手间的时候，他太太跟我提起了这封求情信，她说她从来没见过 Johnny 这么焦急，那晚他差不多写到天亮。她还说，她偷偷看到她老公一边写一边为我哭，真是一字一泪……

官司进行到第三天，对于我这个完全不懂法律的人来说，我依然坐在栏杆后面，听着双方在辩论和盘问。当清大状提到我的手机时，"Sony Ericsson"这个品牌名出现了好几次。我听他说着说着，忽然间神情大变，然后叫停。在法官大人的同意下，阿清走过来，把我带进了休息室。在休息室里，他迅速地脱下头上那顶白色的假发，问我："Alex, where is the Sony Ericsson?"我呆了一下，问他："你在说什么啊？"他说："喂，这个很重要的，你的手机去哪儿了？为什么那个登记表上面说你进去（I记的办公室）时没有登记过？究竟搞什么？你想清楚，你的手机去哪儿了？"我傻傻憨憨地，说："不是很记得了……""不行，你一定要想清楚！唉，这样吧，你太太会不会知道？"我说："那试试问她一下吧。""好！快点打电话给她，快！"律师很着急地说。

顺带一提，陈太一直只是陪我坐车去法院而已，她从来不会进去法庭旁听，我们俩就是这样的最佳夫妻档。电话接通后，我的太太说，她看到对方有人拿走了我的手机。再三追问之下，她说她记得很清楚，是对方带我回去做进一步调查的时候拿走了我的手机。结束通话后，阿清原本很紧张的面容，变得喜上眉梢。他看了一下手表，说："嗯，时间差不多了。OK，我们一起进去吧。"

没想到一部手机如此重要，官司到了第三天，阿清大状因为这个 Sony Ericsson 由神情大变到会心微笑，出现了很大程度的变脸。庭审中间我喊停了大概二十多分钟，在我太太确认是对方没收了我的电话之后，我再一次跟着清大状和整群律师回到法庭坐下，继续余下的庭审过程。

人齐以后，阿清开始发挥，或者应该说是发威。他围绕着这个 Sony Ericsson

连续问了几个问题，对方作实地回答之后，他忽然间拿起一沓文件，中气十足地问："为什么这个手机在其他的登记表上面出现过，却不在最早的那一份里面呢？"也就是说最早那份"榜上无名"！顿时全场都安静了几秒。我看到对方的律师团队在一堆资料里面找来找去，看看这份看看那份，几分钟之后，轮到对方喊停了。由于都差不多到中午时间了，在法官的建议之下，第三天的裁判下午休庭。得知这个消息后我非常失望，因为这样又浪费了半天。要打官司就快点嘛，拖拖拉拉，劳民伤财，我要付钱的！不过，吃午餐的时候，我看到阿清大状显得有点踌躇，又突然到处问人拿烟来抽。如果没记错的话，那顿饭还是他结账的呢！

我觉得他应该对当天的审讯挺满意吧。还是那句，我不懂法律，尤其在法庭上，我只知道他们在你问我答，各出奇招的样子。当然，团队的努力和他们的质素，都是可见一斑的。后来我才知道，原来有所谓的程序出错，如果不让当事人联系自己的律师就是违反了法律的原意，很有可能因为这样，这场官司就不用继续打下去，也就是说可以放人

了。咦？好像有点曙光了。

那天晚上我睡到半夜忽然醒了，当时的我思前想后，觉得我的这个手机真是奇怪，一时有，一时又没有。忽然让我联想到耶稣把水变走的故事，所以觉得这个 Sony Ericsson 要是真的变走了也不是奇怪的事，有可能是奇迹呢！Anyway，几个小时之后又要上法院了，算了，尽量再睡一下吧。

这样蒙蒙眬眬地睁开眼，到了第四天，哦，又开始了，穿上我心爱的西装，上了车。在车上，我心里觉得非常累，希望快点结束这件事。

开庭好几天了，精神压力真的很大，我想不用说，大家都能想象得到。

到了第五天，我的心情比之前还要紧张，因为清大状建议我亲自在法官面前再重新作答一次，把第一天I记登门拜访，直到带我回去协助调查，整个过程再重新说清楚。我当然是答应了，因为我对自己讲故事很有信心。不过没想到，阿清加了一句："这样的话，你老婆也有可能要被对方的律师找来盘问的，她

行不行？"我呆了一下，说："这样啊？好吧，我回家跟她商量一下。"

没想到我太太知道后就立马答应了。还记得我跟她说："你要想清楚哦，我怕你到时候说得不清楚。"结果她马上反驳我说："我会回答得很简洁的，是就是，不是就不是，你以为我是你啊？说一大堆，你看，结果搞成这样！"哎，我顿时语塞，没办法。

Anyway，第五天的下午，阿清大状在法官面前表明当事人想亲自再陈述一次这件事的时候，法官大人点头表示同意。我就这样从栏杆后面慢慢走出来，向接受盘问的那个位置走过去。按了《圣经》发过誓之后，我坐了下来。接着法官说："你现在可以开始了。"然后我把整个经历有条不紊地说了出来。当然，我在心里不停地提醒自己说：少宝，虽然你很会说话，可总是祸从口出。现在再给你一次机会，你一定要发挥你最好的才能，讲一次你一生中最精彩的演说！

几分钟的独白，好像讲了一个小时一样，讲完后我松了一口气，感觉挺满意。现在回想起来都觉得心有余悸，最擅长讲话的我就是因为讲得太多，结果变成口供，惹上了这场改变我一生的官司。而我认为讲得最好的一次公开演讲，居然是在法庭上，真是莫大的讽刺。

接下来，就轮到对方的律师向我和我太太进行一连串的盘问了。庆幸的是，我的回答很不错，我的太太也表现得很好。庭审结束之后，律师团队都认为陈氏伉俪在庭上的表现能拿到一些分数。加上那天晚上，我有一位好朋友兼行家打电话给我，他告诉我说，当天我的独白说得非常好。原来他有来听审呢！他还从专业的角度分析，如果真的要评分的话，我可以拿到 90 分。不论真假，这是一个莫大的安慰和鼓励，对于当时的我来说是非常需要的。

庭审第五天，阿清安排了公司的一些重要人员过来循例盘问，我那位香港老板当然是主要人物之一。我自己也明白，请他在庭上作证供，他不会说任何对我有利的供词的，就看阿清大状在盘问他时，会不会让我听到一些有趣的回应了。

当天一早就是这位老板的出席，有趣的回应还没出现，我已经目睹了有趣的场面。他戴着墨镜，身穿笔挺的西装，看上去就像 The Blues Brothers 里面的 Dan Aykroyd。更厉害的是，他居然一来就带着一队"兵"——原来他找了一群朋友来假装他的保镖，这些人都穿着黑色西装，戴着墨镜！我没有见过这么喜欢抢风头的老板，内心完全没有讨厌他，更没有恨他，我只是庆幸他不再是我的老板，我以此为荣。

由于他是 ABC，所以他的回答全部是用英文。跟其他人一样，他都有手按《圣经》作誓，不过想不到的是，原来他一早带了另一本"圣经"过来，这本就是我们公司的员工手册。无论阿清大状问任何问题，他全都要参照这本员工手册里定下的规则。在大公司工作过的朋友应该都知道，如果按照员工手册去工作，你一定没出息，因为这本手册是保障公司利益高于一切的，故此阿清大状问了他一个早上，也问不出什么有用的东西。眼看快要到午饭时间了，阿清大状竟然对法官说这个老板下午要继续接受他的盘问。没搞错吧？还有什么东西可以问的？

从头到尾，对于他的出庭我都没有寄予任何的期望，但话说回来，人不为己，天诛地灭，况且我跟他的关系这么差，我想我也应该负上一定的责任。反正那件事结束后，他跟公司的合约也满了，公司也没有留他，他究竟是蛇还是龙，大家心知肚明。

下午出庭前的几分钟，我记得很清楚，我们在休息室里面，阿清对我这位老板略有微言。聊天当中，他忽然对我说："Alex, you are a nice guy. 我会好好地帮你打完这几天。"我点点头，内心非常感恩。

后来开庭不到五分钟，阿清问了我这位老板几个无足重轻的问题，然后就叫他走了。当时我立马懂了，原来阿清是故意耍他，要他在午饭时间留下来，慢慢等，然后下午再问他两句，才让他走。

如果大家对官司有认识的话，都应该知道，当一切证人、证据、证供全部在法官面前提交过之后，法庭的最后一天，就会出现一个叫"结案陈词"的流程。也就是说，代表的律师会在这天把过去几天在法庭上面所有做过证供的内容做一个总结。包括双方的律师，他们会在法官面前把对自己最有利的材料凸显出来，希望法官大人可以接纳他们的理据，从而做一个有利于他们的裁决。

之前已经提过阿清在法庭上面的功力，所以不再重复，轮到结案陈词的时候，更像是他个人表演的时间。他流利地读出他的陈词，有条不紊地把过去几天的重点说出来，当然，也有趁着这个机会力数对方的不是。我见他一张嘴没停过，有点像我在电台做大型节目时一样。我不由在暗地里为他叫好。无论结果如何，我的这个团队的确尽力为我做了一场永远不想再有 encore 的 good show。

听完双方的总结后，法官一如所料地说今天没办法判决，要等到明天才可以作出裁决。这是一个酷刑，又要等一天！正常来说谁能受得了这样的安排呢！

中午大家照旧在一起吃午饭。席间，我忽然想起阿清在结案陈词时，法官曾提起过一个档案的号码，当时还打断了阿清的陈词。我不由很好奇地问："这个号码是哪一个档案呢？"清大状回答说："不就是那个 Sony Ericsson 手机咯！"我又继续问："那是什么意思？"他接着说："如果是成立的话，那就开香槟吧！完全没事了！"

吃完午饭过后，我当然没有心情回家休息，想到明天就要出判决了，自然就想到要去教会。跟牧师通电话之后，我决定去教堂里静坐一会儿。在这个时候，牧师的金句再次在我的耳边响起：教会不是信徒的俱乐部，而是信众的避难所。

我就这样默默祈祷着，在教堂里呆坐了大概一个小时，才安心回家。但回家以后却没有那么安心了，开始坐立不安，感觉什么都不是很稳妥。我太太很贴心，一句话都没烦我，只是偶尔过来问我要不要喝水。忽然手机响起，是一位好朋友打来的，他知道我明天就要判决了，就硬着头皮给我打电话，问我有没有心情一起吃晚餐。我完全没有主意，没想到太太说："你去吃吧，总比你在家里胡思乱想要好。这样吧，我跟你一起去！"就这样，我们一起去了西贡的一家海鲜酒家。

没想到原来还有很大一群人，可以说是什么人都有。有很久没见的大哥，你懂我说的哪种大哥啦！他们的目的只有一个，就是为我打气。有一个"入过册"（进过牢狱）的老友，一看到我就热情地说："没事，不会有事的！如果明天判决的结果真的不理想的话，不怕！

我已经跟很多好朋友打过招呼了，你放心吧！会很好的！没事！"说着就随手拿起一瓶红酒，想倒一杯给我，接着他的目光投放在我太太身上。当然，他想知道我太太允不允许我喝嘛。没想到陈太很客气地说："让他喝一点吧，不要太多，一点点就好。"我自己坐在那儿，看着他们的一举一动，像个傻子一样。我突然发现了桌子上有一碟我很喜欢的蒜茸包——又有红酒，又有面包，最后晚餐啊！我就这样朦朦胧胧地带着一点醉意回到家，竟然睡了个好觉！

第二天清早起床，穿上了我第一天那套西装。通常参加大会议，或者有重要的事情要决定的时候，我都会穿这套西装。很奇怪，当天我的心情很好。我对自己说：熬都熬了这么久，今天终于有答案了，不管是好是坏，这件事都要结束，还想那么多干吗呢？

走进大堂，眼看电梯门就要关上了，我冲过去，很顽皮地踢了它一脚。结果门开了，一看，原来里面是对方的那位律师。我马上对他说了一声："Good Morning.It's a big day！"然后那位洋人律师对我笑了一笑，点了一下头，没有说任何话。

电梯"叮"一声响起，我走出电梯，走向法庭的大堂，这时我看见了I记的好几位工作人员，他们也是过去几天想尽办法要赢我们的人。我忽然心血来潮，想走过去跟他们握手。可没想到，我向他们的方向走过去的时候，他们竟然很慌张地全部站了起来，这次轮到我有一点诧异了。

这时候，我也看到牧师和几位医生朋友到场了，再一次，我被打动了。牧师又带领我读《罗马书》，然后逐一为我祷告。我还看到有两三位好朋友特意一早赶来为我撑场，好窝心。

走到休息室，阿清大状问他的助手："B plan 是不是已经准备好了？等一下如果法官判的结果不理想，我们就直接转打 B plan，证人全部通知好没有？"听到这里，我的心跳也加速起来。我本来很好的心情，忽然急转直下。我开始胡思乱想，仿佛行尸走肉一般，跟着团队走进法庭里。

过去那么多天，我的目光甚少会放在观众席上面，皆因我很少有朋友到场，更多留意的是法官和对方律师，因为这样比较重要。不过这天，我坐下没多久，便顺带瞄了一眼听众席上的朋友。我看到有两位好朋友到场了，牧师也在，医生兄弟没有进场。我太太也一如既往地没有出现。我直到今天都没有问过她，在外面等消息会不会更紧张呢？

我的脑海中一片空白，听到一声"Court"，大家就都站起来了。法官如过去几天一样，很严肃地走出来，然后坐在那个无比威信、操生杀权的位置上，开始宣读他的判词。他一开口就开始责备我，说我工作到这么高的位置，应该知道怎么处理事情，又或者应该很谨慎、很明智……总之全部就是责备我的话。我当时心跳加速，十分的紧张。恍恍惚惚中，我听到一个很熟的号码，又是那个档案的号码，也就是我的手机 Sony Ericsson 那个档案。我记得阿清跟我说过，如果法官接纳这个档案当中的证明，那就说明他认定了对方剥夺了我联系律师的人权，如果这时这样，那就真的要开香槟来庆祝了。想到这里，我紧张地闭上了双眼，用尽全身力量来祷告。然后仿佛整个世界都停顿了，我忽然听到耳边多了很多杂音，我紧闭的双眼，紧握的拳头，好像被上帝安抚过一样，开始慢慢地放松。

良久，我睁开双眼，看到法庭的人全部站起来，我看到阿清，他面带笑容地望向我，然后竖起了大拇指。我转头问旁边的翻译员："发生什么事了？"她用翻译的语气说："我现在宣布，犯人罪名不成立，犯人当庭释放。"

此时我才知道，这一个裁决是站在我这边的。

我当时想马上跟这位女翻译员握手表示感谢，不过她完全没有接纳我的礼仪，转身就走了。接下来，我向到场的三五知己和牧师致谢，然后跟着我的律师团队回到了休息室。我微笑着逐一与律师握手。很庆幸，这个缠绕了我很久的噩梦终于要消失了。

我安定了一阵，问了一句："Elaine 知道了吗？""知道了，已经通知陈太了！Everything is OK，没事的！ Everything is OK!"

整个律师团队的工作人员都喜上眉梢，大家除了跟我道贺以外，也都走到阿清大状面前去称赞他，说他精密的部署非常厉害。一轮客气话之后，阿清开口问我："不要对方的赔偿费啦？"我点了点头，他继续说，"钱没了还可以赚回来，不要搞那么多了。今晚回去好好休息一下，然后吃一顿开心大餐！还有，外面那么多记者，等一下不要说太多，免得得罪人。"我想，这件事就是因为乱说话的缘故，哎，以后不会啦！见过鬼都怕黑嘛！

就这样，我们一群人一起坐电梯下楼。电梯"叮"一声到了地下，门一开，哇，我简直就像大人物一样，闪光灯不停地闪，一大群记者蜂拥而上。我在人群中钻来钻去试图离开，不过并没有那么容易。面对很多很多记者的提问，我不停重复地说："多谢，多谢大家关心！感谢神，感谢我家人！"一些自己很相熟的记者在前面把我拦住，恳切地说："多讲几句吧，少宝哥！"Ok，毕竟我也是名嘴，于是我站住了，就说几句吧，好让大家回去交差嘛。于是我说："我要多谢两个'神'，一个是上帝，另一个就是 Sony Ericsson."

当我说完这两句话以后，大家都面带笑容不再多问，仿佛可以回去交差了。然后我慢慢步离人群，踏出法庭大楼，坐上了我的保姆车。

● 在表演脱口秀

第四十八章

Chapter
Fourty-eight

浪子回头，一生中至爱

我和陈太都不是喜欢大哭大笑、很有激情的那种人。我记得我上车以后坐在她的身边，连有没有牵她的手我都忘了。不过可以肯定的是，当时我们两两相望了一阵，然后心照不宣地笑了。

保姆车风驰电掣地离开了法院这个地方。我说的风驰电掣是真的，因为记者的车队还紧紧地追着我。好不容易才甩掉报馆的车团，唯独有一辆车一直紧跟着。都不知道追了多久，我们终于找了一个可以停车的地方停下来，而那位报馆的朋友也下了车，向我走了过来。我从保姆车上下来，答应了他的要求，让他拍了几张照片，然后他递了一张卡片给我，千叮万嘱地说："你一定要找时间让我做一个专访！"后来我就把他打发走了。

我打电话约好我的家人，订了一家中餐厅一起饮茶吃一顿"安乐饭"。经历了这场官司之后，我有了很大的改变。我的桌子上至今摆着一幅很简单的画，上面写着"良田万顷，都只不过是日食三餐"。我开始享受和我的家人在一起，觉得我以前疯狂地工作、赚钱，其实是有一些问题存在的。从此以后，赚钱不再是我陈少宝的人生目标。或许做一个有理性的宅男，也没什么不妥，我猜有很多人想做也未必做得到。

另外，因为这个官司，一位跟随了我十八年的女人——吴小姐，她一直在我身边不离不弃，发生这件事的时候她也没有责备或埋

● 少宝与妈妈合照

怨过我一句。在法官面前，她经常要被提起，但每次提起她的时候，用的是一个我自己听起来都觉得别扭的称呼——unlawful-wife，也就是说，在法律上没承认的老婆。我不敢说这是一个浪子回头的故事，但很明显的，我决定要给她一个明确的身份。同年 12 月，我在红梅道（香港婚姻注册处）正式拿走了"un"这两个英文字母，让她正式成为了我的lawful-wife，陈太。

而在几年之后的 4 月 19 日，我正式在教会受浸，重获新生。表面上看，这场官司对我来说是一场很大的灾难，但其实也是一个很好的转折，自此我开始人生的新道路，成了一个不一样的陈少宝。

右起曾路得（香港福音歌手），
中是苏丝黄（香港名嘴）

● 与美国著名唱作人 Stephen Bishop

● 《我是直播歌手》评委

● 与邓紫棋

● 香港广播 90 年专访

众说
"音乐狂人"

黄沛铭

（陈少宝电台节目
老听众）

　　我很喜欢音乐，听少宝的电台节目已经有四十年了，很佩服他对音乐的那份 passion。他曾在采访中说过："我把音乐放到一个很重要的位置，甚至比陈少宝更重要……我为音乐而工作，不是为了个人追求而工作……"

　　他对香港乐坛也贡献良多。最为人知的是发掘了 Beyond 和王菲，也为张国荣做过唱片，虽然近年主持了很多非音乐节目，但当中所选的歌曲依然别有心思。

　　回归电台后，他更受大家的欢迎。"少宝与文狄"的 show 差不多有三十年了，所累积的听众之多，是近年谈话类节目的佼佼者。少宝除了属于音乐及唱片界，也是名嘴（做过脱口秀），还曾为杂志写过乐评，这次有机会写书，正好为他的前半生做一个总结。

左永然

（陈少宝的启蒙老师、
香港著名音乐人）

多年以来，我发觉自己最大的满足感与兴奋点并不是看到一己的成功。而是看到自己所发现的、相信的事物"开花结果"——替音乐世界带来更多乐趣和更有质素的人材与作品。

1975 年初的一个晚上，我遇到少宝，双方谈得非常投契，我特邀他为自己与几位朋友刚创办的"音乐一周"撰稿，甚至请他跟我一起到电台客串主持音乐节目。

事实上，少宝的能力远超过了那个小小世界。因此，没过多久他真的闯出了一个更宽广的世界，成为一位在传播界与音乐圈中有着骄人成绩的能者。

看到少宝在音乐事业中的成就，他为音乐世界所带来的一切，全都令我有着极大的满足感。其实，在今天的香港音乐圈中，确实已经很难再找到像他这样的人材。

皓贤

（Beyond 的乐迷、
新一代的
香港填词人）

大概没有一个人能够跟如此多的巨星发生关系：许冠杰、张国荣、Beyond、王菲……假如香港乐坛没有陈少宝，相信很多千里马也找不到在舞台驰骋的机遇。

很难想象，如果本地乐坛缺席了 Beyond 会是怎样的黯然失色，那就不会有《大地》的感触，《情人》的深情，《光辉岁月》的缤纷，《长城》的热血，更遑论最后让黄家驹写出一首隽永的《海阔天空》成就经典……说到底，如果没有这位闪耀乐坛的巨人，很多的经典歌曲注定没有面世的机会。而如果没有电台听众口中的"音乐字典"，大家也会缺乏一个认识好音乐的渠道。

有幸跟少宝合作，使我获益良多。由衷佩服他对音乐的热情，他勇于创新，并敢于实践；对中西流行曲的熟悉程度，对何谓好音乐的敏锐触觉，相信这都是他能够由"唱片骑师"摇身一变成为出色唱片人，成就新艺宝到环球唱片佳绩风光一时的关键。

陈少宝注定是香港乐坛不能磨灭的一个重要名字，值得让歌手、听众、乐迷致敬的音乐狂人。感恩香港曾经有这位成就天上"星星"的造星者，前无古人，相信亦难有后来者。

对于我来说，陈少宝对乐坛的贡献足以获得"金针奖"的殊荣作肯定，期待这天的到来。

刘善琼

（"少宝与文狄"
电台节目听众）

我想我不是少宝哥的粉丝，也不算是朋友，只是一个从年少时就爱听他的节目的听众。记得在面包台的节目中我们跟他有生死之约：谁先去世就会去参加对方的葬礼。听着这空气中的声音，已经有算不清的年份，伴随我的前半生，也约定了下半生。这位在耳边十分熟识但在现实中却完全陌生的陈少宝先生出书了，我也想写些什么来祝贺他的新书大卖。谢谢少宝哥多年给听众们带来的欢乐！

文狄

（陈少宝电台节目
老拍档）

毕业回香港后，在朋友的一个饭局中很偶然地认识了少宝，席中他很突然地邀请我一起做节目。初生之犊的我顺口答应了！记得第一次与少宝在商业电台开麦，不消十分钟，我对自己说，*I'm in the wrong place!*

万万想不到这个节目竟然一做就做了三十年，两个人风雨不改地一起度过每一个星期六的晚上。这个合作没有给我带来多大的"名"，更谈不上有"利"，但得到了一位能够交心的好朋友。

当知道少宝要出自传，虽然不会给我带来任何的"名"与"利"，但我在这里衷心祝福《音乐狂人》大卖。

星仔

（陈少宝电台节目
老听众）

由二十世纪八十年代初，商业电台的音乐节目"八点钟接触"、"逍遥歌集"，到后期的"六啤半"、"多随小宝"，再到现在的长寿节目"少宝与文迪"，我一直都是少宝哥的忠实听众。他给广大听众带来了无数的"快乐时光"。

少宝是大众认同的资深音乐人，他拥有深厚的西方音乐知识，并且有"音乐字典"和"音乐博士"的美誉。他见证了香港乐坛盛衰，他亦参与了香港流行音乐从起步到巅峰的时期。

少宝纵横音乐界四十载，热切期待这位分量十足的音乐人，把他对香港乐坛及整个香港流行音乐的自身经历与见闻和读者分享。

粉丝 Charing

（"少宝与文狄"
电台节目听众）

名字叫少宝的人，总给人一种大男孩的感觉，现实中的他亲切，又有着真性情。

少宝兄声线铿锵有力，咬字清晰，大抵是天生吃大众传媒这行饭的人吧。其后天的努力更是令人惊艳：节目前有诚意的准备，节目中的幽默感、急才、控制流畅的节目气氛……——有着超水准的表现，耳听为实，心有所感。

虽然见尽乐坛百态，少宝兄今天依然乐意放低姿态，勇于做出新尝试——对生命有热诚的人，永远了不起！

每逢节目的尾声，少宝兄总是提醒听众带笑入睡，今天我也提议读者们带笑轻松享受这位"音乐狂人"的分享。期待"音乐狂人"只是精彩系列的开始，更多佳作将陆续呈现，我看少宝兄可以分享的生活情趣还多着呢！